河出文庫

スイッチを押すとき 他一篇

山田悠介

河出書房新

目次

スイッチを押すとき

他一篇

スイッチを押すとき

プロローグ

いつもと変わらぬ日曜日。

そのはずだった。

それは真冬の出来事だった。外から聞こえる強い風。空き缶の転がる音。玄関にかかっている表札が、カタカタと扉を叩《たた》く。

正午を少し回った頃、突然、二階建ての古いアパートの一室から、ただならぬ悲鳴が上がった……。

所々に飛び散った血の痕《あと》。男の右手に握られている包丁の先から、ドロッとした赤い液がポタポタと床に垂れる。すぐ傍には、首や心臓をめった刺しにされた三人の男たち。一人は目を剝《む》き、舌をダラリと出している。残りの二人はうつ伏せになって倒れている。

三人とも、ピクリとも動かない。

包丁を手に、立ちつくしている男の後ろには、口をパクパクと動かしている女と、泣きじゃくる子供が一人。

男は、震えながら振り返る。そして、青ざめた表情を浮かべ、二人に呟《つぶや》いた。

「俺は……」

男は、刃先を自らに向け、激しく動く心臓に突き刺した。身体に包丁が刺さったまま、男は床に崩れ落ちる。

玄関先の、無惨《むざん》な光景。

四つの死体を、茫然《ぼうぜん》と見つめる女。

子供の泣き叫ぶ声が、延々と響いていた……。

カウント4

真っ暗闇の一室には、男女合わせて二十人の子供たちが膝《ひざ》を抱えて座っていた。お互いの顔は見えない。ただ四隅に、大人の影が確認できる。なぜここに連れてこられたのか理解できない子供たちは、それぞれ不安な声を上げる。次第にざわめきが大きくなっていく。

帰りたい。どこからか女の子がそう叫ぶと、正面のワイドスクリーンが光を放った。画面には、青いジャージを着た一人の男の子が映し出される。その途端《とたん》、部屋は静まり返る。

狭い一室に敷かれた布団の上にポツンと座ったまま、男の子はただ壁を見ている。子供たちは、状況をまったく把握できない。なぜこのようなものを見せられているのか……。

スピーカーから、扉が開く音がする。男の子は反応し振り返る。現れたのは、警備員のような恰好《かっこう》をした男。男の子が何かを尋ねる前に、男はこう告げた。

『先ほど、君のお父さんとお母さんが自宅で首を吊《つ》って死んだ』

男の子の目がギョッと見開かれる。

『え？』

『残念だな』

感情のこもらない台詞《せりふ》を残し、男はその場から去った。

バタンと強く扉が閉められた。

『開けて！　ここ開けて！』

扉を叩きながらそう叫ぶが、何の変化もない。男の子は諦《あきら》め、布団の上にガクリと倒れた。

再び、男の子は独りぼっちになる。

シクシクと、スピーカーから泣き声が聞こえてくる。お父さん、お母さんと呟きながら男の子は延々と涙をこぼす。

すると何かを思い立ったかのように、突然立ち上がった。そして、部屋の隅に置かれている小さな机の引き出しを開ける。男の子は、あるものを手に取った。

長い間、それを見つめる。

迷いと恐れが入り混じった表情。

男の子の親指が、微《かす》かに動いた。

その瞬間だった。男の子は、膝からガクリと落ちていった……。

1

二〇三〇年、十一月十六日。

日に日に気温は下がっていたが、この日の寒さは異常だった。街中の人々が身を縮め、白い息を吐きながら歩く。冷たい風が吹くたび、顔全体に痛みが走った。

追い打ちをかけるかのように、薄暗い空からポツリポツリと冷たい滴が降ってきた。鞄《かばん》から折りたたみ傘を出す者、頭に手を置いて走り出す者、大人は慌てた動作を見せる。嬉《うれ》しそうにしているのは黄色い帽子を被《かぶ》った子供だけだった。十歳くらいだろうか。両手を広げ、クルクルと回っている。その姿を眺めても、明るい気分になることはなかった。むしろその逆だった。見ているのが辛《つら》くなり、その子から視線を逸《そ》らした。前方には十階建ての白いビルが待ちかまえていた。

東京都新宿区にある、The Youth Suicide Control Project（青少年自殺抑制プロジェクト＝通称YSC）を取り仕切る第一本部の建物の前で、南洋平《みなみようへい》は足を止めた。次第に強くなる雨。前髪から滴が鼻に落ちる。スーツも濡《ぬ》れていく。なのに、一歩が踏み出せない。

『明日の朝八時、私の所へ来なさい』

昨日、本部長に呼び出された。今年で五十近くだろうか。白髪交じりのオールバック。光のない濁った瞳《ひとみ》で冷笑を浮かべる堺信秀《さかいのぶひで》の顔が脳裏にちらつく。

今度はどのような命令が下されるのだろうか。

入口手前に立っている警備員と目が合い、ようやく歩き出した。指紋、声紋、網膜《もうまく》のチェックを受けると、緊張の面もちで、洋平は建物の中に足を踏み入れた。受付の女性に用件を告げ、「本部長室にどうぞ」と指示された。エレベーターを呼び、洋平は十階のボタンを強く押した。

最上階に着き、ゆっくりと扉が開く。エレベーターから降りた洋平は、赤い絨毯《じゅうたん》の上を静かに進んでいく。そして、『本部長室』と書かれた大きな木の扉の前で一つ息をつき、監視カメラを見上げた。

「入りなさい」

低い声が聞こえると、洋平は扉を開いた。

「失礼します」

深く頭を下げ、小さな声で挨拶《あいさつ》すると、黒いスーツ姿の堺は言った。

「待っていたよ」

二十畳以上ある部屋の隅には、洋平が見ても分かる高価な壺《つぼ》が飾られており、そのすぐ近くにはゴルフセット。壁には色鮮やかな絵画がかけられている。カーテンは全て閉められていた。外のビルから覗《のぞ》かれるのを防ぐように。

洋平は早々に用件を尋ねた。

「今日は、どのような——」

言葉の途中で堺は遮る。

「そんな所にいないで、こっちへ来なさい」

洋平は床を見つめたまま、「はい」と返事した。

パソコンや様々な書類が置かれた茶色い木の机の前まで歩み寄っても、洋平は堺の目が見られなかった。

「どうだ？　仕事の調子は」

洋平はその質問に答えられなかった。堺はあえて訊《き》いたのだ。なぜなら……。

「一昨日《おととい》、最後の一人がスイッチを押したそうじゃないか」

胸に、グサリと突き刺さる。脳裏に、子供たちの無気力な表情が浮かぶ。

収容されてから十一ヶ月。とうとう十人目の子がスイッチを押し、命を絶った。その子はノイローゼ気味だった。身体中に引っ掻《か》いた痕があり、頭にはほとんど髪の毛は残っていなかった。まったく何もない環境でただ一人。所長の話によると、ボーッとしながら何の躊躇《ためら》いもなくスイッチを押したそうだ。

現在、八王子の施設に子供はいない。だからといって何かが変わるわけではない。二ヶ月後、また新たな被験者が入ってくる。

「今日ここへ呼んだのは他でもない」

我に返った洋平は堺を一瞥《いちべつ》する。

「君には、八王子から横浜へ移ってもらうことにした」

その意外な言葉に、洋平の眉《まゆ》がピクリと反応する。

「それは、なぜでしょうか」

「別に特別な理由はない。今の施設に子供がいなくなったからだよ」

ふと、机の上の書類が洋平の目に入った。そこには、多くの名前が並んでいた。全て被験者である。

「いいね？」

書類から目を離した洋平は、

「……はい」

と小さく頷《うなず》いた。

「横浜には現在、高宮真沙美《たかみやまさみ》、新庄亮太《しんじようりようた》、小暮君明《こぐれきみあき》、池田了《いけだりよう》の、四名の子供がいる。しっかりと頼むよ」

洋平は大きく息をつき、長い間を置いた。

「……分かりました」

言葉とは逆の気持ちを抱いていても、洋平はそう返事をするしかなかった。

「下がっていいよ」

堺に一礼し、洋平は部屋を後にした。


数分後、白衣の男が本部長室に現れた。

「失礼します」

「どうした」

男は堺の前まで歩み、口を開いた。

「本年度第二期の十八歳未満自殺者数がまとまりました」

堺はゴルフクラブを磨いている。

「ほう。それで？」

「プロジェクト施行当初と比べて、六十八パーセントの減少となりました」

堺は右上唇をつり上げ、フッと笑った。

「私はね、それどころではないんだよ」

二〇〇〇年。若年層の自殺者は後を絶たず、特にインターネットで呼びかける集団自殺がさらにその増加に拍車をかけた。ただでさえ少子化にともなう国民の税金負担が増える中、早急な対応を求められたのは自然な流れだった。翌二〇〇一年、人権保護団体からの猛烈な抗議を受けながらも、ついに政府は通称YSCと呼ばれる青少年自殺抑制プロジェクトを立ち上げた。その内容は、全国から無作為に選出された子供を高ストレス環境に置き、青少年の精神構造を解明するというもの。

政府は無差別に選んだ子供に、五歳で心臓の手術を受けさせる。もちろん、その時は本人は知らない。病気を治すためだと嘘《うそ》をつく。知るのは親のみ。政府から令状が届いたその瞬間、我が子が五年後に奪われることが決定する。しかし命令には逆らえない。逃げることもできない。五年間、監視がつく。逆らえば強制収容され、政府が指示する業務を二十年間行うことになる。たとえば新薬開発のための人体実験や、紛争地区への強制派遣などがある。最悪、処刑だ。理由は様々だが、現実何人もの犠牲者が出ている。

守らなければならないことがもう一つある。それは、実験台に選ばれたという事実を子供に黙っていなければならないということ。死ぬと分かっている我が子と、普段どおりの生活を送らなければならない。そして五年後、その子供は突然親と引き離され、全国に点在するセンターへ連れていかれる。そこで初めて、灰色の四角い箱の形をした機械を渡される。真ん中には赤いスイッチ。簡単に押せないように透明のプラスチックが被せられている。

そう、このスイッチが、子供たちの命。押すと、心臓が停止するよう作られている。痛みもなく、一瞬で。実験が始まる五年前の心臓の手術は、特殊な電子機器を取り付けるためのものである。このスイッチのついた機械以外、電子機器は操作できない。そして一度心臓に装着したら、二度と外すことはできないように作られている。

スイッチを渡した直後、子供たちにあるビデオを見せる。命のスイッチが嘘ではないという、過去の記録映像だ。十歳になる子供に十分理解させ、実験がスタートされる。

子供たちは一人ひとり、まるで独房のような部屋で眠ることとなる。七時に朝食。三十分後にドクターチェックを受ける。万が一、何らかの重い病気にかかった場合、告知する。それを知ってスイッチを押すかどうかが、実験の対象になるからだ。家族や友達が死んだ場合も同様だ。ドクターチェックは午前中をかけて脳波や血流速度などを詳細に行い、その膨大なデータは蓄積され、心理学の専門家に送られる。これらの実験データによって、若年層の自殺者数が年々減ってきたのは事実であった。

レストルームでの昼食後、午後一時になると子供たちは、机と椅子《いす》以外にはまったく何もないロビールーム、通称L室と呼ばれる大きな部屋に連れていかれる。そこは唯一子供たちの交流が許される場。そこで半日、過ごさせる。机の上にはノートと鉛筆。心境や日記を書かせるためだ。

外に出ることも許されるが、もちろん敷地内だけ。当然、遊具などは一切ない。監監視役もつく。そんな息苦しい環境の中で生活させるのだ。

午後六時、子供たちをダイニングルームに移動させ、三十分後に夕食を摂《と》らせる。そして夜の九時、再び個室へ連れていく。それが毎日繰り返される。家族や友達との面会は禁止。手紙すら許されない。個室に入ってしまえば完全な孤独。そんな日々に耐えきれず、子供たちは次々とスイッチを押していく。この実験が始まって以来、全国で数多くの子供たちが犠牲となっていた……。

2

十一月二十三日。辞令を言い渡されてから早くも一週間が経過した。

午前五時、目覚ましが鳴る前に洋平は目覚めていた。嫌な夢を見たからだ。多くの子供たちが次々とスイッチを押し、死んでいった。実際、幾度もその場面を目の当たりにしてきた。また、そんな日々が続くのか。今日から、新たな施設に勤務するのだ。

スーツに着替えた洋平は、姿見の前に立ち、ボーッと自分を見つめた。

百七十一センチ、五十二キロ。かなりの痩《や》せ形。髪の毛は薄い眉毛にかかる程度の長さ。目は二重で、小さめの鼻と口。幼い命を奪う国のプロジェクトには憤《いきどお》りを感じている。それなのに現在、施設の監視役を務めている。

今年でもう二十七になる。この仕事について早くも二年。その間に分かったことは、自分の無力さだけだった。

内ポケットから色褪《あ》せた写真を取り出し、しばらくの間見つめて、再びしまった。

『君には、八王子から横浜へ移ってもらうことにした』

堺の言葉が脳裏に響く。

この国の未来はどうなるのだ。いつまでこんなことを続けるつもりなのだという怒りを胸に、洋平はアパートのドアを開けた。外はまだ暗かった。

最寄り駅である町田から電車に乗り、人込みに揉《も》まれながら横浜駅で下車し、無人運転バスに乗り換えた。

満員の車内。洋平の側には女子高生が三人いる。楽しそうに会話している。友達のことや昨日のテレビの内容。

話し声は聞こえてくるが、何も考えないことにした。洋平はずっと、窓からの景色を眺めていた。

バスに揺られること三十分。車内に残っていたのは洋平ただ一人だった。風景もガラリと変わった。オフィスビルや飲食店は消え、周りには林や畑ばかり。八王子にある施設の周辺もこんな感じだった。ふと、九日ほど前にスイッチを押した子供の顔が浮かんできた。洋平は、ギュッと拳《こぶし》を握りしめた。

車内に、次は終点というアナウンスが流れた。バスが停まる前に洋平は立ち上がっていた。

プシューという音を立てながらドアが開いた。終点で降りる客は珍しいのか、いや、施設の人間しか降りないのかもしれない。車内を監視するカメラがずっとこちらを見ていた。

走り去るバスを見送り、洋平は携帯電話に映るナビを片手に歩き出した。バス停から施設はすぐ近くのようだった。

自然に囲まれた道を進むこと五分、コンクリートの建物が視界に飛び込んできた。あそこに間違いない。周りに何もない場所にポツリと建っているあれが収容施設だ。あの中で、監視員生活が始まろうとしている。

洋平は、敷地手前の門で立ち止まった。

『YSC横浜センター』

閑散とした広いグラウンドの先に、灰色一色の三階建ての施設がある。外壁は高く、逃げられないようにバラ線が張られてある。裸眼《らがん》で見ることは不可能な、逃亡を知らせる赤外線センサーも張り巡らされているに違いない。まるで刑務所と同じだった。国の実験のために、この中に罪もない子供たちが入れられている。

突風が吹き荒れた。グラウンドから砂埃《すなぼこり》が舞う。じっと灰色の建物を見据《みす》えていた洋平は、とうとう敷地内に足を踏み入れた。

指紋、声紋、網膜チェックを受けると鉄の扉が開き、施設内に入ることができる。壁や天井もコンクリート打ちっぱなしなので中は異常に寒く、暖房設備がないようだった。この冷えた施設内で、子供たちは眠っている。

少し前に進むと、監視員の名前が書かれた靴《くつ》箱が並んでいた。洋平の場所はまだ用意されていないようだった。仕方ないので空いている靴箱に革靴を入れ、ゴム底のシューズに履き替えた。時刻は六時四十分。洋平はまず、所長室へと向かった。

廊下《ろうか》を歩きながら、階段を探す。一階にはクッキングルームやモニタールームやトイレ、そして午後一時から子供たちが過ごすL室があった。八王子とほぼ同じである。ということは、子供たちの個室は地下か。おそらくはそうだろう。

明かりの点《つ》いていない薄暗い階段を一段一段上がっていき、三階に到着した洋平は、一直線の廊下を進んでいく。そして突き当たりにある所長室で足を止めた。監視カメラを見上げると、

「どうぞ」

とすぐに声が返ってきた。

「失礼します」

洋平は部屋の中に入り、頭を下げた。男は椅子から立ち上がり、こちらに近づいてきた。

「南君だね？」

そう訊かれ、洋平は小さく頷く。

「はい」

「待っていたよ。所長の佃《つくだ》だ。今日からよろしく」

「よろしくお願いします」

警備員のような恰好をしている佃。これが監視員の制服である。八王子にいた時、洋平も同じ物を着ていた。

佃の年は四十近くか。彼の体型は、洋平とまるっきり逆だった。短身で小太り。小さな目に垂れた頬《ほお》が特徴で、犬にたとえるとブルドッグだ。

「今日から働いてもらうことになるが、一日の流れは分かっているね？」

「はい。大丈夫です」

「それで君、本部長からはどこまで話を聞いているのかね？」

佃の言っている意味がよく理解できなかった。

「どういうことでしょうか？」

聞き返すと、佃は納得したように頷き、

「ここはちょっと特別でね……まあ自分の目で確かめるといい」

特別？　堺は何も言っていなかった。施設内の人数だけしか聞いていないが。ここは、一体……。

洋平は、先ほどの台詞が妙に気になっていた。佃は内線を入れ、他の監視員を所長室に呼び出した。

間もなく、四人の男たちが部屋の中に入ってきた。皆、恰好が同じ。佃と違うのは、帽子を被っているということ。

佃の手が、洋平の肩に置かれた。

「今日からここで働く南洋平君だ。この前まで八王子施設にいたそうだ。年はいくつだったかな？」

洋平は佃に目を向けて答えた。

「二十七です」

「じゃあ一番年下か。辛い仕事だとは思うが、頼むよ」

「……はい」

次に、四人の自己紹介が始まった。左から、森田四郎《もりたしろう》、武並剛《たけなみつよし》、泰守人《やすもりと》、坂本孝平《さかもとこうへい》。

人数が少ないので、名字だけは全て覚えた。

「この他に二人いるんだが、夜勤で今はいない。後で紹介しよう」

「はい」

「それと、しばらく南君には日勤で出てもらう。年が一番近い坂本と行動してくれ」

右端に立っている坂本が顔を上げた。背は洋平と同じくらいか。姿勢が悪く、常に猫背状態。細い眉毛につり上がった目。首の辺りまで伸びた赤色の長髪が特徴だ。こんな今風の監視員は初めてだった。部屋に入ってきた時から一番印象が強かった。彼と目が合い、洋平は軽く頭を下げた。

「いいな？　坂本」

するとと彼は、小刻みに首を動かし、

「はいはい」

と軽く返事をした。同時に、七時の合図が施設内に鳴り響いた。洋平の身体が固くなる。もうじき、子供たちと対面する……。

3

所長室から出た洋平は、黙って坂本の後ろをついていく。彼はポケットに手を突っ込みながら階段を下りていく。

「南君だったっけか？」

前を向きながら、坂本が声をかけてきた。

「何か」

「あんた、どうしてここに異動になったわけ？」

その質問に洋平は少し迷い、こう答えた。

「僕のいた施設の子供が、いなくなったからだと……」

「ふ～ん。そっか。そういうことか」

「ええ」

「で、どうしてこの仕事をやってるわけ？」

洋平は返答に困る。

「ちょっと……」

「そうか。俺は金のためだ。給料がいいからな、この仕事は」

「僕も、そんなところです」

「あんた趣味は？」

ずいぶんと唐突《とうとつ》だなと洋平は思う。

「いや、特に……」

すると坂本は、ダメだなと首を傾《かし》げた。

「こんな仕事してたら気分が暗くなるだろ？　趣味の一つでも持ってないと、気が滅入っちまうぜ」

そして帽子を脱いだ坂本は頭を掻きながら、こう言った。

「ここは前にいた施設とは違うぜぇ」

その言葉に洋平はピクッと反応する。どういう意味ですか？　と訊こうとしたが、坂本はその間を与えてくれなかった。

「まあとにかくよろしくな。これから朝食を配りにいく。制服に着替えるのはその後でいいだろ？」

「は、はい」

この施設は何が違うのだ。だんだんと不安が芽生えてきた。

一階に到着した二人は、クッキングルームへと向かった。食事を作っているのは中年の女性二人だった。無言で作業している。窓口にはすでに四つのトレイが並んでいた。この日の献立は、ご飯、焼き魚、卵焼き、そしてみそ汁だ。朝はだいたい和食になる。ここで子供たちの朝食を受け取り、地下へと運ぶのだ。洋平と坂本は、二つずつトレイを持った。

「さあ行こうぜ」

「はい」

二人は一階の階段を下りていった。もうじき、この中に閉じこめられている四人の被験者に会う。洋平は緊張を隠せなかった。

天井の明かりがやけに眩《まぶ》しい。地下はさらに寒かった。コンクリートの空間に、シューズのゴム底がキュッキュッと鳴る音が響く。向かって左側に、一定の間隔で白い扉がいくつもある。このどこかに子供たちが入れられている。

一番手前の部屋で、坂本が立ち止まった。プレートには『一番　高宮真沙美』と書かれてある。

「一人目だ」

そう言って坂本は、ドアノブの下についている液晶画面に暗証番号を入力した。

「いいか？　５５３６な」

そしてカードを差し込み扉を開いた。中には誰もいない。中央に、たたまれた布団が置いてある。

クリーム色の壁。リノリウムの床。六畳ほどある部屋には扉がもう一つ。中はトイレだ。死角になっていて見えないが、隅には机があるはずだ。その引き出しに、恐らくスイッチが。

「朝食だ」

坂本が声をかけると、椅子を引く音が聞こえてきた。その瞬間、洋平は息を呑《の》んだ。

「どうも」

と言って食事を受け取ったのは、赤いジャージを着た十五、六歳くらいの可愛《かわい》らしい女の子だった。

ここは……。

百五十センチくらいと背は小さく、ろくに食べていないせいかほっそりとしている。おかっぱ頭と大きな目が特徴だ。洋平と目が合った彼女の瞳が、大きく開いた。

「行こう」

話は後だ、と言わんばかりに扉を閉めた坂本は次の部屋に歩を進めた。洋平の返事が遅れた。

「は、はい」

驚きが声に出てしまっていた。

二番、新庄亮太。

「朝食だ」

坂本が扉を開くと、一番の部屋と同じように椅子の音がした。またもや洋平は意外な顔をした。青いジャージを着ている男の子は、先ほどの彼女と同い年くらいだった。百七十センチくらいあるだろうか。やはりガリガリに痩せている。癖《くせ》のある髪の毛は目の辺りまで伸びていて、狼《おおかみ》のような鋭い眼差《まなざ》しが特徴だった。新庄は無言で朝食を受け取ると、自ら扉を閉めた。後ろに立つ洋平に気が付いたようだったが、何の反応も見せなかった。

洋平の驚いた顔を見て、坂本はフッと笑った。

「行くぞ」

三番、小暮君明。

まさかこの子も……。

中には、小柄な男の子が足を伸ばして布団の上に座っていた。やはりそうである。前の二人よりは幼く見えるが、明らかに小学生ではない。洋平の表情は固まってしまっていた。

ストレートの髪の毛は全て右に流れていて、広い額が見え隠れする。点のような小さな目と、優しそうな口元が特徴で、女の子のような顔立ちをしている。気になるのは、部屋の隅に置いてある車椅子。

まさか、足が不自由なのか？

小暮は、黙って自分の足を指差した。

部屋の中に入った坂本は、彼の太股《ふともも》の上にトレイを置いた。

何も言わずに坂本は扉を閉めた。

「この子は歩けないんだ」

それも気になったが、他に訊きたいことがある。ところが坂本は、

「最後の一人だ」

と言って、そそくさと行ってしまった。

四番、池田了。何となく予測はついていた。

「朝食だ」

扉の前に彼は立っていた。四人の中で一番背が高い。体型はみんなとほぼ同じ。ペタッと寝ている短めの髪。つり上がり気味の目、真ん丸の鼻、そして尖《とが》った口。狐《きつね》のような顔立ちだ。やはり彼も十五、六歳か。

洋平は池田と目が合った。視線を逸らしたのは池田のほうだった。下を向きながらトレイを受け取り、自分で扉を閉めた。

「これで全部だ」

洋平は四つの扉に視線を向けた。

「どうだ？　驚いただろ」

池田の部屋の前で坂本は言った。ニヤリと笑みを浮かべている。

声を出すのがやっとだった。

「……はい」

「ここにいる四人は今年で十七歳。もう七年間もいるってわけだ」

「……七年間」

「最初は十五人いたんだが、二年目には四人になってたよ。何でこうもスイッチを押さないのかねえ。俺には耐えられない。理解できないね」

四人の顔が浮かんでくる。

「こんな長く一緒にいるだろ？　ただの仲間意識だけで押さないのかもな」

坂本の言葉など、聞こえていなかった。

「おい！　ボーッとすんなよ！　まあ唖然《あぜん》とするのも無理もないがな」

坂本の手が、スッと肩に置かれた。

「さっきも言ったがここは特別な施設だ。国の連中も注目してる。それがいろいろと面倒臭《めんどうくさ》くて、この四人も扱いにくいけど、あまり深く考えずにやっていこうや。な？」

洋平は小さな声を絞り出した。

「はい」

七年間……。

彼らは、ずっとここで。

ただ、四人の目は決して死んでいなかった。死しか、残ってないのに。

一人ひとりの姿が頭から離れない。洋平は、施設の巡回の間中、ずっと複雑な気持ちを抱いていた。

4

時計の針が午後一時を回ると、レストルームで昼食を終えて食器を片づけていた洋平は、坂本から声をかけられた。

「おい南。行くぞ」

ドクターチェックを終えた四人は、一階のL室に移される。一時を過ぎているので、すでに中にいるだろう。洋平たちはそこで彼らの様子や行動をチェックする。

「分かりました」

レストルームを後にした二人は、L室へと移動する。

「なかなか似合うじゃないか」

洋平は、その言葉で陰鬱《いんうつ》になる。

「そうでしょうか」

坂本に聞こえないくらい小さな声で、そう呟いた。

俯《うつむ》きながら廊下を歩いていると、いつしか部屋の前に到着していた。L室の作りは、学校の教室とほぼ同じ。扉も、木の床も、中の広さも。黒板や教壇がないだけだ。

「何て顔してるんだよ。もっとシャキッとしろ。さあ入るぞ」

坂本にそう注意され、洋平はハッとして背筋を伸ばす。

扉が開かれた途端、息苦しい空気を感じた。何人もの子供たちが死んだ場所だからだろう。

椅子に座っている四人の顔が一斉にこちらに向いた。机の位置は、前に新庄と池田。その後ろに高宮と小暮。

新庄と池田はすぐに目を逸らした。洋平は、視線を下げながら部屋の後ろの右隅に移動した。坂本は前の左隅に立つ。

壁は一面真っ白。天井の四隅には小型カメラが設置されている。薄緑のカーテンは束ねられ、窓から外の景色が見える。一階なので、見えるのは何もないグラウンドだけだが。

洋平が部屋に入ってから五分。静寂《せいじゃく》の時が流れていた。洋平はしばらく顔を上げられなかった。ふと、彼らに視線を向ける。後ろ姿だけしか見えないが、新庄亮太は頬杖《づえ》をついている。池田了は両手をポケットに突っ込み、ダラリと座っている。車椅子の小暮君明は、ノートに何かを書いている。手の動きからして、絵だろうか？　どんな内容なのかは分からない。

そして、最後に高宮真沙美……。

ずっとずっとこちらを見ていた。目が合った瞬間、彼女は微笑《ほほえ》み声をかけてきた。

「さっき会ったよね。今日からでしょ！　そうだよね？」

その言葉に洋平は戸惑う。

施設に閉じこめられているというのに、何だこの明るさは？　部屋の雰囲気がガラリと変わる。坂本を一瞥するが、彼は知らんぷりだ。

「ねえ、そうでしょ？」

無視することはできず、

「ああ」

と頷いた。

「名前は？」

「え？」

高宮は眉を顰《ひそ》めて、困った顔をした。

「名前。耳悪いの？」

洋平は苦笑いを浮かべて答えた。

「南、洋平」

「いい名前だね。私は真沙美。よろしくね」

「……よろしく」

「元気ないなあ」

施設の子供から、そんなことを言われるとは思ってもみなかった。一瞬だけではあるが、施設にいることを忘れた。その証拠に、

「そ、そうか？」

と洋平は笑みを浮かべていた。

「南だから、これからはナンちゃんって呼ぶね」

そんな呼ばれ方をされたのは初めてだ。

「ナンちゃん、いくつ？」

「二十七」

「そうなんだ～もっと若く見えるね」

「……そうかな」

「うん！」

とても、七年間この中にいたとは思えない。普通だったら他の三人のように……。洋平と高宮真沙美だけが、まるで違う世界にいるようだった。洋平は、遠慮がちではあったが。

「ナンちゃんは、神奈川県に住んでるの？」

その時だった。

「いい加減にしろ！」

突然、怒鳴り声が部屋中に響いた。一気に空気が重くなる。全員の目が、新庄に向けられた。彼が振り向いてこちらに吠《ほ》えたのだ。

「何よ亮太」

高宮は口を尖らせ文句を言う。

「うるせえ。喋《しゃべ》りすぎなんだよ」

自分が言われているようにも聞こえ、洋平は俯く。

「いいじゃん別に。何怒ってんの？」

「別に」

新庄はふて腐《くさ》れた顔をして、前に向き直った。

「ごめんねナンちゃん。あいつ機嫌悪いみたい」

彼をあまり刺激するな、と思う。

「いや……」

また怒鳴られるのが嫌だったのか、高宮は席を立ち、鉛筆で絵を描いている小暮のもとに歩み寄った。

「君明君どう？　今日の調子は」

すると小暮は、コクリと頷き、再び手を動かした。聞こえるのは、高宮の嬉しそうな声だけだった。

この日、彼女とはもう会話はしなかった。午後三時になると、高宮は小暮の車椅子を押して外に出ていった。後についていたのは坂本だった。新庄と池田はずっと部屋にいた。多少の会話はあったが、すぐに途切れてしまう。長い時間、重苦しい空気が部屋中を支配していた。

二人の後ろ姿と、空いた二つの席を見つめていた洋平。ただただ彼らのことが気になっていた。

5

午後六時、坂本とともに、彼らが夕食を摂る地下のダイニングルームに移動させ、この日の勤務は終了した。部屋から出る際、高宮がこちらに、じゃあね、と口だけを動かした。どうしたらいいのか分からず、洋平は小さく手を上げて応《こた》えた。

初日ということで、洋平は所長室に呼ばれた。

「失礼します」

書類の溜《た》まった机の前に座っていた佃は、ペンを置いて顔を上げた。

「南君」

佃の疲れた表情が綻《ほころ》ぶ。洋平は一礼して、目の前にまで進んだ。

「どうだ？　一日終えて。疲れたかい？」

「いや、それは全然……それよりも」

言いたいことは分かる、というように佃は腕を組んで何度も頷いた。

「驚いただろう？　あの四人には」

「ええ……まあ」

「七年も彼らを見ることになるとはね。当時は考えてもいなかったよ。こんな経験、初めてだ……しかし」

佃の口調が鋭く変わる。洋平は、ふと視線を上げた。

「私たちはただの監視員なんだ。余計なことは考えなくていい。国から与えられた仕事をすればいい。それだけだ」

しばらく、洋平と佃は目を合わす。洋平は顔を下げて、

「はい」

と返事した。佃の表情が穏やかになる。

「私の話は以上だ」

「失礼します」

「あ、そうそう」

佃は洋平を呼び止めた。

「本部長から君に渡してくれと頼まれた物がある。これだ」

そう言って、佃は小さな封筒を取り出した。それを受け取った洋平は佃に頭を下げて部屋を出た。扉を閉めるまで、彼の視線を感じた。

三階から階段を下り、二階へ。そのまま一階へ行こうとして、洋平は足を止めた。本部長からの封筒が気になる。開封すると、カードキーと紙切れが一枚。そこには、

『子供たちのことを調べてみてはどうかな。君には知る権利がある』

と書かれていた。

確かに四人のことがずっと頭から離れない。ちょうど洋平の目に、資料室という文字が飛び込んできた。誰もいないことを確認し、部屋の前へと進んだ。

カードキーでドアを開け、真っ暗闇の室内に明かりを点ける。部屋一面、ガラス戸のついた書棚で埋め尽くされていた。棚の中には、年代別に被験者の情報と過去のノートが保管されている。洋平は室内を見渡し、

「七年前……」

と呟き歩き出す。年数が表示されているので、探すのは容易だった。

二〇二三年。

「これだ」

洋平はガラス戸を開け、まずは適当に一冊取った。

『細入裕《ほそいりひろし》・男』

二〇二三年四月一日収容。身長百四十センチ。体重四十キロ。血液型B。出生地、茨城県。通告地、東京都豊島《としま》区。時間、午後三時四十分。

この子が突然、国の者に連れ去られる映像が浮かんできた。悲しみに満ちた両親。

ノートを開く。一ページ目には、震えた字でこう書かれてあった。

『怖い助けてお父さんお母さん。ここから出たいよ。僕は死んじゃうの』

その文字を見て、洋平は心を痛めた。他には、こう記されてあった。

『ビデオに映っていた子のように、スイッチを押したら僕は死ぬんだ』

ページをめくる。書かれてあるのは両親と友達のことばかり。施設の子供については書かれていない。それどころではなかったのだろう。数ページ後に、精神障害が出始めた。真っ白の紙を真っ黒に染めていたり、鉛筆で何度も何度も叩いてある跡があったり、紙がビリビリに破かれてあったり。

その後のページに文字は一つもなかった。ノートの最後に、一枚の用紙が挟まれている。

二〇二三年六月一日、午後九時十九分、死亡。とだけある。このノートを見ると、精神障害によるものが原因、と上層部にデータは送られているのだろう。原因がはっきりしない場合、実験は失敗となり、その子の死は無駄となる。

『小田小百合《おださゆり》・女』

二〇二三年四月一日収容。身長百三十四センチ。体重三十五キロ。血液型O。出生地、神奈川県。通告地、神奈川県秦野《はだの》市。時間、午前十一時二十三分。

ノートの一ページ目には、最初の子とほぼ同じことが記されていた。

『誰か助けて。お父さんお母さんお姉ちゃん。寂しいよ』

ページをめくっていくごとに、悲惨な生活だというのが分かる。

『何もない。パソコンもゲームもマンガも。閉じこめられているだけ。ここから出たい』

当たり前だが、書かれてあるのは苦しみばかり。しかし、最期にこの子はこう書き残していた。

『すぐに生まれ変われるから、死んだって大丈夫』

二〇二三年四月二十五日。

収容されてから一ヶ月足らず。まるで、次の人生を楽しみにしているような書き方である。このような具体的な意思が記してあると、国は喜ぶ。実験は成功である。

洋平は、次々とノートを手にする。

『三鷹伸吾《みたかしんご》・男』

最初は皆、書かれてあることはほぼ同じ。日が経つにつれ、内容が変わってくる。

『こんな所、絶対に脱出する。逃げ出してやる』

日に日にストレスが溜まっていたのだろう。この子は次のページからグチャグチャにしている。最期の最期に、冷静な文字が残されていた。

『今日、正哉《まさや》がスイッチを押した』

二〇二三年七月二日、死亡。仲が良かった子がいたのだろう。その子が死んだから、自分もと思ったのだろう。

『荻窪温子《おぎくぼあつこ》・女』

この子の最期はこうだった。

『大好きだったおばあちゃんが、死んじゃった。ごめんねお父さんお母さん』

監視員から知らされたのだろう。このような理由が明確な結果も、国は喜ぶのだ。

『永川明菜《えいかわあきな》・女』

この子も、病んでいたのだろう。

『恨んでやる。絶対許さない』

洋平はノートから目を逸らした。自分がそう言われているようで、怖くなったのだ。

『池田了・男』

その名前に、洋平はハッとなり、しばらくページをめくる手を止めた。彼の顔が頭に浮かぶ。

二〇二三年四月一日収容。身長百五十五センチ。体重四十二キロ。血液型B。出生地、東京都。通告地、神奈川県綾瀬《あやせ》市。時間、午後二時十二分。

一日目はこう書かれてあった。

『何で俺がこんな場所に来なきゃいけないんだ。今すぐ出してくれ。絶対に嫌だ』

自分の置かれている状況を少しずつ理解してきたのだろうか。五日後にはこう書かれている。

『野球がやりたい。皆元気かな。ずっと会えないなんて嫌だ』

そして翌日の記録に、洋平は衝撃を受ける。

『同じ日に遥《はるか》も連れてかれたなんて嘘だ。どうして遥まで』

遥？　友達だろうか。それとも親戚《しんせき》？　池田はその後、彼女についてしか書いていない。

『ここから平塚って遠いのか』

収容された遥って子は、平塚に。

『遥はどうしてるだろう』

めくってもめくってもそればかり。違うことが書かれてあったのは、二年目の四月

ないのだ。

読まれたくないという思いが芽生えたのだろう。その遥って子についても書かれてい

　それから、ずっと白紙である。少しずつ成長していく中で、自分の気持ちを誰にも

『とうとう四人になっちまった。俺は絶対にスイッチを押さない』

九日だった。

『小暮君明・男』

　車椅子の彼だ。

二〇二三年四月一日収容。身長百二十五センチ。体重三十キロ。血液型A。出生地、

埼玉県。通告地、埼玉県越谷《こしがや》市。時間、午後二時十一分。

ノートを開いた瞬間、洋平は思わず「あ」と声を出していた。初日から、鉛筆で絵

を描いている。大人の男性と女性。シンプルではあるが、なかなか上手《うま》く表現してい

る。もしかして両親だろうか？　次のページには、風景画。自分の家だろうか。大き

な一戸建て。レンガで造られているということは分かる。鉛筆なので、その他の細か

い所までは描ききれないようだ。

　次も、その次も、小暮のノートには絵ばかりであった。

　どうしてだ。こんな場所に閉じこめられているというのに、何も思わないのか？

家族に会いたいとは感じないのか。どういう環境で育ってきたのだろうか……。

彼の記録はもちろん、一冊では収まらない。分厚いノートが六冊もあった。内容は全て絵。一文字も書かれていない。

複雑な思いを抱きながら、洋平は次の人物に注目する。

『新庄亮太・男』

突然、怒鳴り声を上げた子だ。

二〇二三年四月一日収容。身長百五十六センチ。体重四十三キロ。血液型O。出生地、神奈川県。通告地、神奈川県座間《ざま》市。時間、午前十時五十五分。

彼が自分の気持ちを書いたのは、最初の一ページ目だけだった。

『こんな所に閉じこめやがって。スイッチなんか絶対押さねえ。母ちゃん、圭吾《けいご》、すぐ会えるからな。心配するなよ』

彼は自分の弱みを他人に見せたくない性格なのだろう。不安や恐怖は一切書かれていない。それどころか……。

圭吾というのは弟か？　施設に入れられたというのに、自分よりも、家族のことを心配しているようだ。しかし、監視員にこれを読まれると分かったからだろうか、後は真っ白だ。七年間、手をつけていない。

『高宮真沙美・女』

彼女が一番印象深い。被験者とは思えないあの笑顔。明るさ。果たして心の中は……。

二〇二三年四月一日収容。身長百三十二センチ。体重二十九キロ。血液型B。出生地、静岡県。通告地、静岡県静岡市。時間、午前十一時三十四分。

初日、彼女は意外にも冷静だった。

『こんな所から早く出たい』

ページをめくる。

『今日、隣の席の子に話しかけた。名前は絵美《えみ》ちゃん。ずっと泣いていた。かわいそうだった』

他の子と違うのは、自分のその時の思いではなく、一日の出来事を書いていることだった。

『少しずつ友達が増えていっている。ほとんど会話してくれないけど』

『監視員の人、全然話を聞いてくれない。つまらない』

『絵を描いている子と仲良くなった。その子の名前は君明君。でも君明君は喋ってくれなかった』

不安はないのだろうか？　数ページ後の内容を読んで、そう思った。

『今日、初めてスイッチを押した子がいた。私は目の前で見ていた。押したらすぐに倒れて、死んでしまった。かわいそうだった』

怖くはなかったのだろうか。

『夢を見た。本当のお母さんと一緒に行ったあの海の夢。またお母さんは泣いていた』

「本当のお母さん……」

と呟いたその時だった。部屋に突然、人が入ってきた。ノートを手に持ったまま振り返る。扉の前に立っていたのは坂本だった。

「早速気になったか、あの四人組が」

ごまかすことはできなかった。

「はい……」

すると坂本は、

「やめとけやめとけ。あいつらが死んだ時悲しむだけだぞ」

と言い放つ。洋平は何も返せない。

「それと、あの彼女」

高宮真沙美のことか？

「あの子はな、最初は皆にああやって明るく接してくるんだ。でも放っておけばいずれ話しに来なくなる。無視してりゃいいんだ。深く関わっても得はねえぞ？　俺たちはただの監視員なんだからな」

そう言って、坂本は資料室から出ていった。洋平は、ノートを棚に戻した。

6

夜の冷たい風に身を縮ませながら、洋平はぼろアパートの階段を上がる。カンカンカンと響く鉄の音。部屋の前に着いた洋平は、鍵《かぎ》を差し込み、クルッと捻《ひね》る。カチッという音。扉を開けた途端、冷たい空気に包まれた。今時珍しいノンセキュリティーのアパート。部屋も冷え切っている。靴を脱ぎ、六畳一間の空間に明かりを点け、暖房のスイッチを入れた。喉《のど》が渇いていたので台所へ行き、コップに水を注ぎ、一気に飲み干した。

テレビ、冷蔵庫、机、ベッド、水色のカーテン。それ以外には何もない殺風景な部屋。洋平はスーツのまま、ベッドに仰《あおむ》向けになった。

高宮真沙美、新庄亮太、小暮君明、池田了。

思ってもみない出会いだった。

天井に、この日の出来事が浮かんでは消えた。そして、佃と坂本の言葉が蘇《よみがえ》る。

『ただの監視員なんだ』

それは分かっている。しかし、実験台としては見られない。

監視員になってから、ずっと思っていた。自分にできることはないのかと。でも結局、八王子でも全員が死に、無力だということを気づかされただけだった。話しかけても、子供たちは一度も応えてはくれなかった。当たり前だ。施設なんかに閉じこめ、希望の光を消したのだ。恨まれても仕方ない。

あの施設は、子供から何もかも奪う。しかし……。

あの四人は、違う。まだ希望を捨てていない。そんな目をしていた。だからスイッチを押さないのだ。

何かしてやりたい。いつもそう思うが、結局は監視員の仕事をしているだけ。ただ、優しく接することぐらいしか……。

気が付くとベッドから離れ、ただボーッとしながら机のライトを点けたり消したりしている自分がいた。自宅に帰ってきてから、いつの間にか一時間以上が経過していた。

知らず知らずに動いていた右手を見つめる。ため息が出た。

気を紛《まぎ》らわすよう、テレビを点けた。映ったのは動物番組。

数頭のライオンが、檻《おり》の中に閉じこめられている。その様子を見て、洋平は彼らとこの映像を重ねていた。

あれは春休みの出来事だった。友達と学校の校庭で遊んでいると、突然スーツを着た二人の男が現れた。そして、私の前に立ちはだかった。

『高宮真沙美。来なさい』

そう言われた時、何が何だか分からなかった。男たちは有無を言わさず私の腕を摑《つか》み、強引に引きずっていった。誰も助けてくれなかった。職員室にいた数人の先生も。ただし悲しそうにはしていた。今思うと、あの時点で全てを察知していたのだ。施設に連れて行かれるのだと。

車に乗せられ、ここに着いてL室に入ってからしばらくして、ボタンの付いた小さな箱を渡された。

『今日から君は……』

真沙美は、嫌な過去から抜け出した。久々に昔のことを思い出してしまった。

個室の机の前に座っていた真沙美は、ふと、引き出しに手を伸ばす。中には、自分の命と繫《つな》がっているスイッチが眠っている……。真沙美は、心臓に手を当てた。ドクン、ドクンとしっかり動いている。違和感なんてない。なのに、押した瞬間……。

引き出しを閉じた。頭の中を切り替える。

もの凄《すご》く長かったこの七年間。今日、滅多《めった》にない新たな出会いがあった。

南洋平。彼の顔を思い出す。優しそうな人だった。他の監視員とは雰囲気が違う。

亮太のせいで少ししか話せなかったが、私の質問にも答えてくれた。

真沙美はノートを開き、鉛筆を握った。

『今日、凄く嬉しいことがあった。あの人と、もっと仲良くなれたらいいな』

7

十一月二十四日。横浜に異動になって二日目の朝。この日、久々に空から太陽が顔を覗かせていた。日中には気温も上昇し、暖かくなりそうだ。

バスを降り、施設に向かっている途中、後ろからクラクションを鳴らされた。振り向くと、スクーターに乗った坂本がこちらに手を上げた。

「よお」

洋平の横についた坂本はエンジンを切り、バイクから降りる。

「おはようございます」

フードの付いた真っ白のパーカーの上には黒いダウンジャケット。下はダボついたジーンズ。ギラギラと光るネックレスが異様に目につく。

外見だけなら、監視員には見えない。

「おいおい毎日スーツかよ。息苦しいだろ」

洋平は、自分の姿に視線を向ける。

「いえ……僕はこれが」

「あっそう。で、何時までいたの。資料室には」

「あの後すぐに帰りました」

坂本は、不気味な笑みを浮かべてこう訊いてきた。

「彼らについて、面白いことでも見つけたかい？」

そういう言い方はないだろうと、洋平は少し気分を害した。

「いえ、ちょっと気になっただけですから」

「そりゃそうだ。七年もいりゃあな」

昨日、深く関わるなと言ったのは誰だ。

二人は施設の敷地に入る。そして、建物へ。現在六時四十分。彼らはまだ寝ている
だろうかと考える。

「それにしても眠いな〜朝早すぎだよな」

坂本は両手を口に当て、息で手を温める。

「ええ……まあ」

洋平の素っ気ない反応に、坂本はつまらなそうな顔をする。

「お前本当に口数少ないな。そんなんじゃ女にモテないぞ？　もっと気楽に生きろっ

て」

洋平は四人のことを頭に浮かべていた。建物に入り靴を脱ぎ、ロッカールームへと向かう。坂本の話には適当に頷いていた。

横にいる坂本は終始うるさかった。二人とも制服に着替え終わる。時計を確認した洋平は、右手に持っていた帽子を深く被った。坂本はほんの少し斜めに被る。

施設内に、七時の合図が鳴り響いた。

「じゃあ行くか」

怠《だる》そうな声を出す坂本。

「はい」

ロッカールームから出た二人は、四人の食事を取りにクッキングルームへと向かった。

朝食を受け取る窓口に着くと、ちょうど調理のおばさんが食器を並べていた。洋平の顔を見るなり、眉がピクリと反応する。彼女は、棚にドスリと片肘《かたひじ》をついた。

「あら、新人さん？」

女性とは思えないほどの低い声。異様に目つきが悪いのは、疲れているからだろうか。

「ええ、昨日から」

「そう。よろしくね」

洋平は軽く頭を下げた。

「よろしくお願いします」

そう言うと、奥へと下がっていった。もう一人は鍋《なべ》を洗っている。

「ほら行くぞ」

坂本に促《うなが》され、洋平は二つのトレイを手にする。二人は地下へと向かった。

「まったくよ、一人くらい可愛い姉ちゃん雇えよな～」

階段を下りながら坂本が愚痴《ぐち》をこぼした。

「ババア見てたって何も面白くねえや。しかも愛想が悪い。そう思わねえか?」

「はぁ……」

地下に到着した洋平は、途端に表情を引き締めた。坂本は高宮の部屋に歩を進める。

「あの、坂本さん」

声をかけると、

「あ?」

と彼は振り向いた。

「今日は、僕がやります。カード貸してください」

坂本は、少し困った様子を見せる。

「まあいいけどよ。ほれ」

カードを受け取った洋平は、暗証番号を入力し、高宮の部屋の扉を開けた。彼女は椅子に座って待っていた。洋平の顔を見た瞬間、高宮の表情が輝く。

「あ！　ナンちゃん！　おはよう」

洋平は、優しい口調で応えた。

「おはよう」

「昨日は眠れた？」

「ああ。眠れたよ。じゃあまた後で」

そう言って、洋平は部屋から出た。後ろにいた坂本は、何だこいつは、というふうな顔をしている。洋平は次の部屋に進んだ。

新庄亮太。扉を開けると、彼はムスッとしながら布団の上に胡坐《あぐら》をかいていた。

「おはよう。朝食だ」

言葉をかけると、新庄は顎《あご》で机を示した。洋平は頷き、指示どおりにして部屋を後にした。

小暮君明。昨日と同じで、布団の上に足を伸ばして座っていた。

「おはよう」

洋平は小暮の目の前にトレイを置く。

「大丈夫かい？」

そう訊くと、彼は視線を下げたまま頷いた。洋平は微笑み、扉を閉めた。

最後に池田了。足音で、監視員が来たと分かったのだろう。昨日と同じように、彼は扉の前に立っていた。洋平と目が合うと、微かに表情に反応があった。

「おはよう。朝食だ」

彼はトレイを手に取り、小さく返してきた。

「ど、どうも」

戸惑いを隠せない様子だった。洋平が一歩下がると、池田は自ら扉を閉めた。

振り返り坂本を見ると、彼はため息を洩《も》らした。

「あまり、張り切るなって」

「いえ、そういうわけじゃないんです」

坂本は、やれやれというように苦笑いを浮かべた。

「情が移っても知らねえぞ？　まあ俺には関係ないことだけどな」

そう言って、坂本はこちらに背中を見せた。

「レストルームにいるわ。三十分経ったら食器片づけてくれや」

「はい」

彼の後ろ姿を見て洋平は思った。最初は嫌な人間と感じたが、そうではなさそうだ。

あっという間に三十分が過ぎた。食器を下げる時も、洋平は彼らに一言声をかけた。高宮は、美味しかったと微笑んだ。ご飯を残していた新庄に、もういいのかい？　と訊いたが、彼は無視だった。

持っていくよ？　小暮はその言葉に頷き、池田は、ああ、と小さく返事をしてくれた。

そして、午後一時の合図。ドクターチェックを終えた四人は、L室へと移動させられた。洋平と坂本は、レストルームを後にした。

L室に入り、洋平は昨日と同じ位置に立つ。数分が経過しても、新庄と池田は相変わらずで、椅子に座ったまま動かない。小暮は窓の景色をノートに描いている。

重苦しい空気に耐えきれなかったのか、高宮が声をかけてきた。

「今日はいい天気だね。気持ちいいね」

すかさず新庄が割って入ってきた。

「おい！」

だが今日の高宮は強気だった。

「いいじゃん！　亮太には関係ないもん！」

険悪な雰囲気が部屋中を満たす。機嫌を損ねた新庄が、突然立ち上がった。

「勝手にしろ。おい、行こう了」

池田は新庄と高宮を見比べ、

「あ、ああ」

と返事する。

「どこへ行く」

坂本の問いかけに、新庄が答えた。

「屋上だよ」

二人は部屋から出ていった。坂本が、新庄と池田の後に続いた。洋平は、高宮に視線を向ける。彼女はにっこりと笑った。

「邪魔者が消えたね。これでナンちゃんとお喋りできる」

その言葉に、洋平は苦笑いした。

「い、いいのか？　怒らせちゃって」

「いいのいいの。あいつはいっつも機嫌悪いんだもん。こっちが疲れちゃうよ。でもね……」

洋平はその先を促した。

「でも？」

「本当は、いい奴なんだよ。ずっと前にいた子が私たちの目の前でスイッチを押そうとした時があって、亮太は必死になってそれを止めた。その子はもう頭がおかしくなっちゃってて、結局はその場でスイッチを押しちゃったんだけどね……それから、一人、また一人って、どんどんいなくなってった。簡単に押す子、泣きながら押す子、狂いながら押す子、私はその光景を何度も見てきた」

「……そうか」

「君明君が、車椅子でしょ？」

洋平は、小暮を一瞥する。聞こえてはいるのだろうが、夢中になって絵を描いている。

「どこへ移動する時も、亮太が車椅子を押してあげるんだよ」

「いい奴なんだね、彼は」

「うん。了だって。ただ大人を嫌ってるだけなんだよ」

洋平は落ち込む。どうしてやることもできない……。

「ごめん。何だか暗くなっちゃったね」

「いや……」

「ねえナンちゃん。彼女いるの？」

意外な質問に、洋平は心底驚く。

「い、いないよ。そんなの」

「へ～モテそうな感じだけどな～」

どう答えたらいいのか分からない。

「ねえねえ。今、外では何が流行《はや》ってるの？　それに、どんなテレビがやってるの？」

何気ないその問いが、洋平を苦しめた。彼女らは何も知らない。若い子たちが当たり前のように知っていることを。今、この国でどのようなことが起こっているのかを。十歳までの情報しか、頭にない。

「どうしたの？　ねえ教えてよ」

暗い表情になってしまっていた洋平は、上手くごまかした。

「実は、俺もあまりよく知らないんだ。テレビとか、あまり観ないし」

「な～んだつまんないの。じゃあ、人気歌手とかは？」

「それも、あまり」

「そっか。じゃあ、今度歌番組とか観たら教えてよ」

「ああ、分かった」

それからしばらく沈黙が続いた。急に、高宮が深刻な顔を見せる。

「私たちね、長い間ずっと四人で生活してきた。だから、誰かがいなくなるなんて考えられない」

洋平の心臓が、ドクンと波打つ。

「最初は十五人もいたのに、あっという間に……。仕方ないよね。こんな寂しい所で毎日毎日。悪いことなんてしていないのに、ずっとずっと同じ生活。生き続けるなんて辛いに決まってる。何が自殺抑制プロジェクトよ。何の意味もないじゃない。私たちは、国のオモチャだよ」

どう返したらいいのか分からなかった。

「私たち、七年もいるのに、思い出深い出来事が全然ないよ。四人で笑った記憶がほとんどない。ここ数年、会話も少ないし」

無理もない。毎日が同じ繰り返しなのだから。

「でも、今はちょっと楽しいかな。ナンちゃんが来てくれたから」

洋平は、無理に笑みを作った。

「そうか……」

「みんな、スイッチを押さない理由があるんだよ。だから辛くてもここにいる」

君もそうなのか？　とは訊けなかった。

「いつか、ここから出られると思ってるのかもね」

その台詞が一番、胸に重く響いた。

いつかきっと。そんな無責任なことなど言えず、洋平は言葉に詰まった。

「どうして……私たちが選ばれたの……」

あれは忘れもしない春休み。あの日はポカポカとしていて、穏やかな陽気だった。自宅にいた俺は、ベッドに横になっている二つ下の弟、圭吾と一緒にアニメ番組を観ていた。宇宙人みたいなキャラクターがおかしくて、二人で笑っていた。あの日は圭吾の調子が良くて、俺は幸せな一時を過ごしていた。しかし、悲劇が起こったのは、アニメが終了した直後だった。

ピンポン、とチャイムが鳴る。玄関に向かったのは母だった。扉の開く音が聞こえた瞬間、全身がビクッと固まった。母の悲鳴がしたからだ。何かあったのではないかとテレビの前から立ち上がる。不安そうにこちらを見つめている圭吾を安心させて。すると、スーツを着た二人の男が部屋に入り込んできた。

「お願いです！　連れていかないで！」

母の言っている意味が分からなかった。泣きながら、男たちに懇願《こんがん》するのだ。

混乱していた自分に、一人の男がこう言った。

「新庄亮太。来なさい」

そしてもう一人に腕を摑まれた。

「何だよ！　ふざけるな！　離せよ！」

大人の力には勝てず、玄関に引きずられていった。

「お願い！　亮太を返して！」

男にしがみついた母は、乱暴に倒された。それにキレた俺は、叫びながら奴らの脚を何度も何度も蹴《け》った。しかし、大人しくしろの一言で片づけられ、家から連れ出されてしまった。

「お兄ちゃん！」

部屋の中から聞こえた圭吾の声。車が発進して、しばらく母が追いかけてきてくれたが、距離は広がるばかり。あっという間に、母の姿は見えなくなった。そして、この施設へ……。

母ちゃん、圭吾、元気にしてるか？　ちゃんと生活していけてるだろうか。圭吾の具合はどうだ？　母ちゃん、倒れたりなんかしてないだろうか？


「おい亮太」

了の声で亮太は我に返る。屋上から見える景色に戻る。

「寒いよ。やっぱり戻ろうぜ」

身を縮ませて了は言う。

「誰が……」

と、亮太は舌打ちする。

「真沙美の奴……」

「え？」

「監視員とベラベラ喋りやがって。奴らは俺らの敵なんだぜ。あいつらのせいで仲間たちは死んでいったんだ」

「真沙美はそういう性格だからな」

「あの監視員だってそうだよ。調子に乗りやがって」

了は、亮太の肩に手を置く。

「最初だけさ。あの監視員も迷惑してるだろうよ。しつこく話しかけられて」

亮太は地面に唾《つば》を吐いた。二人が仲良くしていることが、とにかく面白くなかった。

新庄と池田の会話を後ろで聞いていた坂本は、二人をじっと見据えていた。

8

午後五時五十五分。洋平の、横浜センターでの二日目が終わろうとしていた。子供たちにとっては、繰り返しの日々の中のたった一日に過ぎなかった。

四時になると、新庄と池田がL室に戻ってきた。二人の姿を見るなり、高宮は残念そうな顔をした。だが新庄を気にせず、高宮はいろいろな話を聞かせた。ここに収容される前の楽しい思い出。洋平は、彼の目が気になっていたので、言葉は発せず、笑みだけで応えた。彼女の話を聞いていると、施設にいることを忘れる。高宮が国の実験台だとはどうしても思えなかった。発狂する子や泣き叫ぶ子ばかり見てきたから。

　六時の合図が部屋に響くと、小暮以外の三人が椅子から立ち上がった。新庄が絵を描いている小暮に、

「行こう」

と声をかけ、車椅子を押して廊下に出る。洋平と坂本は、その後に続いた。

「今日も疲れたな」

と、坂本が話しかけてきた。すぐ前には四人がいる。彼らがいるのに、そういう言い方をするのはやめてほしかった。

「え、ええ」

　聞こえないように、一応は小さく答えておいた。

　四人は、地下のダイニングルームへと向かう。そこで夕食を摂り、個室へ戻るのだ。彼らがダイニングルームに着くのを見届け、洋平と坂本の仕事は終わりとなる。

　五人の足音がコンクリートに響く。一定の間隔にある個室を通り過ぎ、左へ折れる。十メートルほど先には、学校の教室のような扉がある。高宮が開き、まず新庄と小暮を中に入れ、次に池田が入った。そこまで見届けて、坂本が言った。

「さあ行こうか」

ここで夜勤の監視員にタッチする。洋平は「はい」と頷き振り返った。

その刹那《せつな》、高宮に声をかけられた。

「ナンちゃん」

顔を向けると、彼女は手招きをしていた。

「どうした？」

「ちょっと」

坂本と目を合わし、洋平は言った。

「すみません。先行っててください」

彼は一つ間を置き、

「分かった。じゃ」

と手を上げ階段へと歩いていった。

「何だ？」

訊くと、高宮はニコッと笑った。

「ちょっとだけ中、入りなよ」

まさかそう言われるとは思っていなかった。

「え？　いや、でも」

「大丈夫。亮太のことなら気にしないで」

「そういうわけじゃ」

「じゃあいいじゃん。さあ入って」

高宮に腕を掴まれた洋平は、強引に中に入れられた。その瞬間、新庄の怒声が飛んできた。

「おい！　何してんだよ！　あんたの時間はもう終わりだろ！」

洋平は困惑の表情を浮かべる。高宮がすぐに反論した。

「私がいいって言ったの！　亮太は黙っててよ」

気まずい雰囲気が部屋を包む。新庄は、そっぽを向いてドスンと椅子に座った。

部屋の面積は一階のL室とほぼ同じ。広い空間には、大きな四角い木のテーブルがあり、その周りには三つの椅子。部屋の隅に小さな棚が置かれているが、引き出しの中には鉛筆や消しゴムが入れてあるのだろう。八王子でもそうだった。

家具は、それ以外に何も置かれていない。そのため、本当に広く感じる。床はフローリングになっていて、壁はクリーム色。天井には、やはり小型カメラ。

「ナンちゃんにね、見せたい物があるんだ」

そう言って、高宮は小さな棚に歩み寄る。池田と小暮は高宮の動きを目で追う。

彼女は引き出しを開け、何枚かの紙を持って戻ってきた。

「それは？」

尋ねると、高宮はその紙を差し出してきた。

「見て。君明君が描いた絵だよ」

洋平は受け取り、一枚一枚丁寧に見ていく。屋上や部屋から描いた景色。センターからでは見られない風景画もある。想像の世界だろうか。大きな会場に、多くの人々が集まっているのだ。それとも、ここに収容される前の記憶？　一つ言えるのは、昨日、資料室で見た絵より確実に進歩している。鉛筆しか使えないので、色で表現はできないが、ちゃんと気持ちは伝わってくる。

「本当に上手いな」

国は、彼から才能を奪った。その罪は大きい。

「でしょ？　凄いよね」

次の紙には、ある人物の顔が描かれていた。大きな瞳におかっぱ頭。そして、ニコリとした口元。一目で分かる。これは高宮だ。

「君か？」

彼女を見ると、

「ピンポーン」

と明るい声が返ってきた。

「似てるよね〜」

「ああ」

次は池田の顔だった。短めの髪の毛に、つり上がった目。そして輪郭《りんかく》。つい見比べてしまった。池田は目が合った瞬間、下を向く。最後が新庄だった。癖のある長い髪の毛。小さな顔。洋平は、優しく描かれた目に注目した。いつもの鋭さは、この絵にはなかった。

これが本当の新庄の姿……。

「ねえナンちゃん」

「うん?」

「明日、君明君と一緒に絵を描きに外へ行くから、ナンちゃん来てよ」

洋平は優しく微笑んだ。

「ああ、分かった。じゃあ、もうそろそろ行くよ。また明日」

高宮と約束をし、洋平はダイニングルームを後にした。

制服から私服に着替え、施設を出ると携帯電話が鳴った。液晶を確認すると、そこには『堺』と表示されていた。本部長である。

「もしもし?」

特徴のある低い声が聞こえてきた。

「南君か？」

「はい」

堺は、こう訊いてきた。

「どうだね？　横浜での仕事はもう慣れたか？」

「……はい」

「驚いただろ？　彼らを見た感想は？」

どう答えていいのか分からず、言葉に詰まる。堺は鼻で笑った。

「複雑な心境だろうな。分かるよ」

洋平は、あることを訊こうとして、やめた。

「いずれは絶対に来る彼らの死を、君はどう感じるかな」

また連絡する。堺はそう言って、電話を切った。

洋平はしばらく、グラウンドに立ちつくしていた。

『明日、君明君と一緒に絵を描きに外へ行くから、ナンちゃん来てよ』

堺の言葉で、一気に現実に引き戻された気分だった。

この日の夜、小暮君明は寒い個室でいつものように鉛筆を動かしていた。今日は夜空に浮かぶ星を描いていた。形を作り、黒く塗り潰《つぶ》す。

雰囲気は出ているが、あまりパッとしない。星が、黒なのだから……。

この七年間、一色だけで表現してきた。ここに閉じこめられる前の絵は、色鮮やかだったのに……。

『おいチビ！　今日もお絵描きかよ！　よく飽きねえな！』

生まれつき足が不自由で、夢中になれるものといったら絵しかなかった。それ以外、何もできなかった。一部の同級生には、歩けないからと、ずっとイジメられてきた。他の皆は、見て見ぬふりだった。

『チビ！　追いつけるものなら追いついてみろ～』

バカにしながら去っていく同級生。相手にはせず、絵を描くのに集中した。

仲間は一人もいなかった。優しくしてくれたのは両親だけ。日曜日になると、美術館に連れてってくれた。父も絵が好きで、いろいろな画家の名前を聞かされた。そして、絵の描き方を教わった。

三月の暖かい日、父とある約束をした。

『君明、今度お父さんがな……』

ずっと楽しみにしてたのに……。

その約二週間後、この横浜センターに収容された。二人の男に連れてこられる時、母は泣き叫び、父は悔しそうに下を向いていた。まるで、こうなることを知っていたかのように。

いや、知っていたのだ。だからあえてあのような約束を。いつかきっと、という意味で。

あれから七年、父は、まだ約束を憶《おぼ》えているだろうか。

僕はまだ、絵を描き続けている。毎日、毎日。明日も変わらず。

ふと、頭の片隅に、あの監視員の顔が浮かんだ。

9

十一月二十五日。三日目の朝を迎えた。横浜に移ってから、彼らのことばかり考えている。夢にまで彼らが現れた。それはいつもの光景。話しかけてくる高宮。絵を描く小暮。ずっと黙っている新庄と池田。

目覚ましよりも早く起き、洋平は『ある物』をポケットに入れ、少し早く施設へ向かった。

ロッカールームで着替えていると、坂本が入ってきた。

「よお」

「おはようございます」

横に並んで着替える坂本は、こう訊いてきた。

「昨日、ダイニングルームに呼ばれただろ？　あれ、何だったの？」

洋平は、ああ、と思い出すふりをして、答えた。

「高宮が、小暮君明の絵を見せてくれたんです」

二人と約束をしたのは伏せた。

「何だ。それだけ？」

「ええ。とても、上手でした」

坂本は、興味なさそうに呟く。

「まあ確かにな～」

着替え終えた二人は、彼らの食事を運ぶため、地下へと向かった。

この日も、洋平が彼らに朝食を配る。一人ひとりに優しく声をかけていった。

「おはよう。朝食だ」

「おはようナンちゃん」

高宮以外の三人は返事をしてくれなかったが、暗い顔は見せなかった。食器を下げる時も、積極的に話しかけた。

そして午後一時。洋平と坂本は、彼らがいるL室へ向かった。高宮は、早くもウキウキとした表情をしていた。目が合った瞬間、合図をしてきたので、洋平は小さく頷いた。

それから三十分、沈黙が続いた。こちらに振り向いた高宮が、席から立ち上がった。

「君明君、絵を描きに外行こうか」

小暮は、ノートを胸に抱え、頷いた。

「行こう行こう」

高宮が車椅子を押す。二人は部屋から出ていった。

「僕が行きます」

と坂本に言い、洋平は高宮と小暮の後に続いた。新庄がこちらをずっと睨《にら》んでいたが、目は合わせなかった。

外に出ると、高宮が身体を震わせながら甲高い声を上げた。

「寒〜い」

太陽は出ているが、風が強い。二人の髪の毛がバサバサと躍る。帽子が飛ばされないよう、洋平は頭を押える。

車椅子を押す高宮が、グラウンドの真ん中で立ち止まった。洋平は後ろから声をかける。

「ここで、描くのか？」

「いいよね？　ここで」

と小暮に確認する。彼の首が縦に動く。

「ここじゃ、何の風景も見えないだろ」

高い外壁に囲まれているので、絵を描くには適さない。

「屋上へ行ったほうがいいんじゃないか？」

「いいの。君明君は想像して描くんだから。それに、ここが一番好きみたい」

「そっか」

小暮は早速ノートを開き、絵を描き始めている。洋平の脳裏に、ふと堺の言葉が響いた。

『いずれは絶対に来る彼らの死を、君はどう感じるかな』

二人の前で、悲しい顔をしてしまった。洋平は高宮と小暮を見つめながら、こう呟いた。

「死なせない……」

「え？　何？　ナンちゃん」

洋平は首を振り、

「何でもない」

と微笑んだ。そして、自宅から持ってきた『ある物』をこっそりと取り出し、小暮に差し出した。

「これ、よかったら使ってくれないか？」

十色の色鉛筆が入った長細い箱。この時のために、夕べ、文具店で買っておいたのだ。

それを見て、小暮は固まってしまっている。

「でもこれは内緒だ。他の監視員にバレたらまずいから、後で返してもらうけど」

「ナンちゃん……」

と、高宮が声を洩らす。小暮の表情はまったく変化しない。

「あまり、気に入ってもらえなかったかな」

そう言うと、小暮の手が伸びてきた。何も言わずに箱を取り、中から色鉛筆を出した。そして、夢中になって描き始めた。その姿を見て、洋平は安心した。

「ありがとう。ナンちゃん」

高宮はもの凄く嬉しそうだった。目にうっすらと涙が光る。

「いいんだ。これくらいしか俺は」

高宮は小暮に身体を向けて、満面の笑みを浮かべた。

「よかったね君明君。大事に使おうね」

小暮の耳には何も聞こえていないみたいだった。すっかり自分の世界に入り込んでいる。

「ナンちゃん」

「うん？」

高宮は張り切りながらこう言った。

「ノート取ってくる。私も絵を描きたくなってきちゃった」

「ああ」

洋平は、高宮の走る姿を見つめていた。


真沙美は急いでL室に向かう。嬉しさで一杯だった。こんなことしてくれる人は初めてだった。彼が来てくれて、本当によかったと思う。息を切らしながらL室に入ると、亮太が立ち上がった。

「おい！　君明は！」

「ナンちゃんと二人だけど？」

大げさに訊いてくる彼に、それがどうしたの？　というように答えた。真沙美は机からノートを取った。

「あんな奴と二人きりにしてんじゃねえよ！　君明がかわいそうだろ！」

真沙美は小さく首を振った。

「君明君は、嬉しそうだよ。私にはそう見える。ほら」

真沙美は外を指差した。亮太はグラウンドに身体を向ける。了も立ち上がり、二人の様子を見つめる。

「後ろ向いてて分かんねえや」

と、亮太がひねくれた言い方をする。

「あんなに夢中になって描いてるのを見るの、久しぶりだよ」

洋平が色鉛筆を持ってきてくれたことはもちろん言わなかった。坂本がいるからだ。

「いつもと変わらねえよ。なあ？　了」

了は、亮太に合わせる。

「あ、ああ……」

これ以上話し合っても仕方ないと、真沙美は廊下に足を向ける。

「どこ行くんだよ」

背中を向けたまま、真沙美は冷たく言った。

「私も、絵を描くの」

机を蹴る音が、廊下にまで聞こえてきた。

色鉛筆を握りしめた小暮は、三時を過ぎても手を止めようとはしなかった。寒くないかと話しかけても、こちらには見向きもしない。まるで、水を得た魚のように、生き生きとしていた。この時だけは、施設のことも何もかも忘れていたのではないだろうか。

午後四時を少し回った頃だった。ようやく小暮の手が止まった。隣にいた高宮が声をかけた。

「描き終わった？」

すると小暮は、高宮にノートを渡した。一緒に、洋平も覗いてみる。

「これ……」

広いグラウンドに、三人の男の子に一人の女の子。車椅子に乗っているのは小暮本人だろう。他の三人は、高宮、新庄、池田。皆被験者用のジャージではなく、色とりどりの私服を着ている。その四人が、バレーボールくらいの大きさの球を楽しそうに投げ合っている様子が描かれていた。ここへ来て、そんな光景、一度もないはずなのに。

想像というより、こうなればいいなという、彼の願い？

そう思うのは当たり前だ。普通なら高校へ通っていて、一番楽しい時期のはず。なのにこんな所で……。

洋平は何も言ってやれなかった。高宮は辛い顔をしている。

小暮が、口を閉じたまま色鉛筆の入った箱を返してきた。洋平は、無理に笑みを作って受け取る。

「また、描く時に渡すから」

しばらくノートを見つめていた高宮も、いつもの顔に戻る。

「君明君。この絵、ナンちゃんにあげるよ？　他の人に見られたらナンちゃんが怒られちゃうから」

すると小暮は、深く頷いた。高宮はノートから紙を丁寧に切り離し、

「はい」

と言って渡してきた。

「ありがとう。小暮」

洋平の言葉に、小暮の反応はない。高宮が大きな声を上げた。

「さて！　もうそろそろ行こうか」

「そうだな」

帰りは洋平が車椅子を押した。三人は建物の中へと戻った。

すぐに行くからと、二人を先に部屋へと向かわせた洋平は、自分のロッカーに小暮からもらった絵をしまい、L室に足を運んだ。途中、ずっと尿を我慢していたことを思い出し、トイレに入った。すると、手洗い場で池田と遭遇《そうぐう》した。

「あ」

お互い、小さくそう反応する。四人の中で、まだよく性格が分からないのが池田であった。素顔を隠しているような、そんな感じがする。

「ト、トイレか？」

つい当たり前のことを口にしてしまった。無視する池田は、水道の蛇口を止めて、ポケットからハンカチを取り出した。その時だ。洋平の目が何かをとらえた。小さな物が、スッと落ちたのだ。下にはマットが敷かれてあるので、音がしなかった。池田は気づかないまま行ってしまった。これは何だろうと、洋平は拾う。

錆《さ》び付いた鉄。鍵の形をしている。

「自転車の……」

なぜ、こんな物を持っているのだろう？

ハッとして洋平は池田に声をかけた。

「お、おい」

すると池田は、迷惑そうに振り向いた。

「何だよ」

洋平は、鍵を上にかざす。

「これ、落としたぞ」

その瞬間、池田は過剰に反応した。ポケットに手を突っ込み、鍵がないことを知ると、平静を装い、こちらに歩み寄ってきた。

「か、返せよ」

「ああ」

洋平の手から、奪うようにして池田は鍵を取る。気になった洋平は彼に尋ねた。

「大事な物なのか?」

するると池田は突然こちらを睨んだ。

「あんたには関係ねえだろ」

「そうだよな……」

彼に背中を向け、便器に一歩近づくと、後ろからこう言われた。

「いい人ぶりやがって。そんな無理しなくていいんだぜ」

「どういう……」

池田は、洋平の言葉を遮《さえぎ》り、こう言い放った。

「同情なんてしないでくれ」

洋平は、その場に固まってしまった。何も返せなかった。池田はL室へと戻っていった。

今の彼の一言が、ズシリと響いていた。

その夜、洋平は街中を歩きながら池田の言葉を思い出していた。

「同情なんてしないでくれ……か」

あの後、すっかり落ち込んでしまった洋平は、L室に戻っても、いつもどおり彼らと接することができなかった。高宮に、

「どうしたの？」

と訊かれても、

「いや、別に」

としか返せなかった。

少なくとも彼らは、そう思っている？　仕方のないことなのだが……。

冷たい風を受けながら、丸めて持っていた紙を開いた。

街には、彼らと同じくらいの年の子がウジャウジャいる。楽しそうに友達と笑ったりお喋りしたり。これが当たり前の光景なのだ。

『同情なんてしないでくれ』

再び、池田の言葉が脳裏に響いた。

カウント3

翌日、考え事に没頭していた洋平は、坂本の声で我に返った。いつの間にかクッキングルームに立っていた。

「おい、どうした？　何かあったか？」

「いえ……別に」

「そっか。じゃあ行くぞ」

二人は、朝食を運んで地下へと階段を下りた。

高宮の部屋の前に立ち、液晶画面に手を伸ばした瞬間、昨日の池田の言葉が洋平の動きを止めた。

「おい、どうした南？」

躊躇《ためら》うな、と自分に言い聞かす。

「おい！　早くしろ」

焦《じ》れた坂本が、高宮の部屋の扉を開け、彼女に朝食を渡した。その時、高宮に声をかけられた。

「おはようナンちゃん」

洋平は小さく、

「お、おはよう……」

と返した。坂本が扉を閉め、そのまま新庄の部屋に進む。洋平は、その場に立ちつくしていた。

全員の食事を配った坂本が戻ってきた。

「どうしたんだよ。何か変だぞ。疲れてんのか？」

「そういうわけじゃ」

「今日は俺が食器を片づける。お前はレストルームにいなよ」

洋平は、すみません、と頭を下げた。

午後一時の合図が施設内に鳴り響く。レストルームから出た洋平は、坂本と合流し、L室に向かった。

坂本が扉を開く。一番最初に目が合ったのは、池田だった。二人の間に気まずい空気が流れる。洋平は目を逸《そ》らし、部屋の後ろに立つ。

池田は、ポケットに手を入れてダラリと座ったまま動かない。洋平の視線に、高宮が気が付く。

「どうしたのナンちゃん。ボーッとしちゃって」

「いや、ちょっと」

「何か、元気ないね」

高宮がそう言った瞬間、池田の顔がほんの少し動いた。

「そんなこと、ないよ」

「それならよかった」

高宮は、話題を変える。

「ねえねえナンちゃん。昨日、何かテレビ観た？」

洋平は苦笑いを浮かべる。

「いや、観てないけど」

「な〜んだ。この前言ったじゃん。面白いテレビ観たら教えてって」

「そ、そうだったね」

「じゃあ……」

次の質問を考えている高宮。洋平は、ふと新庄の動作が気になった。どうしたのだろう？　お腹の辺りを手で押えている。酷《ひど》くなってきたのか、とうとうずくまってしまった。隣の池田も気づき心配する。

「おい亮太」

人に弱いところを見せたくない彼だ。一切声を出さず我慢していたが、耐えきれなかったようだ。

「腹が、痛え……」

と洩《も》らしたのだ。洋平は、無意識のうちに新庄のもとに駆け寄っていた。高宮は立ち上がり、小暮は鉛筆の動きを止めた。

「おい！　どうした？」

呼びかけに反応はなく、ただ痛がっている。

「大丈夫か？」

新庄は苦しみながら洋平を振り払った。

「うるせえ」

混乱状態に陥《おちい》っていた洋平は、新庄に言った。

「医務室から先生呼んでくる」

「よ、余計なことすんな」

洋平は部屋を飛び出した。無我夢中で医務室へと走っていた。

ドクターに状況を伝え、部屋に連れていった。新庄はまだ痛がっている。彼の側では池田と高宮が心配そうに見つめている。坂本はただ戸惑っている。

「先生、彼です」

ドクターは新庄の目の前にしゃがみ、彼の腹部に手を当てた。そして、症状を訊《き》いていく。新庄は辛《つら》そうに答えていた。

ドクターが立ち上がった。

「とりあえず医務室へ」

洋平は嫌がる新庄の肩を持ち、部屋から出た。池田と高宮も後ろに続いた。小暮と坂本の二人はL室に残っていた。

医務室に着いた洋平は新庄をベッドに寝かせた。

「平気だって言ってんだろ」

「いいから喋《しゃべ》るな」

洋平はドクターに任せて、後ろに下がった。池田と高宮は気が気ではないといった様子だった。

十五分後には、新庄は平然とベッドから起きあがっていた。結局ただの腹痛で、何てことはなかった。

「もう大丈夫か？」

ドクターの問いに、新庄は乱暴な口調で答えた。

「大丈夫だよ」

そして洋平は新庄にこう言われた。

「余計なマネしやがって」

洋平は、安心してほっと息をついた。

「よかった……本当に」

新庄と池田は医務室から出る。

「行こう。ナンちゃん」

洋平は頷《うなず》き、高宮と一緒に廊下《ろうか》に出た。が、すぐに立ち止まる。

「どうしたの？」

俯《うつむ》きながら洋平は、こう言った。

「同情なんかじゃない……」

新庄と池田の足が止まる。こちらに振り向く。

「そんなんじゃないんだ」

新庄は首を傾《かし》げ、冷たく言い放つ。

「何言ってんだ。行こうぜ了」

池田はハッとなり、

「ああ」

と頷く。二人は再び背中を向け行ってしまった。

高宮が疑問を投げかけてきた。

「どうしたの？　急に」

洋平はしばらくの間を空けた。そして優しく微笑《ほほえ》み、

「行こうか」

と歩き出した。


その日から十日間が過ぎ去った。施設内では同じ生活の繰り返しだった。洋平の生活も変わらなかった。朝食を配る時、下げる時には必ず一言声をかけ、小暮が絵を描くために外に出る時は車椅子を押し、向こうが煙たがっていようが、無視されようが、新庄と池田にも話しかけた。洋平は、四人に今までどおりに接した。

そして、横浜に配属されてから二十日間が経った朝だった。

相変わらずの四人だったのだが、この日、ある出来事が起こった。それが、一人の心を揺り動かした。

昼食を終え、いつもどおり食器を下げ、彼らをレストルームから出す時、洋平は小暮の車椅子を押してやった。すると横から、新庄が割り込んできた。

「おい！　俺が押すからいいんだよ」

その際、小暮の手にぶつかってしまい、持っていた鉛筆が床に落ちてしまったのだ。

「ごめん……」

洋平は鉛筆を拾い、小暮に渡した。すると、ほんの少し彼の口が開いた。そして、こう言ったのだ。

「……ありがとう」

小暮が喋ったその瞬間、四人は固まった。洋平は驚きを隠せなかった。なぜなら、初めて彼の声を聞いたからだ。それ以上に驚いているのが、高宮、新庄、池田の三人だった。

「君明君……」

と呟《つぶや》く高宮。小暮は下を向いてしまった。

「い、行こうぜ」

新庄は車椅子を押して、足早にL室に向かう。高宮がその後ろにつく。信じられないといった様子の洋平も、ようやく歩き出す。すると、背中を向けていた池田がこちらに振り向いた。しかし、迷った動作を見せている。しばらくの間を空けて、俯きながらボソッとこう言ったのだ。

「後で、屋上来てくれ」

意外なその言葉に、洋平は訊き返す。

「え？」

二度はなかった。屋上へ来いと、それだけを残して、行ってしまった。

何だろう……。

いつもと、目が違った。

1

七年経った今も、彼女の顔はハッキリと頭に残っている。肩まで伸びたサラサラの綺麗《きれい》な髪の毛。大人の手にスッポリと収まってしまうほどの小さな顔に、眠たそうな、まるで狸《たぬき》のような目が特徴で、ポツンと置かれたような可愛《かわい》い鼻。そして、お喋りな口。優しくて明るい彼女は男子から人気があり、同性にも好かれていた。

今、彼女はどんな顔をしているだろう。辛く、寂しい毎日で、ずいぶん変わってしまっただろうか。でもまだ、生きていてくれている。それだけで十分だ。

矢田《やだ》遥とは、幼稚園の頃からの幼なじみだった。家が近所で、毎日のように一緒に遊んでいた。小学校に上がった頃から、女子といるところを見られるのが恥ずかしく思うようになり、校内ではあまり口を利かなかったが、休みの日はお互いの家によく遊びに行っていた。彼女と過ごした思い出はいろいろある。二人でテレビゲームをやったり、公園に行ったり、駄菓子屋さんでお菓子を食べたり。遥はケーキを作るのが得意で、よく母親と一緒に作ったケーキを食べさせてくれた。その味、今でも憶《おぼ》えている。そしてハッキリと頭に残っているのがもう一つ。冗談《じようだん》混じりに言った彼女のあの一言。

公園の砂場で山を作っている最中、遥は砂を掘りながら言ったのだ。

『了君はね、私と結婚するよ』

その時恥ずかしくて、

『やだね。何でお前と』

と、ごまかしたが、自分もそんなような気がしていた。まさかそれから間もなく、離ればなれになるとは思ってもみなかった。

今思えば、小学校に上がる前辺り……そう、病気を治すためと言って手術を行ったその日から両親の態度が急におかしくなった。自分たちの子供だというのに、妙に気を遣ったり、陰では母が泣いていたり……。何かを隠していた。

五年後、その理由が明らかとなった。

『池田了、来なさい』

友達と公園で遊んでいる最中だった。訳が分からず、必死になって抵抗したが、周りにいた大人も助けてくれなかった。両親にも、そして遥にも会わせてもらえず、施設に収容された。

ショックな出来事はそれだけじゃなかった。同じ日、遥まで別の施設に入れられたと監視員から知らされたのだ。でも、それを聞いてスイッチは押さなかった。それこそ国の思う壺《つぼ》。もう一度、遥に会いたかった……。

遥は平塚の施設に閉じこめられている。監視員が何も言ってこないということは、まだ生きている。恐らくは一人だろうが、ずっと耐えているはずだ。

今、どんな様子だろう。毎日そう思っていた。しかし、知りたくても訊けなかった。監視員など、大人など信用できない。この七年間、本当に辛かった。

でも今日の朝、一人の男に、賭《か》けてみようと決心した。


池田は椅子《いす》から立ち上がった。

「どこへ行く」

振り向き、洋平に言った。

「屋上へ」

すると亮太も立ち上がった。

「じゃあ俺も」

「来るな」

池田は同時に言った。

「は？」

「いいから来るな。一人になりたいんだ」

そう言い残し、部屋を後にした。廊下に、南の声が聞こえてきた。

「私も、行きます」

少し遅れて屋上に着くと、手すりに摑《つか》まり、空をボーッと見ている池田の後ろ姿があった。

急に呼び出すなんて、一体どうしたというのだろう。朝の池田は雰囲気が違った。

『同情なんてしないでくれ』

いつかの言葉が蘇《よみがえ》る。洋平は池田に歩み寄り、声をかけた。

「話って、何だ？」

すると池田は振り返り、呟いた。

「何であんたをここに呼んだのか……分かるわけ、ないよな」

「どうしたんだ？　何か、あったのか？」

池田は、再び背を向ける。

「あんたがここへ来て、もう三週間近くが経つか」

彼は、何を言おうとしているのだろう。

「あ、ああ。早いよな」

「この七年間、嫌なことばかりだった。入れられた当初は特に。同じ年齢の奴らがどんどん死んでいった。皆でなら怖くないと、集団でスイッチを押す奴らもいた。長い間、ずっと四人でここまで来たけど、何も変わりはしない。俺にも、いつか押す日が来るような気がする」

どう返せばいいのか、正直分からなかった。深刻な表情を浮かべる池田がふと、ポケットから何かを取り出した。それは、死のスイッチだった。洋平は、過敏に反応する。

「お、おい……」

赤いスイッチを見つめながら、池田は口を開く。

「こんな物のせいで、俺たちの人生滅茶苦茶《めちゃくちゃ》だ。こんな物がなければ今頃、家族や友達に囲まれて、普通に生活していたんだ」

池田はポケットにスイッチをしまい、俯いたまま喋る。

「あんたが来て、ほんの少しではあるけど、施設内の雰囲気が変わった」

「高宮が、皆を明るくさせようとしてくれているからな」

池田が洋平の言葉を遮《さえぎ》る。

「違うよ」

「え？」

「今日の朝、君明があんたに喋ったろ」

はっきりとは聞こえなかったが、確かにありがとうと……。

「君明が、監視員に口を開いたのは初めてなんだ。俺たちにだって滅多《めった》に。あいつの声、久々に聞いたんだ」

だから皆、あんなにも驚いていたのだ。

「そうだったのか」

それから、無言の時間が流れた。この沈黙をどう破ればいいのか考えていると、池田がまた振り向いた。そして、あの自転車の鍵《かぎ》を見せたのだ。

「これ、憶えてるだろ？」

「ああ。トイレで、落としたやつ」

強い風が過ぎ去る。静まり返ると、池田はこちらに鋭い視線を向けた。

「あんたを信じてもいいのかよ。俺たちの敵である、監視員のあんたを」

意外な言葉に、洋平は驚く。まさかそんなことを言われるとは思わなかった。彼の顔は真剣だ。洋平は頷いた。

「自分にできることがあるなら、力になりたい」

あの鍵と、深い関わりがあるのだろうと思った。

池田は鍵を握りしめ、静かに語りだした。

「これは、幼なじみの自転車の鍵なんだ。俺がここに連れてこられる数時間前、友達と遊びに行くからと、そいつに自転車を借りたんだ。そして遊んでいる最中、国の男たちが現れた。ポケットに鍵が残っているのに気が付いたのは、施設に着いてからだった」

池田はため息をつき、続けた。

「国の奴らが実験の内容を話している時すでに俺は誓っていた。鍵を返すまで絶対に死なないと。でも」

「でも？」

「そいつも同じ日に、施設に収容されていたんだ」

「そんな、まさか……」

洋平は、初日に見たファイルを思い出した。

「その子、遥っていう名前じゃ」

池田は驚きはしなかった。

「見たのか、ファイル」

「ああ……」

「そう。矢田遥。俺はそいつのために生きている。家族よりも大きな存在なんだ。彼女もまだ、スイッチを押していない。俺はいつか必ず会えると信じている。そしてその時、この手で鍵を返すんだ。でも、今の遥について何も分からない」

池田がその先何を言おうとしているのか、それは明らかだった。

「俺に、平塚センターに行けというんだな？」

池田は、下を向き呟いた。

「あんたに、任せていいのか」

正直、彼から頼み事をされるとは思ってもいなかった。しかし洋平は、何の躊躇いもなく返事をした。自分を頼ってくれたことが、嬉《うれ》しかった。

「ああ」

「もし……もし会えたら、これをこっそり渡してほしいんだ」

洋平は、一枚の紙を受け取った。

「分かったよ」

池田は、何も言わずに屋上を後にした。彼の後ろ姿は、もの凄《すご》く悲しそうだった。

2

この日の勤務を終えた洋平は、平塚の施設に向かおうとしていた。彼女のことを思う池田の役に立ちたいと思っていた。

歩調を速め進んでいくと、なぜか門の近くに坂本が立っていた。

「お疲れ様です」

頭を下げ通り過ぎようとすると、

「待てよ」

と声をかけられた。洋平は歩みを止める。

「何か」

坂本は不気味な笑みを浮かべながら寄ってきた。

「どこ行くんだ？」

洋平はドキリとする。

「自宅に、帰ります」

怪しんでいるようにも見えたが、案外納得するのは早かった。

「そうか、ならいいんだ」

「では」

洋平は逃げるようにしてその場から立ち去る。すると再び、坂本の声がした。

「あまり裏でコソコソ動かないほうがいいぞ」

やはり彼は勘づいている？　洋平は平静を装った。

「何のことです？」

「今日、池田了と屋上に行ったから、もしやと思ってな。奴が監視員を呼んだのは初めてだからよ」

この男が意外に鋭いことを洋平は知った。

「別に、呼ばれてなんかいませんよ」

「そうか。何かそんなふうに見えたからよ」

「違います」

「それならいいんだ。もし仮にそうだとして、後々、面倒《めんどう》なことになるのはお前だからよ。でも余計なお節介《せつかい》だったな。まあ俺には関係ないけどな」

「大丈夫です。失礼します」

「おう。また明日な」

洋平はバス停に急いだ。彼らの願いを聞くことは、規則違反だと分かっている。だが、放っておくことはできなかった。

横浜駅から東海道線に乗り、平塚駅で下車した洋平は、西口の階段を下り、そこからバスに乗り込んだ。辺りはすっかり真っ暗になっていた。

ガラガラのバスに揺られながら、洋平は窓に映った自分の顔を見つめる。

今、矢田遥に会いに行こうとしている。池田は不安ばかりを抱いていたが、微《かす》かに期待しているのが見えた。もし対面できるのならば、池田の気持ちをしっかりと伝えようと思う。しかし、彼女に会うのが半ば怖くもあった。なぜなら、何となく想像がついているから。矢田遥が今、どんなふうになってしまっているのかが。

終点で下車した洋平は、遠くに見える灰色の建物を注視《ちゅうし》した。

あれに間違いない。平塚センターだ。

洋平は足早に建物に向かった。やはり辺りは八王子や横浜に似ている。緑一色に囲まれていた。

『YSC平塚センター』

入口手前で一度立ち止まり、洋平は敷地に足を踏み入れた。

恐る恐る建物の扉を開けた。堺が送ってきたカードキーはここでも通用する物だった。一応関係者ではあるが、勝手に中に入っていいのだろうか。一言声をかけようか迷っていると、偶然、二人の監視員が通り過ぎた。

「あのう……」

するとと男たちはこちらに振り向き、歩み寄ってきた。一人は三十代後半だろうか。太い眉《まゆ》に、ギロッとした大きな目が特徴で迫力がある。もう一人は、まだ二十代前半か？　色黒で、モデルのような綺麗な顔立ちをしているが、何となく悪そうな雰囲気を醸し出している。歩き方がチャラチャラしているからだろうか。

三十代後半と思われる男が言った。

「ちょっと困ります。この中に勝手に入らないでいただきたい」

洋平は、

「すみません」

と頭を下げて、事情を説明した。

「私、横浜センターで監視員をしている者です」

男の眉がピクリと動く。若いほうはどうでもいいというような態度だ。

「そうでしたか。で、横浜の方が何か用ですか？」

男の口調が和らいだ。洋平は彼に尋ねた。

「ここに、矢田遥という子が収容されていると聞いたんですが」

「ええいます。二〇二三年に収容された唯一の生き残りです」

やはり、一人か。周りに同年代の子はおらず、孤独な生活を送っている……。

洋平は、意を決して男に頼んだ。

「できれば、会わせてもらいたいのですが」

男の答えは早かった。

「それはできません」

「一目だけでも、いいんですが」

「いくら他のセンターの方であろうと、それはできません。お引き取りください」

「それじゃあ、彼女の今の様子……」

言葉の途中で遮られてしまった。

「困ります」

詳しく説明しても結果が変わるとは思えなかった。池田から預かった手紙も渡すことはできまい。

「そうですか……分かりました」

頭を下げて、洋平は建物を出た。施設に入る前よりも外が寒く感じた。

やはりダメだったか。池田にどう話せばいいだろう。こういう時、嘘《うそ》をついてもいいのだろうか……。

敷地から出たその時だった。

「おい待てよ」

振り返ると、若い男がこちらに走ってきていた。

何か用だろうか？　息を切らしながら、彼はこう訊いてきた。

「あんた、矢田遥の何？」

洋平は答えに迷う。

「家族？　親戚《しんせき》？」

「いや、そういうわけじゃ」

男は、ふ～んと頷く。

「少なくとも、何か訳があるんだな」

「ま、まあ……」

認めると、男は右手を差し出してきた。その意味が洋平には理解できなかった。

「何か？」

男は焦れったそうに右手を縦に動かす。

「情報料だよ。一万でいいや。払えば何でも教えてやるぜ」

その言葉に警戒するが、今の洋平には払うしか選択肢はなかった。財布から札を取り出し、そっと渡す。男は満足そうに一万円をポケットにしまい込んだ。

「で？　何知りたいの」

どんなことから聞けばいいのか考え、まずはこの質問からした。

「彼女は、元気なんでしょうか？」

男は腕を組み、首を横に振った。

「そんなわけないっしょ。俺は五年前にここに入ったから最初の頃は知らないけど、七年だよ七年。頭いかれちまってるよ。毎日毎日椅子の上でボーッとして、ただ飯を食うだけ。一切口は利かないよ。髪の毛はボッサボサだし、目は死んでるし、やばいねあれは。どうしてスイッチ押さないのか分からないよ俺には。早く押しちまえばいいのによ。そうすればまた新しい実験台が来るってのによ。俺たちもマジ退屈だよ」

その発言に、洋平は怒りを感じる。表情にも出てしまった。男は気まずそうに片手を上げた。

「悪い悪い。でもよ、実際理解できないぜ。何であんなに我慢できるんだよ」

そんなことを聞きたいんじゃない。

「彼女のことで、他に何か分かりませんか？」

「他っつったって、口を利いたことなんてねえし、ずっとあんな調子だからな。日記だってずっと白紙だしな。感情を出したこともねえよ」

やはり、思っていたとおりか……。

「そうですか」

「もし他に何か分かれば、連絡してやってもいいけどな」

「それは助かります」

洋平は早速、携帯番号を交換した。

「俺の名前は菊田《きくた》。あんたは？」

「南です」

「分かった。じゃあ何かあったら連絡するよ」

そう言って菊田は振り返った。肝心なことを思い出し、洋平は菊田を呼び止めた。

「ちょっと待ってください」

「何？」

この男に任せてもいいだろうかと迷ったが、彼女に渡す方法はこれしかなかった。

洋平は、一枚の紙を手渡した。

「これを、こっそりと渡してくれませんか？」

菊田は嫌そうな表情を浮かべる。

「何だよ。面倒臭えな。バレたら厄介《やっかい》だしな」

「お願いします」

菊田は帽子を取り、頭をボリボリとかいて、再び右手を出してきた。

「オプション料だ。もう五千円。安いもんだろ？」

洋平は渋ることなく菊田に五千円札を差し出した。

「まいど。必ず渡してやるからよ」

菊田は施設に戻っていった。彼の姿が見えなくなるまで、洋平は見つめていた。

彼女の今の様子が目に浮かぶ。池田には、何と言えばいいのだろうか……。

静まり返った寒い個室。風が吹くと、サラサラと木の揺れる音がした。

その夜、矢田遥は布団の上に正座したまま、目の前にある一枚の紙をボーッと見つめていた。個室に入る時、監視員が置いていった。

虚《うつ》ろな目。垂れ下がった首。ダラリと力の抜けた両腕。静かに呼吸を繰り返す。遥は、目の前にある紙にゆっくりと手を伸ばした。そして、力のない両手で開いていく。

鉛筆で書かれた文字が並んでいた。

『遥、こうして手紙を送れる日をどれだけ待ちわびたことか。この七年、辛く苦しかった。お前は今どうしてる。俺のことを忘れてしまってはいないだろうか』

薄れていた記憶が蘇っていく。消えかけていた顔が脳裏に浮かぶ。

了……。

『七年前のあの日、まさかお前まで施設に収容されていたなんて、信じたくなかった。俺はずっとずっと心配していた。忘れた日なんて一日もない。お前まで不幸にした国の奴らが許せない。本当は今すぐにでも助けに行きたい』

一緒にいた思い出が浮かんできた。父、母とケーキを作り、了を呼んで四人で食べた。あの日の笑い声が、楽しい会話が、耳に聞こえてくる。手を繋《つな》いで公園へ行った。自転車を二人乗りした。捨てられていた犬の面倒を一緒に見た……。

『俺のことは心配ない。苦しいだろうけど、一日一日を生きてほしい。お前は憶えているか。俺は今でも、あの日に借りた自転車の鍵を大切に持っている。鍵を返す時がいつか必ず来ることを信じている。だから、諦《あきら》めないでほしい』

手紙は、そこで終わっていた。

『今日、自転車貸してくれよ』

『え～壊さないでよ』

『大丈夫だって』

読み終えた遥の目から、ツーッと一筋の涙がこぼれた……。

3

翌朝、施設に着くまで洋平は池田に何と言おうかずっと迷っていた。真実を述べるか、それとも安心させてやるべきか。

それより、あの菊田という男、ちゃんと手紙を渡してくれただろうか。何が書いてあるのかはもちろん知らないが、きっと彼女を勇気づけるに違いない。ただ、その先に希望があるのかどうかは、分からない。

朝食を配る際、どう話そうかまだ気持ちは固まってはいなかったが、洋平は池田にアイコンタクトを送った。彼は真剣な顔つきで頷いた。そして午後一時。彼女のことで頭が一杯だったのだろう。洋平がL室に入って間もなく、彼は立ち上がり、屋上へ向かった。後を追うようにして、洋平も続いた。

扉を開くと、屋上の中央に池田は立っていた。昨日と違って、こちらに身体を向けている。洋平は静かに歩み寄る。最初に口を開いたのは池田だった。

「遥のいる施設に、行ってくれたのか？」

洋平は強く頷く。

「ああ」

その先を聞きづらそうにしている池田を察し、洋平は一から話した。

「実は、直接会うことができなくてな……」

途端《とたん》に、池田の表情が悲しく歪《ゆが》む。

「じゃあ」

「でも、一人の監視員が、帰り際に彼女のことを教えてくれたんだ」

ふと顔を上げた池田の語気が強くなる。

「で、遥は？　遥は今どうしてる？」

洋平は言った。

「相当辛いんだろう。精神状態があまりよくないそうだ。たった一人で、ずっと椅子に座ったままだそうだ」

洋平は事実を打ち明けた。嘘をつくことはできなかった。

「そうか……」

落ち込む池田の顔を見て、やはり安心させてやるべきだったのかと思う。

「それで遥は、俺のこと何か言ってるのか？」

洋平は、残念そうに首を振った。

「誰とも口を利かないそうだ。でも、心の中では君のことを思ってるはずだ」

池田は口を閉じてしまった。変わり果ててしまった彼女に何を思っているのだろうか。助けてやりたいと考えているに違いない。

「手紙……渡しておいた。それを読めばきっと」

言葉の途中で、池田は呟いた。

「かわいそうに……でもいつかきっと」

今にも泣きそうな池田を見て、洋平はどう言葉をかけていいのか分からなかった。

会いたいのに会えない二人のことを思うと、辛かった。

池田は俯いたまま、

「ありがとう。俺のために……」

と呟き、屋上から去っていった。これでよかったのだろうかと自問自答する洋平は、しばらくの間を置いて、一階へと下りていった。

L室に戻ると、肩を落として座っている池田の姿があった。彼の様子が変だということは、高宮や新庄も気づいているようだった。

室内の空気が妙に重い。洋平は部屋の後ろに立つ。騒動はこの直後に起こった。

新庄が急に口を開いた。

「おい。二人で仲よく何してたんだよ」

洋平はドキリと反応する。

「おい了。何を話してたか知らねえが、あんな監視員、当てにしたってどうにもならないぜ」

「亮太！」

すかさず高宮が止める。

「お前は黙ってろ！」

新庄は怒声を放ち、池田に身体を向ける。

「あの監視員はな、俺らの前ではいい人間を装ってるだけなんだよ」

新庄は、小暮にも言葉をぶつける。

「君明だって騙《だま》されるなよ」

絵を描いていた小暮は鉛筆を止め、悲しそうに俯いた。

ずっと黙っていた池田が、静かに言った。

「別に、何も話しちゃいねえよ」

新庄は納得しない。

「嘘つけ。昨日からコソコソしやがって」

洋平は、二人のやりとりを見ていることしかできなかった。

「何を期待してんだよ。どうにもならないってのによ」

新庄が暴言を吐いたその瞬間、洋平は思わず声を上げていた。

「そんなことはない」

一瞬、部屋が静まり返る。坂本も驚いた顔を見せる。怒りの矛先は、洋平ただ一人に向けられた。

「お前に何が分かるんだよ！　お前なんかに俺らの気持ちが分かるのかよ！」

洋平は一言も返せなかった。激昂《げっこう》した新庄は、L室から出ていった。後を追ったのは坂本だった。

室内には最悪の空気が流れていた。誰も口を開こうとはしなかった。

重い雰囲気のまま三時間が経過した。洋平は皆のことが心配だった。特に、池田が。ずっと、深く考え込んでいる。隣に座る新庄は、池田に背を向け頬杖《ほおづえ》をついている。小暮は、ずっとノートを閉じたままだ。高宮にも元気がない。

洋平は深いため息をついた。七年間一緒にいた彼らの気持ちが、バラバラになってしまった。

この空気に耐えきれなかったのか、高宮が立ち上がった。そして、洋平にこう言ったのだ。

「外へ行きます」

来てほしいというサインだと洋平は理解する。彼女の後ろに、黙ってついていった。

グラウンドの真ん中まで高宮は歩き、後ろ姿のまま尋ねてきた。

「了と、何かあった？」

正直に話すべきか。そもそも彼らは池田の幼なじみのことを知っているのか。

「もしかして、聞いたの？　幼なじみのこと」

洋平はしばらくの間を置き、頷いた。

「ああ。実は昨日、その子が収容されている平塚センターまで行ってきたんだ」

高宮は微かに驚いた表情をし、悲しそうに呟いた。

「そうだったんだ。じゃあ、了が落ち込んでいるのは……」

「精神状態が良くないそうだ。魂が抜けてしまっているような状態なのかもしれない」

「……そう」

「何とか……何とかしてあげたいけど、俺には」

高宮には、ある不安が芽生えていた。

「ねえ。了、死んだりしないよね」

洋平は迷うことなく答えた。

「大丈夫」

そうは言ったものの、どこかでは恐れていた。心が弱くなっている今、諦めてスイッチを押してしまうのではないかと。そんな池田を見ている他の三人も心配だった。どうにかしてやりたい。洋平は心の底から思っていた。

しかし、この日を境に彼らの雰囲気は変わった。池田は両手を組み目を瞑《つぶ》りながら小さな声で何かを唱えるようになり、新庄は池田と一切目を合わさないようになった。小暮にも変化が出ていた。あれほど好きだった絵を描かなくなった。車椅子の上で、ただ外を眺めるだけになってしまった。高宮も口数が少なくなった。池田を心配している様子だった。

こんな状態が一週間以上続いた。そして、洋平が横浜に異動してきてちょうど一ヶ月が経った十二月二十三日。それは突然の出来事だった。

これが、運命なのか。

早朝、滅多に鳴らない携帯電話が、鳴り響いた。

4

ベッドから起きあがり、携帯を取る。液晶画面には、『菊田』と表示されていた。

その瞬間から、洋平は嫌な予感がした。

「もしもし。南です」

洋平は緊張する。菊田はほんの少しの間を空けた。

「おう。俺だよ」

この質問をするのが怖かった。

「何か、ありましたか」

すると菊田は、躊躇いもなくこう言った。

「矢田遥が、昨日の夜中にスイッチを押した」

衝撃が走った。洋平はギュッと目を瞑り、携帯を握りしめ、息を吐き出した。

「どうして……急に。彼女に何が」

「どうやら原因は、母親の死みたいだな」

「母親が」

「ノイローゼだったってよ。赤信号なのに道路を渡って、トラックに轢《ひ》かれたらしい」

その事実を知り、七年間張っていた糸が、プツッと切れたということか。そして、

「個室の机に、ノートが置かれてあったんだが、そこにはこう書かれていた。お父さん、了、ごめんなさい、ってよ」

返事をする力が出てこなかった。

「あんたから預かった手紙、ちゃんと渡したよ。それからずっと、矢田は涙を流してばかりだった。声も出さず、ただ泣いていたよ」

別れの手紙。洋平にはそんな気がしてならなかった。

「あんたも辛いだろうけど、仕方のないことだよ。いずれこうなるんだ。じゃあな」

そこで通話が切れた。洋平は、立ちつくしていた。

まさかこんな急に……。彼女のことを知って、すぐの出来事だった。とうとうこの日が来てしまった。脳裏には、不安な表情の池田が浮かんでいた。彼女のことだけを

思って生きてきた。もしこの事実を知ったら、彼は……。それだけが心配だった。

「雨……」

今頃気づいた。外はシトシトと雨が降っていた。洋平には、矢田遥が泣いているように思えた。

どんなに悲しい出来事が起こっても、時は同じように進んでいく。この日も、施設での生活が始まろうとしていた。ロッカールームで着替えていると、坂本がやってきた。

「よお」

洋平は力なく頭を下げる。

「どうした？　顔色よくないぞ。体調でも悪いのか？」

「いや……」

「それとも、奴らのことで悩んでんのか？　だから言ったろ。あまり深く関わるなって」

「そういうわけじゃ……」

「ま、俺には知ったこっちゃないけどな」

施設中に、七時の合図が鳴り響く。

「よし、行くか」

正直、地下に下りたくなかった。池田と顔を合わすのが辛かった。そして、怖かった。

彼らの食事を持ち、階段を下りる。この日も配るのは洋平だった。高宮、新庄、小暮には今の気持ちを悟られないよう、明るく装い挨拶《あいさつ》をした。しかし今の彼らにはそんな力などなかった。高宮でさえ、ただ頷くだけだった。

『矢田遥が、昨日の夜中にスイッチを押した』

池田の個室の前に立った瞬間、菊田の言葉が蘇る。同時に、池田の言葉を思い出した。

『いつか必ず会えると信じている』

洋平はノックし、中に入った。池田はこちらに背を向けて、布団の上で膝《ひざ》を抱えて座っていた。

「池田……机の上に、置いておくよ」

そう伝えて、個室を出た。扉を閉めた洋平は、ドッと息をついた。手にはビッショリ汗をかいていた。

やはり、真実を告げることはできなかった。彼の気持ちを考えたらとても。

しかし、隠し通すこともできなかった。洋平は、こうなると予測できていた。それは、彼らを検査室に移す時だった。地下に所長がやってきたのだ。

「池田了」

　下を向きながら歩く池田は立ち止まる。高宮、新庄、小暮、坂本も同時に。池田の後ろにいた洋平は、どうすることもできなかった。ただ、所長の口から真実を告げられるのを待つしか。

　とうとう池田に、運命の一言が伝えられた。

「昨夜、十一時二十三分。ＹＳＣ平塚センターの矢田遥がスイッチを押した」

　その瞬間、池田の全身が震えだした。そして、こう洩らした。

「嘘だ。嘘だろ？」

「本当だ」

「どうしてそんな急に」

「母親が事故で亡くなった知らせを聞いた、数時間後のことだったそうだ」

「そんな……」

　信じられないといった様子の池田はハッと振り向く。涙を浮かべた彼に見つめられた洋平は、ゆっくりと首を縦に動かし、認めた。

「遥……」

　池田はその場に崩れ落ちた。放心状態に陥ってしまった彼は、遥、と何度も何度も呟く。所長は何も感じていないかのように、地下から去っていった。

「どうして……」

池田は、魂の抜けた声を出す。誰も声をかけられない中、洋平が口を開いた。

「君に、ごめんなさいと、彼女のノートには書かれていたそうだ。手紙を読んでからずっと、泣いていたそうだ」

すると池田は、

「……そうか」

と言って、自力で立ち上がった。そして、歩き始めた。

心配する高宮が、声をかける。洋平は辛くて、後を追うことができなかった。

「了……」

午後一時の合図とともに、L室に入ると、池田はいた。ポケットに手を突っ込みダラリと座っていた。それはいつもと同じ恰好《かっこう》だった。誰も池田に声をかけられず、黙って席に着く。長い沈黙が続いた。池田は微動だにしない。彼女のことを思っているに違いなかった。しかし、一番最初に口を開いたのは池田だった。全員に身体を向けた後、こう言ったのだ。

「おい。どうした皆？　そんな暗い顔して」

「だって……」

と高宮が返すと、池田は一瞬悲しい顔を見せ、優しく言った。

「七年間、遥はずっと辛かったんだ。寂しかったんだ。母親が死んだんだ。仕方ないさ」

「でも……」

「いずれはこうなる。覚悟してた。だからよ、皆暗くならないでくれ。俺に気を遣わないでくれ。大丈夫だから」

無理している池田が哀れでならなかった。本当は悲しいはずなのに。泣きたいはずなのに。

「了？」

高宮の問いかけに池田は、

「どうした？」

と普通に反応する。高宮は、今抱えている不安を訊かずにはいられなかったのだろう。

「了まで……」

しかし、そこで止めた。池田は鼻で笑い、こう答えた。

「まさか」

池田の様子が心配になり、洋平は彼を屋上に呼び出した。

屋上の扉を開くと、冷たい風を顔に受けた。朝から降っていた雨は、もう止んでいた。

手すりの前で池田は曇り空を眺めていた。洋平の気配に気づき、彼は振り返る。そして、面倒臭そうな顔をしてこう言った。

「何だよ寒いのによ。どうしたんだよ」

「お前が……心配だったから」

池田は呆《あき》れた態度を見せる。

「大丈夫だって言ったろ？　もうそれだけか？」

「あ、ああ……」

「じゃあ下行くぜ」

池田が通り過ぎる時、洋平は思わずこう言ってしまった。

「きっと彼女……最期まで」

池田は洋平の言葉を遮った。

「言うな！」

「え？」

「それ以上言うな」

そこで初めて自分の過ちに気づいた。

「ごめん」

池田はこちらに背中を向けたまま、こう呟いた。

「ありがとう……手紙渡してくれて」

そして、

「俺は、大丈夫だから」

バタン、と扉が閉まる音が響いた。

「池田……」

表には見せないが、幼なじみを失ったショックは大きいはず。だが今は、彼を信じるしかなかった。

5

悲しみに包まれたまま時は流れ、夜を迎えた。この日は風の音もなく、妙に静かだった。

突然の別れだった。あまりにも急すぎて、実感が湧《わ》かない。せめて一言だけでも、喋りたかった。

遥の死を知らされ、皆の前では気丈を装っていたが、個室に移動してからずっと、了は毛布に包《くる》まり、泣いていた。最後に一目、会いたかった。幼い頃の遥しか、浮かんでこない。その顔も、だんだんとぼやけていく。

幼稚園から小学校までの遥との思い出が蘇る。

『矢田遥です』

彼女のほうから自己紹介してきたのを今でも憶えている。仲よくなったのは、それからだった。短い間だったけど、本当に楽しかった。あの頃に戻れるのなら戻りたい。この七年、再会するのを夢見て生き続けてきたが、結局叶《かな》うことはなかった。国の奴らに、勝つことはできなかった。悔しいが、彼女を責めることはできない。

『了、ごめんなさい』

これが最期の『言葉』だった。そう思うと、再び涙が溢《あふ》れた。了は彼女から借りた自転車の鍵を握りしめ、静かに目を閉じた。

もう、生きる気力がない。この七年間の幕を下ろそうと思う。振り返ると、本当に長かった。他の子がスイッチを押そうと、絶対に負けなかった。初めは怯《おび》えていたが、真沙美、亮太、君明と四人で、ずっとずっと頑張ってきた。言い争ったり、慰《なぐさ》め合ったり、本当に極わずかだが、笑ったこともあった。互いの事情を知っているからこそ、ここまで生きてこられたんだ。

でも、もう限界だ。

先の見えないこの状況で、生き続ける自信がない。それほど大きなものを失ったのだ。

俺は仲間を裏切ろうとしている。三人の悲しむ顔が目に浮かぶ。こんな別れ方になるなんて。でも、さよならを言わず別れたほうがいい。

父や母はどう思うだろう。今頃、何をしているだろう。

了は立ち上がり、机に向かい、椅子に座る。そして、ノートを広げた。ここに自分の気持ちを書くのは何年ぶりだろう。了は鉛筆を握りしめた。そして、こう書き残した。

『皆、ありがとう』

自分の気持ちを伝えた了は、とうとうスイッチを引き出しの中から取り出した。

収容初日、絶対に押さないと誓った。しかし、この時が来てしまった。

皆、ごめん。

最期は静かな気持ちだった。

これで遥と、会える。

スイッチに被《かぶ》せられている透明のプラスチックを外し、了は息を全て吐き出し、躊躇いなく、赤いスイッチを、強く押した。その瞬間、了の心臓機能は停止した。同時に、自転車の鍵がポトリと落ちた。

二〇三〇年十二月二十三日。午後十時十五分。池田了。実験終了。

6

あっという間に夜が明け、朝を迎えた。胸騒ぎを覚えたのは、敷地内に数台の公用車が停まっているのを見たからだった。

「まさか……」

昨日の今日だ。とっさに浮かんだのが、池田の顔だった。洋平は走り出していた。靴《くつ》を履き替え、着替えもせずに地下へ向かおうとした。その時だった。階段から、堺が部下を引き連れ上がってきたのだ。その瞬間、全身から一気に力が抜けた。

まさか、本当に……。

こちらに気づき、堺の眉がピクリと反応する。

「おはよう南君」

堺は、いつもと変わらぬ挨拶をしてきた。

「本部長……」

すると堺は、こう言った。

「昨夜、池田了がスイッチを押したよ。最愛の友の死が原因だと我々は判断した。急なことだったんで私も驚いたよ」

目の前が真っ暗になった。堺はニヤリと右上唇を浮かし、洋平の肩を軽く叩《たた》いた。

「いずれはこうなるんだよ。まあ国のためだ。仕方ないだろう」

洋平は頭も下げず、地下に急いだ。すると、スーツを着た中年の男たちが数人、池田の個室の前に立っていた。YSC本部の連中だ。普段、こんなことはない。七年もいた被験者の死を聞いて、やってきたのだ。興味深そうに話している。

池田に何があったのか察知したのだろう。高宮の個室からは泣き声が、新庄の個室からは叫び声が聞こえる。

「おい！　開けろ！　開けろよ！　了がどうしたってんだよ！」

洋平は男たちをかき分け、個室に入った。中はもぬけのからだった。机も、布団も片づけられている。洋平は、膝からガクリと落ちた。

「君は監視員かね？」

上の者に聞かれても、答えられなかった。洋平は放心状態に陥る。

池田……。

本当に、押してしまったのか……。

『俺は、大丈夫だから』

昨日、そう言っていたのに。今でも彼が、スッと現れそうな気がしてならなかった。

背後に気配を感じた。振り返ると、そこには同僚の泰守人が立っていた。廊下にはもう、国の連中はいなかった。洋平は何とか立ち上がった。

「驚いたよ。池田がスイッチを押したって聞いた時は」

洋平はあることを思い出し、泰に詰め寄った。

「そうだ鍵……自転車の鍵ありませんでしたか。彼が大事に持っていた物なんですよ！」

泰は、取り乱す洋平の肩を摑んだ。

「落ち着けって」

その言葉で洋平は我を取り戻す。

「あったよ。床に落ちていた。恐らく、洋服と一緒に家族に送られるだろう」

施設での生活で、皮膚や内臓にも変化があったのか調べられた遺体は、センター専用の火葬場で荼毘《だび》に付される。心臓に取り付けられている機材の仕組みを知られないためだ。そのため家族は、遺体を一目だけでも見ることができない。そのかわり、被験者が施設に収容された時着ていた洋服を届けるのだ。

「そうですか……」

「池田は最期に『皆、ありがとう』と書いていたよ」

「……池田」

洋平は、やるせない気持ちで一杯になった。

「辛いだろうけど、慣れるしかないんだ。そういう仕事なんだから」

そう言い残し、泰は個室から出ていった。洋平はガクリと項垂《うなだ》れた。地下には、高宮の泣き声と、新庄の叫び声だけが響き続けていた。


池田がいなくなっても、一日の流れは同じだった。彼らに朝食を配ったのは泰だった。その間ずっと、洋平はレストルームにいた。池田のことが頭から離れない。悲しみと、悔しさが溢れていた。彼は、これ以上生きていても意味がないと思い、押したのだろうか。屋上で話している時、すでに決めていたのだろうか。

午後一時の合図で、現実に引き戻される。洋平は、重い足取りでL室へ向かった。廊下にまで、高宮の泣き声は聞こえていた。彼らと顔を合わすのが辛かった。

「ナンちゃん……」

高宮の目からは大量の涙がこぼれている。洋平は頷き、部屋の後ろに立つ。声をかけてやる元気が、出てこなかった。小暮は悲しそうに、外の景色を眺めている。池田との生活を思い返しているに違いなかった。

突然、新庄が拳《こぶし》を思い切り机に叩きつけた。そして、大声を張り上げた。

「俺のせいだ。俺が了に、どうにもならないなんて言ったから！」

新庄は、何度も何度も拳をぶつける。

「俺がもっと、優しい言葉をかけてやれば、了は死なずに済んだかもしれないのに！

仲間なのに俺は……」

そう言って、新庄は泣き崩れた。責任を感じている彼に、洋平は声をかけた。

「君のせいじゃない。自分を責めないでくれ。池田は最期、君たちに、ありがとう
と」

すると新庄は、キッとこちらを睨《にら》んだ。

「じゃあお前が、了を生き返らせてくれんのかよ！」

「亮太！　やめて！」

すかさず高宮が止めに入る。洋平は答えられない。

「お前ら大人のせいで、了は死んだんだよ！」

「お願いだからやめてよ！」

新庄は力なく呟いた。

「俺たちだっていずれ、このまま死ぬんだ。いくら夢見たって、結局はここで。了だ
ってそうだったじゃねえか」

室内が静まり返った。

その時、様々な声が脳裏に蘇ってきた。

『結局彼らを待っているのは死だけなんだよ』

『いくら生きてもこの先、何もない』

これが、現実。だんだんと怒りがこみ上げる。

しかし、新庄の最後の言葉が、洋平の胸に突き刺さった。

「お前がどうにかしてくれんのかよ！」

そう叫び、新庄は部屋から出ていった。泰が後を追っていく。

俯いた洋平は、ポツリと呟いた。

「……俺は」

高宮、小暮の顔が瞳《ひとみ》に映る。

どうすればいい……。

もう我慢の限界だった。洋平の頭に突然、ある思いが芽生えた。

洋平は何かに取り憑《つ》かれたかのように視線を落としたまま呟いた。

「……分かったよ」

七年間一緒だった池田了の死は、三人に大きなショックを与えた。一日中、室内は高宮の泣き声に包まれていた。彼らの悲しむ姿を見つめる洋平は、様々な思いを抱いていた。

『あんたを信じてもいいのかよ』

あの日の言葉が、胸に響く。

手紙なんかじゃなく、喋りたかったろう。会いたかったろう。結局は力になってやることができなかった。こんな自分を信じて頼ってくれたのに……。

彼はもう、戻ってこない。

己の無力さに腹が立った。力になりたいと思っていながら何もできなかった。八王子にいた時もこんなことの繰り返しだった。気が付くと幼い命が奪われていった。このままでは、同じ結果が待っているだけ。

それでいいのか。

彼らにも池田のように、生きている理由がある。施設になんていたら、先は見えない。いずれは彼のように……。

『お前がどうにかしてくれんのかよ！』

自分自身が嫌になった。今まで抑えてきた感情が堰《せき》を切ったように溢れ出した。気が付くと、アパートの部屋を滅茶苦茶にしていた。息を切らして立ちつくす。

『死ぬしか道がない彼らを、君は監視すればいい』

堺の言葉を思い出し、洋平は拳を強く握りしめた。

「……くそ」

もう、限界だ。何が実験だ。法律だ。これ以上、後悔したくない。してはならない。今自分にできることは何か。

そう、彼らを助けることだ。被害者は全国にいる。それは分かっている。しかし、自分一人ではどうにもならない。だからせめて、あの三人だけでも……。

もし、彼らに今しかできないことがあるのなら、叶えてやりたい。

この先、死しかないのなら……。いや、待っているのは悲惨な結果だけだろう。だったら……。

「ごめん……池田」

決心はついていた。国の命令にはもう従わない。

これしか道はない。

洋平はスーツの内ポケットから一枚の写真を取り出し、しばらくの間、見つめた。

「復讐《ふくしゅう》だよ……」

洋平はこの夜、行動に出ようとしていた。

池田の死が、洋平、そして三人の運命を大きく変えたのだった。

カウント2

午後十一時三十分。月明かりのまったくない暗闇の中、横浜センターの近くに、一台のワゴン車が停車した。ドアが開き、バタンと閉まる。暗闇から、黒い帽子に青いダウンジャケット、そしてジーパン姿の男が近づいてくる。門の前に立っていた二人の監視員のうちの一人が、

「何か？」

と言って、懐中電灯の明かりを男に向けた。その瞬間、監視員たちは安堵《あんど》の息をつく。

「何だ南か。どうしたこんな時間に？　何かあったか？」

躊躇《ためら》っていた洋平の顔が、狂気に変わる。

「お、おい？　どうした」

そして、右手に隠していたスパナを振り上げ、有無を言わさず監視員の頭を殴《なぐ》りつ

けた。そしてすぐさまもう一人も。

「み、南……お前」

「な、何を……」

監視員たちは呻《うめ》き声を上げ、その場に倒れ込み、気絶した。そして、興奮していた洋平は覚《おぼ》束《つか》ない手で、一人の男の腰から電子警棒を奪い取った。そして、無我夢中で入口に向かって走った。

この施設から、彼らを連れ出すために。

もう少しだ。待ってろ。

肩で息をしながら、扉に堺からもらったカードを差し込む。寒さのせいか、それとも興奮しているせいか、手がガタガタと震え上手《うま》く入ってくれない。大きく息を吸い込み、再度試みるとようやく扉を開けることができた。靴《くつ》のまま、暗闇の建物内に入る。暴れる心臓を必死に抑え、地下を目指す。そして、階段を一歩下りたその時だった。二階のほうから、足音が聞こえてきた。洋平は階段から離れ、トイレに忍び込む。顔をそっと出すと、監視員が地下へと下りていくのが分かった。洋平はドッと息を吐き出し、次の機会を待つ。すぐに、先ほどの監視員は上がってきた。そして再び、階段を上っていった。

今しかない。

息を殺し、足音を立てないように、洋平はそっと地下へと下りていく。高宮の個室を目にした途端《とたん》、さらなる緊張が重くのしかかった。

落ち着け。自分にそう言い聞かせ、扉の前に屈《かが》み、暗証番号を入力し、カードを差し込んだ。その時だった。

警報装置が作動したか。施設全体に、警報ベルが鳴り響いた。

「くそ！」

モタモタしてはいられなかった。洋平は勢いよく扉を開く。布団の上に正座している高宮が、ハッとこちらを振り返った。

「ナンちゃん……」

何が何だか分からないといった様子の高宮に、洋平は急いで指示した。

「自分のスイッチを持て！　ここから逃げるんだ！　さあ早く！」

隣室の前に移動した洋平は震える手で鍵《かぎ》を開けた。新庄は何事かと立ち上がっていた。混乱していた新庄は洋平と目が合った瞬間、意外そうな声を洩《も》らす。

「お、お前……何で」

「話は後だ！　とにかくスイッチを持て！　逃げるんだ！　早くしろ！」

最後に小暮の個室の扉を開けた。足の不自由な彼は、上半身を起こしてキョロキョロと部屋を見渡していた。

「逃げるぞ小暮！」

そう言って、車椅子を近くに置き、小暮の身体を強引に持ち上げ、座らせた。

「スイッチは！」

洋平の迫力に圧倒された小暮は、慌てて机を指差した。引き出しの中から、彼のスイッチを取り出し、車椅子を押して廊下《ろうか》に出た。しかしまだ、高宮と新庄が個室から出ていない。二人はまだ中にいた。両方、手にはスイッチを持っていたが、一歩が踏み出せないといった様子だった。

「行くぞ！　早く！」

彼らの足は、動かない。

「早くしろ！」

洋平の勢いに後押しされ、二人はようやく個室から出た。

「ナンちゃん？」

何か言いたそうにしている高宮の言葉を遮《さえぎ》り、

「行くぞ」

と、洋平は小暮の車椅子を押して走り出した。が、間に合わなかった。一人の監視員が地下に下りてきてしまったのだ。

「誰だ！」

四人に光が当てられる。眩《まぶ》しさのあまり洋平は目を手で押える。

「南！　お前ら！　何してる！　ただで済むと思うな！」

もう後には引けなかった。洋平はゆっくりと監視員に歩み寄り、抵抗されると思っていなかった監視員の隙をつき、電子警棒で思い切り腹部を殴りつけた。電流が監視員の全身を襲う。

「み、南……」

十万ボルトの電圧を受けたにもかかわらず、辛うじてまだ立っている監視員に、もう一発振り下ろした。二度目で、バタリと廊下に倒れた。

「ま、待て……」

洋平は足首を摑《つか》まれる。

「は、離せ！」

振り払うと、監視員の手がスルリと落ちた。

「さあ急げ！」

高宮と新庄は階段を、洋平は車椅子専用のスロープを上り、一階に着いた。

もう少し！　だが、全力で走る三人はビクッと立ち止まった。出入口付近で、大きな影が行き先を塞《ふさ》いでいたのだ。

突破するのみ。洋平は電子警棒を握りしめた。その時だ。あの男の呆《あき》れた声が聞こえてきたのだ。

「久しぶりの夜勤、と思った矢先にこれだよまったく……」

暗くて顔は見えないが、前方にいるのは坂本だった。

「昨夜、池田が死んだんだってな。だからこんな制度に嫌気が差して脱走か？」

坂本の声に金縛《かなしば》りとなる。

警報ベルは鳴り続いている。急がなければならないにもかかわらず、洋平は一歩が踏み出せなかった。ついこの間まで行動をともにしてきた男だからだ。

「こんなことしたって、何の得にもならねえぞ？　犯罪者になるだけだ。ただじゃ済まされねえぞ。殺されるかもしれねえ。お前だって知ってるだろ。過去にも他の施設で同じことをしようとした奴らがいた。失敗したうえに、そいつらは処刑だった」

ピシャリと血が飛び散る画が目に浮かび、洋平は一瞬の躊躇《ちゅうちょ》を見せた。が、力強く一歩を踏み出す。

「そ、そんなこと知ったこっちゃない。どいてください。坂本さん」

「でも――」

坂本の口調が、急に真剣になる。

「もう遅い。ここまでやっちまったんだからな」

何が、言いたい？

坂本は、出入口付近から身を引いた。

「行けよ。見なかったことにしてやる。そのかわり俺には関係ねえからな。それに、どうなっても本当に知らねえからな」

意外な言葉に洋平は拍子抜けする。

「坂本さん……」

「俺らとは違って、お前はそいつらのことばかり考えてたからな……変な奴とは思ってたけど」

立ち止まっている洋平に、坂本は言い放った。

「行け！　早くしないと警察が来るぞ！」

その声でハッと我に返る。

「急ごう！」

洋平は車椅子を押し、高宮と新庄を連れ、再び走り出した。坂本とすれ違う際、小さく頭を下げた。

「ありがとうございます」

「いいから早く！」

グラウンドに出た洋平たちは必死になって駆け抜ける。警報ベルは遠くのほうまで響いていた。屋上に灯《とも》っている赤色灯が派手に回転している。

「どうやって逃げるの? ナンちゃん」

高宮の問いに、前方を向いたまま洋平は答える。

「近くに車を停めてある」

障害者用のレンタカー。それに乗れば何とかなる。

暗闇の中から、門が見えた。

「もう少しだ! 頑張れ!」

やっとの思いで敷地から出た洋平たちは、エンジンをかけたままのワゴン車を目指す。

「あれだ!」

車に到着したからといってまだ安心はできなかった。小暮を乗せなければならない。それに、門の近くには二人の監視員が倒れているのだ。まだ意識を失っているとはいえ、モタモタしてはいられない。

「新庄! 手伝ってくれ」

「お、おう」

二人がかりで小暮の身体を持ち上げ、助手席に座らせた。

「さあ乗れ!」

運転席側に移動し、洋平がドアを開けようとしたその瞬間、目の端に、ヨロヨロとこちらに走ってくる一人の監視員の姿が飛び込んできた。

「南……待て」

「早く乗れ！」

洋平は二人に命令し、電子警棒を取り出す。両手を広げ、覆い被《かぶ》さるように迫ってきた監視員の肩を、もう一度殴りつけた。放電される感触が、右手に鋭く伝わる。倒れた監視員は、動かない。

死んだのか……。

急に震えが襲ってきた。手から電子警棒が離れる。金属音が周囲に響く。

足元の監視員を数秒観察し、洋平はとりあえず安堵の息をついた。微《かす》かに、胸の辺りが動いている。

ナンちゃん早く！

車内から高宮の声が聞こえた。

洋平は頷《うなず》き、ドアを開けて運転席に座る。バックミラーには監視員の姿が映っている。後部座席に二人がいることを確認し、サイドブレーキを降ろし、シフトをパーキングからドライブに入れた。そして、思いっきりアクセルを踏んだ。タイヤの鳴く音。

急加速した車は、施設から遠ざかった。

だが、まだ逃げ切ってはいなかった。

反対車線をパトカーがやってくる。このワゴンに乗っていることは分かっているようだった。

パトカーが停車した。中から三人の警官が降りてくる。

洋平たちの行く手が塞がれてしまった。

「ナンちゃん」

高宮の怯《おび》える声。洋平はブレーキに足を持っていき、引っ込めた。止まるわけにはいかない。逆に、アクセルを踏み込む。

警官が銃を取り出しても、洋平は怯《ひる》まなかった。クラクションを鳴らし続ける。だが、警官はどかない。

「轢《ひ》いちゃうよ！」

洋平は目を瞑《つぶ》っていた。ギリギリのところで、三人の警官は同時に道の端に跳んでいた。

バックミラーに映る赤い回転灯が、急速に遠ざかった。

三十分は無我夢中で車を走らせた。ひとまず安心した洋平は、大きく息をついた。

無言の車内。パトカーが完全に見えなくなった時、新庄が口を開いた。

「逃げたはいいけど、これからどうすんだよ。それにどうして……」

彼とまともに喋《しゃべ》ったのは、これが初めてだった。洋平はただこう言った。

「皆にも行きたい所があるだろうが、捕まったら意味がない。まずは遠くへ行こう。考えるのはそれからだ」

新庄は、納得した。

「……分かったよ」

後ろから追いかけられていないか、バックミラーで確認する。洋平は、その動作をしきりに繰り返した。

「まさかこうして、敷地内から出られるなんて……」

寂しげに呟《つぶや》いた高宮が、

「あ！」

と突然大きな声を上げた。

「何だよ」

尋ねる新庄に、高宮は嬉《うれ》しそうに答えた。

「雪だ！」

「本当だ……」

空から、ほんの小さな雪が、チラチラと降りてきた。

その雪を見て、洋平は初めて気づいた。

今日は、世界中の多くの人が一年のうち一番幸せになれる日。クリスマス・イブだということを。

またもや、反対側の車線をサイレンを鳴らした数台のパトカーが走ってきた。その瞬間に、車内は現実に引き戻される。

「大丈夫?」

不安そうにしている高宮に洋平は強く頷いた。

「心配するな」

ミラーを一瞥《いちべつ》すると、新庄と目が合った。彼はしっかり前を見据《みす》えている。気の弱い小暮もそうだった。

洋平もただ前を見つめ、現実と向き合うかのように、顔を上げている。

世間が幸せな時間を過ごしている中、四人はひたすら遠くへと逃げていた。

1

長い夜が明けようとしていた。雪がちらつく都会から離れた四人は、群馬県吉永村《よしなが》という、ナビにも細かい地図が表示されない、山あいの片田舎の廃校にいた。夜通し走り回っていた四人の疲労もピークに達し、目立たない所に停車させようと適当な場所を探していた時、小さな小さな廃校を見つけたのだ。どの窓にもカーテンはなく、教室にも机や椅子《いす》がまったくない。この校舎は現在、使われていないと判断した洋平は、ガラスを割って中に忍び込み、ここにしばらく身を隠そうと決めた。

四人は一階の教室で眠っていた。窓から差し込む陽の光で目を覚ました洋平は、小さく身を縮めた。あまりに疲れていたのでグッスリと眠れたが、寒い。布団はもちろん、毛布一枚ないのだから。

洋平は三人を見つめる。皆、寝息を立てて眠っている。寝顔を見て思った。十七とは言っても、まだまだ幼い。身体は成長しても、世間を見てこなかったせいか、心の中は子供。

教室を後にした洋平は廊下を歩き、校舎から出た。そして、グラウンドの脇に建つ倉庫に隠すように停めている車に乗り込み、ラジオを点けた。聞いたこともない曲が流れる。洋平はボタンをいじらず、しばらくそのままにしておいた。すると、アナウンサーが言った。

『ニュースをお伝えします』

洋平は背筋を伸ばし、聞き入る。自分が関わっている事件が、一番最初に伝えられた。

『昨夜十一時半頃、ＹＳＣ横浜センターから、三人の子供が同センターに勤務する監視員とともに脱走するという事件が起こりました。神奈川県警は現在、彼らの行方を追っています。過去にも二度、同じような事件がありましたが、いずれも未遂に終わっています。子供たちが連れ出されたのは、今回が初めてです。

監視員の名前は南洋平、二十七歳。南容疑者は監視員から電子警棒を奪い、三人の子供を連れ出して、白いワゴン車で逃走中です。子供らの名前は、高宮真沙美、新庄亮太、小暮君明。彼らは二〇二三年四月に横浜センターに収容され……』

そこで洋平はラジオを切り、車から降りた。

容疑者……。

思ったとおりすでに大騒ぎになっている。テレビでもニュースが流れているに違いない。今は市民の目も無視できない。やはり、もうしばらくは身を隠していたほうがいいだろう。

校舎に戻った洋平は、三人のいる教室に入る。高宮と小暮が目を覚ましていた。寒そうに身を縮めている。

「おはようナンちゃん。どこに行ってたの？　いないから探しちゃったよ」

心配させたくなかったので、車でラジオを聴いてきた、とは言えなかった。

「ちょっと外にな」

「そう」

「それより寒いな」

そう言うと、高宮は小暮を見ながら答えた。

「私たちは慣れてるから。個室には暖房なんてなかったし」

洋平は言葉に迷う。

「でも、変な感じ。いつもは起きると狭い部屋で独りぼっちだけど、傍に亮太と君明君がいるんだもん。今まではこんなことなかったから……」

暗い雰囲気を明るくさせようと、洋平は話題を変えた。

「お腹空《なかす》いたろ。新庄が起きたら食料や必要な道具を買いに行こう。それと、洋服や毛布も。ジャージのままじゃまずいからな」

「うん。分かった」

高宮に笑みが戻った。小暮はずっと外を眺めていた。絵を描きたいのだなと、洋平は思った。

三十分後、新庄が目を覚ました。ボサボサになった頭をボリボリと掻《か》きながら、豪快に欠伸《あくび》する。自分が施設から脱出したことに、まだ慣れていない様子だった。教室を見渡し、そうか、と呟いた。

「おはよう」

と声をかけると、新庄は頷いた。

「食料と服を買いに行こう」

そう言うと新庄は、

「ああ……」

と短く返事をし、目をこすりながら立ち上がった。洋平が小暮の車椅子を押し、四人は外へ出たのだった。

走り出してから二十分。まだ、街は見えてこない。山、畑、川しか見えない。窓から外を眺めていた高宮が退屈そうに呟いた。

「何か本当に田舎だね。さっきからずっと同じ景色」

「そうだな」

「でも、自由になれたんだよね私たち。ナンちゃんのおかげで」

施設を飛び出し、必死になって走る映像が蘇《よみがえ》った。

「自由な生活が当たり前なんだ。この国がどうかしているだけだ」

「そうだけど、嬉しいよね？　亮太」

突然訊《き》かれた新庄は困った仕草を見せ、

「あ、ああ」

と答えた。洋平は優しい笑みを浮かべた。廃校から車を走らせること一時間三十分。

ようやく大通りに出た。とはいえ、都会と違って様々な店があるわけではなく、苦労してようやく全国に展開している郊外型洋品店を発見した。

「ここで洋服を買って着替えよう」

駐車場に車を停め、中に入った。

「いらっしゃいませ」

若い店員の威勢のいい挨拶《あいさつ》が店内に響く。しかし、彼らの恰好《かっこう》を見て、怪訝《けげん》な表情を浮かべる。事件のことを知っているのだろうか。テレビのニュースでは、顔も映し出されているのだろうか。

「早く買って、着替えて出よう」

洋平たちは、全ての店員からの視線を感じた。朝早いこともあり、店内に他の客がいないので余計目立っていた。

「ねえナンちゃん。好きなの選んでいいの？」

洋平は周りを気にしながら答えた。

「ああ。でも早くな。帽子も選んでおけよ」

「分かった」

高宮は楽しそうにレディースコーナーに走っていった。洋平は小暮と一緒に店内を回る。自分では決められない様子だったので、彼の服は洋平が選んだ。

「これなんかどうだ? 似合いそうだが」

洋平が指を差したのは白のタートルネックのセーター。小暮は首を縦に動かした。その上には、フードのついた黒のダッフルコート、下は青のジーンズ、帽子は薄茶色のニット帽に決めた。

すぐにレジに向かいたかったが、他の二人はまだ選んでいる。仕方なく、先に小暮の服だけを会計することにした。

「一万六千円になります」

財布から現金を取り出し、カウンターに置く。もう一人の店員が袋に詰めようとしていたので、

「ここで着替えます」

と言った。

「さあ行こう」

車椅子を押し、試着室へ向かう。その途中、まだ選んでいる高宮に財布を渡した。

「決まったら、新庄と一緒にこれで払ってくれ。それと、早くな」

「分かってるって」

服に夢中になっている高宮にはあまり聞こえていないようだった。店員に通報されるのではないかと心配ではあるが、嬉しそうな顔を見ると、あまり強くは言えなかっ

た。

　狭い試着室で小暮のジャージを脱がし、洋服を着せてやった。

「なかなか似合うじゃないか」

　そう言うと、小暮は少し照れ臭そうな表情を浮かべた。試着室から出ると、二人は会計の最中だった。洋平は、店員のいない場所で高宮と新庄が着替え終わるのを待った。

　五分後、先に新庄がやってきた。

「おう。いいじゃないか。恰好いいよ」

「そうか?」

　胸の辺りに雷のマークが入った黒のパーカーの上には、白いダウンジャケット。下はダボついた青黒いジーパン。頭には、つばの付いたオレンジと白の帽子。

「それより高宮はまだか?」

「そろそろ来るだろ」

　と、新庄が言ったと同時に、後ろから声がした。

「お待たせ」

　振り向くと、着替えを終えた高宮が立っていた。

「やっぱ女の子だ。洋服だけで別人に見えるな」

胸に数字の入ったピンク色の厚手のシャツに、毛のついたフードつきの薄茶色のジャンパー。下はピッチリとした白のパンツ。頭には、てっぺんに小さなボンボンがついた毛糸の白い帽子。

「ちょっと変だったかな?」

洋平は微笑《ほほえ》む。

「そんなことないよ。なあ?」

新庄に意見を聞くと、彼はなぜか固まってしまっていた。注目されていることにようやく気づき、

「お、おう」

と慌てて返事する。

「良かった〜」

高宮は安堵の息をつく。洋平は真剣な顔つきで言った。

「よし出よう。店員が怪しんでる」

洋平たちは足早に店を後にした。車に乗り込み、エンジンをかける。

「次は食料を買いに行こう。着替えたし、帽子を被っているから、これで変な目で見られないで済む」

洋平はハンドルを握り、アクセルをゆっくりと踏んだ。

スーパーを見つけるのに二十分はかかった。大型店なので、必要な物は全て調達できるだろう。車を駐車場に停めるまで、高宮と新庄は自分の恰好に見とれていた。やれやれ、と思いながら声をかけた。

「着いたぞ」

車から降りた四人は、まず食料を選んだ。廃校でも作れる食事を考えながら、次々と手に取っていく。さらに毛布、水の入ったペットボトルも大量にカゴに入れた。高宮の希望で、お菓子、そして百円均一に置いてあったトランプも購入することにした。

洋平は、こうしていつまでも平和な時間を過ごせればいいのにと、買い物をしながら思っていた。

「とりあえず、こんなもんか」

レジに向かおうとしたその時、高宮が言った。

「今日は、クリスマスじゃん。小さいケーキでもいいから、買っていこうよ。毎年、ずっと寂しかったから」

「ああ。そうだな」

洋平は、彼女の顔を見つめながら頷いた。

レジを済ませ、駐車場に向かう途中、洋平は立ち止まった。

「どうしたの？　ナンちゃん」

二階の案内掲示板に、文房具と書かれてあるのだ。

「絵、描きたいだろ？」

小暮に尋ねると、彼は頷いた。

「よし、行こう」

四人はエレベーターに乗り、二階へ到着した。ノート、画用紙、色鉛筆を手に取っていく。まだ何か足りないと感じた洋平は閃《ひらめ》いた。絵の具を買ってやることにしたのだ。すると小暮が口を開いた。

「ありがとう」

彼の声を聞いたのは二度目だった。一度目も、同じ言葉だった。

「これでもっと上手な絵が描けるな」

道具一式を購入した四人は、改めて駐車場に向かったのだった。

ラゲージスペースに大量の荷物を積み、洋平は運転席のドアを開けた。鍵を差し込み、エンジンをかけると、ポケットにある携帯電話が鳴った。

「誰から？」

後ろから高宮の声。洋平は、液晶画面を見て固まってしまった。いずれかかってくると思っていた。

堺からだ。洋平はポケットから慌てて小さな物を取り出し、携帯電話に差し込んだ。

「それは？」

高宮が訊く。

「電波で場所を特定できないようにする機械だ」

「そんな物どこで手に入れたの？」

高宮の質問に洋平はフッと笑うと、通話ボタンを押した。

「もしもし？」

長い沈黙が続く。緊張する洋平は、自分を落ち着かせる。

「私だ」

堺はあくまで冷静だった。

「とんだことをしてくれたね南君。世間は今、大騒ぎだよ」

「知っています」

「私を裏切るとはね」

「僕はただ、後悔したくなかっただけです」

「施設に戻るんだ。今ならまだ間に合うよ」

洋平は躊躇うことなく言った。

「お断りします」

「そうか。残念だ」

「あなたの命令には、もう従わない」

一つ息をついた堺は、こう忠告してきた。

「いいか？　いくら逃げ回っても、いずれは捕まる。覚悟しておくんだな」

そこで通話が切れた。洋平は、何事もなかったかのように携帯電話をしまう。

「どうしたの？」

心配する高宮に、洋平は首を振りながら答えた。

「何でもない」

スーパーの駐車場を出た洋平は、来た道を戻り始めた。最初の信号待ちをしている時、車の横に白バイが停まった。

「普通にしてろ」

と、洋平は三人に指示する。車内は張りつめた空気に変わる。一瞬たりとも気を抜けなかった。

ようやく青になると、警官は走り去っていった。

「危なかったね」

と高宮が声を洩らす。洋平は改めて思った。身体は自由になっても、これからはビクビクしながら生活していかなければならない。

『いずれは捕まる』

堺の言葉が、重く響いていた。

一方その頃、本部長室にいた堺は、窓からの景色を眺めながら、脱走した彼らのことを考えていた。

扉が、トントンと叩《たた》かれた。

「はい」

返事をすると、部下である平山《ひらやま》が入ってきた。

「失礼します」

彼に背を向けたまま、

「どうした」

と訊く。平山は慌てながら言った。

「本部長。これは前代未聞です」

「何がだ？」

「脱走事件のことですよ！　未《いま》だに行方が摑めていないそうです！」

「平山。落ち着け」

「いやしかし！」

「まあいいじゃないか」

堺の意外な言葉に、平山は拍子抜けする。

「は？」

「私の思っていたとおりだ。あの南という男、いずれ脱走くらいはするだろうと考えてはいたよ。その時が来ただけのこと」

「どういう意味です？」

「心配するな。上には私が責任を取ると言ってある」

平山には、よく理解ができなかった。

「本部長？」

「面白くなってきた。私たちは高みの見物といこうじゃないか」

堺はそう言って、鼻で笑った。

2

廃校に戻った四人は昼食を摂《と》った後、それぞれ別行動を取った。洋平は現在の状況を把握するために車のラジオをずっと聴いていた。高宮は夕食の下準備をし、小暮はグラウンドで風景画を描き、新庄はずっと、教室の中にいた。五時を過ぎると辺りが暗くなり始め、四人は夜を迎えた。

　グラウンドに集まった四人は火をおこし、米を炊き、野菜を切り、カレーのルーを鍋《なべ》に溶かした。

　高宮ができあがったカレーを、紙皿に取り分けてくれた。牛肉、ジャガイモ、ニンジン、タマネギ、全ての具が大きかった。

「さあ皆、食べよう！」

　高宮の嬉しそうな声がグラウンドに響く。四人は火を囲んで一緒に食べた。洋平が好きな、甘口のカレーだった。

「うまい」

　洋平は皆にそう言って、微笑んだ。高宮も、新庄も、小暮も、満足そうにしていた。洋平たちは、楽しいひと時を過ごした。

　夕食を終え、周りの物を片づけた後、四人は教室に戻り、一本の太いロウソクに火を点けた。弱い灯《あか》りが教室に広がると、四人の影が壁に大きく映った。高宮が袋からショートケーキを取り出した。そして一人ひとりに配っていく。教室は妙に静まり返っていた。全員が幼い頃のクリスマスの記憶を思い出していた。

　高宮が沈黙を破った。

「クリスマスなのに、何か暗くなっちゃったね」

　洋平には、返す言葉が思いつかなかった。高宮は悲しそうに呟いた。

「了も、連れてきてあげたかったね」

ケーキを見つめながら、新庄が口を開く。

「そうだな……」

洋平は顔を上げられなかった。そして出てくる言葉は、言い訳だった。

「俺がもっと早く、お前らを連れ出していればな」

「ナンちゃんは悪くない。了がいないのは辛《つら》いけど、幼なじみが死んじゃったんだもん。仕方なかったんだよね」

新庄が頷く。

「了は毎日、その子のことを気にしてたからな……」

「了が書いた手紙、幼なじみには渡せたんでしょ？」

高宮に訊かれ洋平は、

「ああ……それは」

と答える。

「それだけでも、了はナンちゃんに感謝してると思うよ」

そう言われても、洋平の中にある罪悪感は消えなかった。

高宮が、暗い雰囲気を明るくさせようと元気に声を上げた。

「さあ食べようよ！」

「そうだな」

洋平は笑みを作り、ケーキを一口食べた。

「美味しい。ケーキ食べたのなんて何年ぶりだろ〜」

高宮の顔が綻《ほころ》ぶ。新庄は無心になって食べる。小暮は丁寧に切って口に運ぶ。

「ナンちゃんは子供の時、どんなクリスマスだった？」

突然の質問に、洋平のフォークがピタリと止まる。

「俺は……家族と一緒に、こうしてケーキを食べたかな。翌朝起きると、プレゼントが置いてあったよ」

「いいな〜私にはあまり、クリスマスの思い出がないよ」

新庄と小暮は？　とは訊けなかった。横で聞いていた新庄が、ふと洩らした。

「母ちゃんと圭吾、今頃何してるかな」

「え？」

と新庄の顔を見ると、彼はハッとなり、ケーキを食べてごまかす。

洋平は、新庄が書いたノートを思い出す。そこにも母親と弟のことが……。

「気になるよな。家族が」

そう訊くと、新庄は素直に頷いた。そして語り始めた。

「弟は、心臓に重い病気を抱えているんだ。だから外で遊ぶこともできない。ほとんどがベッドの上での生活だった」

「そんなに悪いのか？」

「ああ。ただ安静にしていれば、大丈夫なんだけど」

「治らないのか？」

新庄は残念そうに首を振った。

「医者は、無理だって。だから俺は決めてたんだ。自分が医者になって、弟の心臓を治すって。でも……」

「そうか」

「家には父親がいない。圭吾がお腹にいる間に離婚したそうだ。だから母ちゃんが働いて、その金だけで生活してる。薬代だってバカにならねえ」

「きっといつか、よくなるよ」

洋平には、こう言うしかなかった。

「ああ……」

それ以上は訊かなかった。四人はただ黙って、残りのケーキを食べた。

それから時間はあっという間に過ぎた。十時半には、全員毛布に包《くる》まって横になっていた。洋平は、これからのことをずっと考えていた。すると、隣の高宮が声をかけてきた。

「ナンちゃん？　起きてる？」

「ああ」

高宮は床に肘《ひじ》を立て、両手の上に顔を乗せて言った。

「都会と違って、空が綺麗《きれい》だね。星も一杯見えるし」

洋平は身体を窓に向ける。

「ああ」

「どうして私たちと逃げたの？」

思いがけない質問に、洋平はとっさに答えられず口ごもる。

「言い方は悪いけど、ナンちゃんには関係ないのに」

洋平は空を見つめながら答えた。

「お前たちを助けてやりたかったんだ」

高宮は小さく笑った。

「変なの。監視員なのにね」

洋平は苦笑する。

「そうだな」

高宮の口調が、急に深刻に変わった。

「今はこうして隠れてられるけど、いつか私たち、捕まっちゃうのかな。それにナンちゃん、殺されちゃうかもしれないよ……。坂本監視員が言ってたもん」

洋平は彼女の不安を消すように、強く言い聞かせた。

「大丈夫。心配するな」

「こんな制度がなければ、誰も不幸にならずに済んだのに……」

「もういい。さあ寝よう」

「……うん。おやすみ」

そうは言っても、頭の中で整理はできていないようだった。

「おやすみ」

洋平は、三人の寝顔を見つめる。

そうだ。こんな制度がなければ皆幸せに暮らしていられたんだ。

洋平はこの夜、なかなか寝付くことができなかった。

3

脱走から三十五時間。未だ洋平たちの手掛かりを得られない神奈川県警は捜査員を増やし四人の逮捕に全力をあげていた。国中が、この事件に注目していた。四人の名前と顔は、全国に広まった。

その頃、廃校に身を隠していた洋平たちは、穏やかな日差しを浴びながら静かな時を過ごしていた。朝の九時に全員が目を覚まし、輪になって朝食を摂った。食パン二枚と牛乳だけで、お腹は満たされた。洋平は、警察が今自分たちの情報をどこまで入手しているのかずっと気になっていたが、表情には一切出さなかった。自分の不安を掻き消すように、小暮に、後で一緒に絵を描きに行こうと言っていた。そして、高宮と新庄も行こうと、笑顔を見せた。

三人よりも早めに朝食を終えた洋平は、先に皆で絵の準備をしていてくれと言い残し、車に走っていった。ラジオを点けてから十五分後、ニュースが伝えられた。洋平は、アナウンサーの言葉を聞き、ひとまず安心した。四人の行方は摑めていない。警察は、市民にも協力を呼びかけている、とのことだった。

誰もこんな山村の廃校に隠れているとは思わない。洋平は自分にそう言い聞かせ、安心させたのだった。

車から降り、グラウンドに向かうと、画用紙に筆で絵を描く小暮と、その隣で、まるで助手のようにパレットを持つ高宮がいた。二人とも楽しそうだ。

新庄は？　と探すと、彼は校舎の近くにあるペンキのはがれたベンチに座り、二人を眺めていた。

彼の近くに行くまではそう思っていた。しかし、どうやら新庄の視線は、高宮だけに向けられているようだった。洋平が傍に立っても、彼は気づかない。しばらく様子を窺《うかが》い、後ろから声をかけた。

「彼女のことが気になるのか？」

新庄は過敏に反応し、ムキになって否定した。

「そ、そんなんじゃねえよ！」

「そうか。悪い悪い。そんな怒るなよ」

そう言いながら新庄の腕を軽く叩く。彼は口を尖《とが》らせたまま背中を向けた。

高宮の楽しそうな声が聞こえてくる。

「よし、俺も行こうかな」

洋平が言ったその時、二人を見つめながら新庄が口を開いた。

「俺は、あんたがよく分かんねえよ。他人だっていうのにここまで」

「そのことはもういいじゃないか」

「俺は」

急に新庄は、弟のことを語りだした。

「圭吾のことをまず第一に考えてきた。まともに学校にも行けず、寝たきりの圭吾の傍にずっといた。圭吾が苦しそうにしているのを見ると心配でたまらなかったし、テレビを観て笑っている姿を見ると嬉しくなった。そして毎日、病気が治るのを祈っていた」

「優しいんだな。君は本当に」

「兄弟なんだから当たり前だよ」

「……そうだな」

「あんたが分からないって言ったけど、もし」

突然、決意に満ちた口調に変わる。

「もし俺じゃなく、圭吾が施設に閉じこめられたとしたら、俺はあんたと同じ行動を取ったろう。それがどんなに重い罪だろうと」

洋平と新庄の目が合う。

「君は、施設に入れられても、何も変わらなかったんだな」

「え？」

「人を思いやる優しさを、今でも持っている。いや君だけじゃない。高宮も、小暮も。そして池田もそうだった。辛くても、皆で支え合っていたからだろう。仲間っていうのは、本当に大事なんだな」

こちらに気づいた高宮が、二人に手を振った。

「ナンちゃん！　亮太！　早くおいでよ～」

「分かった分かった」

洋平は新庄の肩に手を回し、

「さあ行こう!」

と言って優しく微笑んだ。

昨日の夜から、新庄は妙に落ち着かなくなった。家族が気になるのだ。先ほど、高宮のことをずっと見つめていた理由が、洋平には何となく分かっていた。

だが今は危険すぎる。もう少し、もう少しの辛抱だ。洋平は心の中で、新庄に言った。

4

神奈川県座間市。築三十五年の小さな平屋に、新庄邦子《くにこ》と圭吾は住んでいた。

邦子は、ベッドの上で呼吸を乱す圭吾の手を握りながら、心配そうに見つめる。

「大丈夫。もう少しでまた先生来るから」

近頃落ち着いていたのに、急に具合が悪くなった。亮太が脱走した、というニュースを見てからだ。その事実を知った圭吾は興奮してしまい、ずっとこんな調子だ。

圭吾の額に滲《にじ》む汗を拭《ふ》いてやった邦子は、電源の入っていないテレビに顔を向けた。

今、家の周りには警察が待機している。昨日から、何度も何度も刑事がやってきている。

亮太がセンターから脱走した、というニュースを聞いた瞬間、台所にいた邦子の手から茶碗《ちゃわん》が落ちた。そして真っ先にテレビに向かっていた。亮太の顔が映し出された時、二人とも涙を流した。信じられない気持ちで一杯だった。七年と九ヶ月ぶりに、写真とはいえ息子に会えたのだ。邦子はテレビにしがみついたまま、しばらく離れられなかった。

ずいぶん大きくなった。

顔も、男らしくなった。

内面も、成長しただろうか。写真の亮太には、明るさが消えていた。無理もなかった。ずっと施設に閉じこめられていたのだから。

あの日から七年と九ヶ月。長いようで、あっという間だった。私は圭吾のため、生きていくために必死に働いてきた。

亮太はどのように生活していたのか。辛い日々を送っていたに違いない。そして、親を恨んでいるだろう。亮太が五歳の時から、私は知っていたのだから。五年後に、施設に連れて行かれると。

その通知が届いた時、激しい眩暈《めまい》を起こし、倒れた。圭吾の心臓が悪いとはいえ、貧乏とはいえ、幸せに暮らしていたのだ。しかし突然、不幸のどん底に突き落とされたのだ。

神を恨んだ。どうして私の子供なのだと。

そうだ三人で逃げよう。何度もそう考えたが、それはできなかった。すでに監視がついていたし、捕まったら、圭吾が一人になってしまう。国の命令に従うしかなかったのだ。

しばらくして、亮太の心臓の手術が行われた。それから五年間、辛くて辛くて仕方なかった。無邪気で、弟思いの亮太を見れば見るほど。

そして五年の時が流れ、亮太は施設に連れて行かれた。あの日のことを思い出すと、今でも涙が止まらなくなる。この七年、私はずっと亮太を心配してきた。一瞬たりとも忘れたことなどない。どうしても会いたいと、センターを何度も何度も訪れた。しかし、追い返されるだけだった。手紙も受け取ってはもらえなかった。これ以上来れば罪に問われる、そう警告を受け、諦《あきら》めざるを得なかった。それでも、時おりセンターの近くまでは行っていた。そして祈った。亮太が、スイッチを押さないことを。いつか、会えることを。

その願いが叶《かな》いそうなのだ。監視員と一緒に逃げていると聞いた時、どうして国側の人間と？　と疑問に思ったが今はそんなことどうでもいい。

亮太に憎まれていようと、私は会いたい。そしてこの手で抱きしめたい。

病気は一向によくはならないが、圭吾も大きくなった。来年、高校生になる。普通校に通うことはできないが、担任の先生と話し合い、一月に通信制の学校の試験を受けることになった。

亮太、今どこにいるの？　どうにか会えないだろうか。せめて一目だけでも……。外にいる警官と目が合い、邦子は顔を背けた。苦しそうにしている圭吾の手を、握り直した。

洋平たちは、逃亡生活三日目の夜を迎えていた。グラウンドでシチューを作り、教室に戻り、ロウソクを囲んで白いご飯片手に皆で食べた。

「今日も上出来だね」

と言う高宮に、洋平は満面の笑みを浮かべた。言葉には出さないが、新庄も小暮も美味しそうに食べている。それを見て洋平は安心した。

全員で絵を描いた後、高宮が校舎の裏から多少空気の抜けた、バレーボールくらいの大きさのゴムボールを見つけてきた。それを使って、洋平、高宮、小暮の三人で投げ合いをした。何となくといった様子で絵を描いていた新庄は、教室の中に戻ってしまった。相当、焦っているようだった。

シチューを食べ終えた新庄は、紙の深皿を床に置いた。

「おかわりはいらないのか？　まだ鍋に残ってるだろ」

「いや、いい」

「そうか」

「じゃあ私がおかわりしようかな」

高宮はそう言って、小さな鍋からシチューをすくった。結局は余ってしまったのだが。

後片づけをしている最中、高宮がふと呟いた。

「明日は何しようかな」

洋平は新庄を見た。床に寝転がり、天井を眺めている。

もちろん、ずっとこのままってわけにはいかない。

ここを出る時が、必ず来る。

だから今のうちと思ったのだろうか。洋平は、小暮にあることを頼んだ。

「小暮、お願いがあるんだが」

窓に身体を向けていた小暮が振り返る。

「この後、俺の似顔絵描いてくれないか。いつの日か、見せてくれたろ。皆の似顔絵。俺のも描いてくれよ」

高宮、新庄の目が小暮に向けられる。彼は小さく頷いた。

「そうか。ありがとう」

「ナンちゃん。どうしたの急に。明日でもいいのに」

「いや、何となくさ」

洋平はすぐに絵の準備に取りかかった。画用紙、鉛筆、絵の具を用意し、パレットに少しの水を注いだ。

「座っているだけでいいか？」

尋ねると、小暮は首を縦に動かす。洋平は、教室の中央に腰を下ろした。小暮は、画用紙と鉛筆を持ちながら黒板のほうに移動した。高宮がその横で、筆と絵の具とパレットを持った。

「よろしく」

そう言った時には、小暮はすでに鉛筆を動かしていた。洋平は静かにしようと口を閉じる。教室が静まり返ると、妙に緊張してしまい、目のやり場に困った。姿勢も、このままでいいのだろうかと考える。意外とモデルも難しいんだなと思った。

作業は順調に進んでいく。じっと見られると恥ずかしい。どのように描かれているか、もの凄《すご》く気になった。そして楽しみでもあった。

ちょうど三十分が経った頃、小暮が絵の具のついた筆を手に取った。その時、高宮が洩らした。

「いいな～ナンちゃんのは色があって」

その言葉でようやく緊張が解《ほぐ》れた。洋平は照れ笑いを浮かべる。小暮と目が合い、すぐに表情を戻した。

後は色を着けていくだけなのだろうか。小暮がこちらを見る回数が確実に少なくなった。筆を動かしてはパレットで絵の具を着けるという作業が繰り返された。そして、さらに三十分後、画用紙が高宮に渡された。終わったという合図だろう。

高宮は、洋平と絵を見比べて、プッと噴いた。

「似てる似てる。特徴摑んでるよ君明君」

「何がおかしいんだよ」

と立ち上がり、高宮から画用紙を受け取った。見た瞬間、参ったな、と洋平は苦笑いを浮かべ頭を掻いた。

ここ数日、シャンプーもセットもしていないボサボサの髪の毛。キリッとした二重の目。そして小さな鼻と口。忠実に描かれているが、何より恥ずかしかったのが、表情がガチガチに固くなっているところだった。

「何もここまで。もう少し恰好よく描いてくれればいいのに」

そう言うと、小暮はほんの少し笑みを見せた。新庄も、この時だけは楽しそうな表情を浮かべていた。

「小暮は全てお見通しか」

洋平は改めて絵を見てみる。そのたびに笑ってしまうが、本当によく似ている。

「ありがとう。ずっと大事にするよ」


その後、寝るにはまだ早い時間だったので、トランプで神経衰弱をやって遊んだ。新庄はあまり乗り気ではなかったが、強引に誘った。いつしか教室は、笑い声に包まれていた。

あっという間に時間は過ぎ去り、四人は毛布に包まり、床に寝そべった。洋平は、先ほど小暮に描いてもらった似顔絵を長い間見つめていた。

すると、急に悲しくなってきた。なぜかは、自分が一番よく分かっていた。

洋平は画用紙を胸に当て、目を閉じた。この日は少し疲れていたせいか、すぐに深い眠りに落ちていった。

この夜、夢を見た。廃校のグラウンドで、自分、高宮、新庄、小暮、池田の五人で、楽しくボールを投げ合って笑っているという、幸せな映像だった。

5

十二月二十七日。四回目の朝を迎えた。この日の天気も穏やかで、ゆっくりと雲は進んでいった。静かすぎる時が流れていく。今の自分の気持ちとは、まるで対照的だった。

朝食を終えた亮太は外に出た。グラウンドには、飽きもせずボールで遊ぶ三人。ベンチに座り、母と圭吾のことを考える。

脱走事件のニュースはもう、当然知っているだろう。家の周りには警察が張っているだろうか。圭吾は嫌な思いをしていないだろうか。

ただただ二人に会いたかった。母も圭吾も、変わっただろうか。圭吾の病気は少しはよくなっただろうか。見違えるほど大きくなったかもしれない。

想像と期待ばかりが膨らんでいく。しかし、心のどこかでは、あることを恐れていた。

二人は、幸せな生活を送っているのではないのか。いやそれ以前に、圭吾はまだ自分のことを兄と思っているだろうか。母に忘れられたりはしていないだろうか。

そんなことは決してあり得ない。だが、七年という月日はあまりにも長すぎた。人間は忘れる動物である、というのを施設にいて感じた。収容された当初、自分たちの他に十一人もいたのに、今となっては名前はおろか、ほとんど顔も浮かんでこないのだ。

今から十年後、了のことも忘れてしまっているのではないのか。だとしたら、いくら家族とはいえ、もう……。もし幸せなのだとしたら、帰らないほうがいいのではないか。迷惑をかけてしまうのではないのか。

いや、それでも会いたい。ほんの少しでも。

「亮太」

顔を上げると、いつの間にか真沙美が目の前に立っていた。南と君明は、グラウンドの端に移動して絵を描いていた。

「隣に座っていい?」

急にどうしたというのだろう。真沙美は、深刻な表情を浮かべている。

「あ、ああ」

真沙美はベンチに腰掛ける。亮太は何を話していいのか分からなかった。真沙美の顔をまともに見られない。彼女のほうが先に口を開いた。

「ずっと皆でこうしていられたらいいのにね」

亮太は答えられない。

「でも、そういうわけにはいかないよね。君明君にも、亮太にも、待っている人がいるもんね。会いたいよね。捕まったらもう二度と、施設からは出られないよね……」

真沙美は寂しそうにそう呟いた。

「お前にだって……」

真沙美は首を横に振る。

「私にはそんな人はいない。本当のお母さんには捨てられ、里親とも、一年くらいしか一緒にいないから、もう私のことなんて憶《おぼ》えてないよ」

「そんなこと」

真沙美は亮太の言葉を遮った。

「私には分かる」

「……そうか」

「だから私は今が一番楽しい」

真沙美はスッと顔を上げ、明るい口調でこう言った。

「亮太とは、この七年間いろいろあったよね。思えば言い争いばっかりだったけど、私が辛そうにしている時は、必ず優しくしてくれたよね。だから今もこうして生きている。もし亮太がいなければ、私は簡単に命を絶っていたかも。出会ったのが施設の中っていうのが寂しいけど、私は本当の友達ができたようで嬉しかったな。それに、ナンちゃんのおかげでこうして思い出が作れたし」

何が言いたい？　そう訊く前に、真沙美は立ち上がった。

「じゃあ、二人の所に戻るね」

意味深な言葉を残し、真沙美は行ってしまった。

「……真沙美」

彼女は、皆が離ればなれになることを予感しているのではないか。亮太はその時、そう思った。

そんなことはない、という考えはなかった。捕まってでも、家族に会いたかった。亮太はそれを、そろそろ南に言おうと思っていた。

6

それから五日間が過ぎ去り、一月一日。

二〇三一年、新しい年を迎えた。ただ、彼らにしてみれば特別な日でも何でもなかった。年数が一つ増えた、程度のことだった。

逃亡生活九日目。四人は廃校で、ずっと変わらぬ生活を送っていた。教室で目を覚まし、朝食を口にする。その後、それぞれ別の行動をし、夕食を摂る。そしてまた次の朝を迎える。この繰り返し。

ただ、この状態がずっと続くわけがなかった。とうとう食料が尽きてきたのだ。また買い出しに出たとしても、同じこと。そしていずれは金がなくなる。

幸い前回の買い出しの時に警察に通報されることはなかったようだが、今度はどうなるか分からない。

月日が経てば、世間はこの脱走事件から興味をなくす。そうなれば少しは動きやすくなるのではないかと考えていたが、甘かった。一週間以上経っても、ラジオのニュースはこの事件を中心に報じている。恐らく、テレビでも……。厳しい現実が、洋平の前に立ちはだかった。

脱走した理由、それは……。

池田と同じ結果になってしまうのなら、今願いを叶えてやる。

もちろんそれは忘れていない。ただ、彼らを連れ出してからずっと、捕まったら意味がない、ということだけを考えてきた。

やはり危険を冒してでも、動くべきなのか。彼らはどう思っているのだろう。

洋平は慌ててラジオを消した。助手席に新庄が乗ってきたのだ。ここ数日、彼は会話をしなくなった。何かを言おうとしてはいるのだが、なかなかそれを言い出せないといった様子がずっと続いていた。聞いても、何も答えないのだ。

「どうした?」

尋ねても、やはり新庄は口を開かない。

「何でも言ってくれ」

洋平は顔を覗《のぞ》き込む。ずっと、迷っている。長い沈黙が続いた。

新庄がふと顔を上げる。

もう我慢の限界だったのだろう。とうとうこの言葉を口にした。

「ここへ来て、もう一週間以上だ。あんたはいつまで、ここにいようと思っている?」

洋平はそのことについては答えられなかった。

「新庄は、どう考えてる?」

すると彼ははっきりと言った。

「正直俺は……一日だけでもいい。家族に会いたい。どうしても、会いたい……」

そのために、彼は生き続けてきた。その一瞬のために。

「ずっとここにいたって、意味がない気がする」

洋平は納得する。

「……そうだよな」

彼の言うとおり、その時が来ているのかもしれない。

高宮と小暮はどうだろう？　洋平はしばらく考え、新庄に告げた。

「今から二人を、教室に呼んでくれ」

「……分かった」

新庄は車から降り、グラウンドにいる高宮と小暮のもとに歩いていった。

洋平は、大きく息を吸い込み、吐き出した。それは急な決断だった。

時計の針が正午を回った。三人が教室にやってきた。新庄は複雑な表情を浮かべている。床に座っていた洋平は彼らに、

「話があるんだ」

と深刻に告げた。

「どうしたの？」

訊いてきた高宮に、洋平は手で床を示した。

「まあ、座ってくれ」

四人は円になる。窓からは眩しい光が差し込んでいた。

落ち着いたところで、洋平は単刀直入に言った。

「このまま廃校にいても仕方がない。いずれは警察にバレてしまう。食料も尽きてき

ている。急かもしれないが、ここを出ようと思う」

「え?」

洋平の突然の発言に、驚いた顔をした高宮は、

「……そう」

と寂しげに呟いた。いつかこの日が来ることを、予測していたかのようだった。

洋平は三人に言った。

「皆の行きたい所へ行こうと思う。いいな?」

新庄はずっと俯《うつむ》いたままだった。その彼にあえて尋ねた。

「新庄は、家族に会いたいんだな?」

下を向きながら、彼は頷く。

「ああ」

次に小暮に確認した。

「君はどうしたい?　やはり家族に会いたいか」

質問しても、小暮はモジモジしたまま答えない。洋平は厳しく言った。

「黙ってても分からないぞ。ゆっくりでいい。自分の思いを伝えるんだ」

洋平、高宮、新庄の目が彼に注がれる。沈黙の状態が数分続いた。それでも洋平は
何も言わずに待った。すると、小暮は顔を伏せたまま、ようやく口を開いた。

「お父さんと約束した、絵を見たい」

か細い声で聞き取りづらかったが、確かにそう言った。

「お父さんと、約束した絵……」

洋平が繰り返すと、小暮は頷いた。

「フランスの画家、セリアルの描いた、『夢』という作品を、見せてくれるって」

その約束を、彼はずっと胸の中に……。

「施設にいる間ずっと、小暮はその絵を見たかったんだな」

極わずかではあるが、首が動いた。

「そうか……分かった」

そして最後に、高宮に尋ねた。

「高宮。君はどうしたい？」

彼女にいつもの元気はなかった。

「私は……皆についていくだけでいい」

それは意外な答えだった。彼らのように、会いたい人や、行きたい場所がないというのか？

「家族……」

高宮はすぐに首を振った。

「待っていてくれる人なんていないから」

洋平は、彼女のノートを思い出す。そこには、『本当のお母さん』という文字が書いてあった。何があったかは分からないが、彼女には辛い事情があるのだろう。これ以上問い詰めるのはよした。

「それじゃあ、準備が整い次第ここを出る。高宮、それでいいか？　それとも、お前はここに残っているか？」

「……私も行くよ」

「分かった」

だが、小暮の件で問題が一つ。セリアルという画家の絵が、展示されているかどうか分からない。されているとしても、場所が掴めない。洋平は考えたあげく、携帯電話を取り出した。

坂本に頼るしかなかった。三十秒ほどコールすると、彼は電話に出た。

「もしもし？」

恐る恐る声を出すと、真剣な口調で坂本が口を開いた。

「まさかお前とはな。今どこにいるんだよ。皆元気なのか。あの次の日、施設は大変だったんだぜ」

「すみません……」

「ま、逃がしてやった俺が言うのも何だけどな」

洋平はなかなか切り出せなかった。

「で？　何だよ」

思い切って言うしかなかった。

「坂本さんに、お願いがあるんです」

すると坂本は、迷惑そうな声を洩らした。

「お前らには関わらないって言ったろ」

「はい……」

「でもまあ、一応聞くだけは聞いてやるよ」

感謝の気持ちで一杯になり、洋平は深く頭を下げた。

「ありがとうございます」

「それで何だよ」

「実は、フランスのセリアルって画家が描いた『夢』という作品がどこの美術館に展示されているのか調べてほしいんです。国内のどこかにあることは分かっているんですが……」

「どうしてそんなこと？」

「それにはいろいろ事情がありまして」

「見に行くのか？　その絵を」

「……はい」

「おいおい。捕まっても知らねえぞ」

洋平は彼らに視線を向けながら頷いた。

「はい……覚悟はできてます」

しばらく間が空き、坂本は言った。

「仕方ねえな。まあ、そんくらいなら調べてやってもいいけどよ」

その答えに、思わず声が大きくなった。

「本当ですか。ありがとうございます。お願いします」

「分かったら連絡してやるよ」

坂本との通話を終えた洋平は、今の話を小暮に伝えた。

「調べてくれるらしい。いい結果が返ってくるのを期待しよう」

小暮は頷く。洋平はふと、高宮に視線をやった。目が合い、彼女は無理に笑みを作ってみせた。

「絵……見られるといいね」

待っていてくれる人なんていない。

そんな彼女が、とてもかわいそうだった。

会話のない状態が三十分以上続いた。洋平は、坂本からの連絡をひたすら待っていた。

すると床にある携帯電話が鳴り響く。坂本からだ。洋平はすぐに手に取り、耳に当てた。

「もしもし」

坂本の声が聞こえてきた。

「ネットで見つけたよ。そのセリアルって画家の絵が展示してある場所。『夢』ってやつも今はそこにあるらしい。見つけるのに苦労したんだぜ」

洋平は小暮に目で合図した。

「で、どこですか？」

「千葉の、国際美術館だ。住所は……」

洋平は鉛筆で紙に書き留めていく。

「分かりました。ありがとうございます」

「ただし」

「何ですか？」

「展示期間は明日までらしい。その後、絵がどこで展示されるかは分からねえ」

「明日まで……」

三人が同時に反応する。

「しかも、美術館は五時まで。お前、今どこにいるんだ？」

彼を信用し、居所を教えた。

「群馬です」

坂本のため息が聞こえた。

「群馬か。時間的に今日は無理だな。明日しかないぞ」

「そうですね……」

あと一日しかないとはいえ、まだ時間は十分ある。だとしたら……。

洋平は坂本にもう一つ、ある頼み事をした。

「坂本さん。無理だということは承知しています。でも、もう一つだけお願いを聞いてはくれませんか」

「な、何だよ」

洋平は考えていることを告げた。坂本の反応は渋かった。しかし、

「お願いします。彼らのためなんです。どうか」

熱意が伝わったのか、彼は仕方なくといった様子で、引き受けてくれた。

「チッ、しょうがねえな。まったく俺も損な性格だよな。分かったよ。これから上手

く理由をつけて施設に行って、所長室で調べてやる。でも無理かもしれねえからな。あまり期待すんなよ」

坂本には感謝してもしきれなかった。

「ありがとうございます」

通話を切った洋平は、今話した内容を三人に告げ、尋ねた。

「聞いていたとおり、チャンスは明日しかない。これを逃したら、次はいつになるか分からない。どうする?」

新庄が答えた。

「それなら明日、ここを出よう。俺のことはその後でいい」

「分かった。そうしよう。だがもう一度聞く——」

洋平は厳しい表情で言った。

「覚悟は、できてるな? もし捕まったら、お前たちは恐らく、それぞれ違う施設に収容される。もう一生、会えないだろう」

もしかしたらその程度では済まないかもしれない。だが、それは言わなかった。

新庄の決意は固かった。

「分かってる」

「私は二人に任せる」

と呟く高宮。

「小暮?」

捕まるのが怖いのか、それとも明日のことを考えてなのか、彼はガチガチに緊張してしまっていた。

「ということは、ここで過ごすのも、今日が最後か」

洋平は、明るくこう言った。

「夜は、ありったけの食材を使って、おいしい物を作ろう! な? 高宮」

ずっと元気のなかった高宮が、やっと表情を輝かせた。

「うん!」

一人廊下に出た洋平は、窓枠に手を置く。内心、不安ばかりだった。一瞬全員が自分のもとから離れていくという、嫌な映像が浮かぶ。洋平はそれを掻き消した。

7

埼玉県越谷市。三階建ての高級住宅に住む小暮秀明《ひであき》、公子《きみこ》の二人は、今にも家を飛び出したい気持ちで一杯だった。落ち着けるわけがない。つい先ほど、南と名乗る男から自宅に連絡があったのだ。

『明日、千葉県にある国際美術館に、君明君を連れていきます。私たちは今、群馬にいます。明日の十時前にはここを出ようと思っています。どうか、どうか来てあげてください』

その時は、何者かの悪戯《いたずら》だと思った。しかし、インターネットで千葉国際美術館を調べた瞬間、信じられない気持ちと、涙が同時に溢《あふ》れた。

君明が連れて行かれる前にあえて約束した、セリアルの『夢』が展示されているのだ。それを知り、二人はいても立ってもいられなくなった。電話の男は、君明たちと一緒に逃げている南という監視員に間違いなかった。それが分かった途端、身体の震えが止まらなくなった。

正直、もう諦めていたのに……。

だが、明日そこに行けば会える。慎重に動かなければならない。確認することはできないが、警察はきっとどこかで自分たちを張っている。

「あなた」

すがりつくような声を洩らす公子。

「落ち着きなさい」

二人はソファに座り、お互いの手と手を重ねた。秀明はこの七年間を思い返す。時が流れるのは早かった。二人ともストレスで皺《しわ》や白髪が増えた。体重もかなり落ちた。まだ五十代とはいえ、老いた。

しかし外見が変わろうと、君明を愛する気持ちは変わらなかった。一瞬たりとも、忘れたことなどない。

助けてやりたかった。でも、それはできなかった。勇気がなかったのだ。

過去に、自分の子供を逃がそうとセンターに忍び込んだ者が捕まった、というニュースが二度ほどあった。

その者たちは強制収容。最悪、処刑。本人だけではなく、家族まで連行されたという噂《うわさ》も聞く。

センターの近くまでは何度も行った。が、どうしてもあと一歩が踏み出せなかった。死ぬのが怖かった。そんな情けない自分に、腹が立った。

生まれつき、君明は足が不自由だった。そのせいでイジメにあった。責任を感じた秀明と公子は、大切に大切に君明を育てた。足が動かなくても絵は描けるだろうと、秀明は自分が得意である絵を教えた。才能があったのか、上達が早く、将来を期待していたほどだ。それなのに……。

そんなある日のことだった。

国から、通知が届いた。その瞬間、二人は泣き崩れた。まさか自分の子供が。どうして足の悪い息子が……。

命を失うことが怖く、命令に逆らうことはできず、君明の心臓の手術は行われた。

そして五年の時が流れ、別れの日が来た。

あの約束をしてから、何日後のことだろう。君明が連れて行かれるのを、ただ見ていることしかできなかった。あの時、罪の意識で一杯だった。ずっとこうなるのを知っていながら、五年の時を過ごしたのだから。

二人の男たちを殺してやりたかった。でも手が震えて、動くことができなかった。

君明を奪われ、公子は鬱《うつ》になってしまい、治療にはかなりの時間がかかった。秀明も仕事への意欲を失い、営業成績はがた落ち。たちまち出世コースから外れた。

あの悪夢から、七年と九ヶ月。春、夏、秋、冬。ずっと悲しみに包まれていた。子供を連れて歩いている家族を見るたび、羨《うらや》ましく思った。同時に、憎しみも湧《わ》いた。どうして自分の子供だけがと。毎日が苦しくて苦しくて仕方なかった。

でも明日、毎晩見ていた夢が、現実になろうとしている。約束した絵を、一緒に見られる。

セリアルは子供の時、事故で足が不自由になってしまった画家である。

君明には、彼の最後の作品である『夢』をどうしても見せたかった。

でもそれをあえてしなかった。生きる糧にしてほしかったから。

現実に、君明は生き続けてくれた。

約束を憶えていてくれたのだ。

「君明……」

早く会いたい。早く君明に触れたい。抱きしめたい。

秀明は、公子の肩をギュッと抱き寄せた。

今度こそ、お前を守ってやる……。

秀明はそう決意した。

冬の夕暮れは早い。すでに辺りは真っ暗になった。風もなく、グラウンドは妙に静まっていた。

ここで過ごす最後の夜。洋平たちは燃えさかる炎を囲み、余った食材を焼き、バーベキューをした。

トウモロコシやウインナーソーセージが次々と焼けていく。洋平は三人に配っていく。

「私、バーベキューなんて初めてだよ！　凄く美味しい」

トウモロコシをかじりながら、高宮が感動の声を上げた。

「そうだろ？　こうして食べるとまた違う美味しさがあるだろ。二人はどうだ？」

と訊くと、新庄と小暮は何も言わずに頷いた。

「おいおいどうした。全然元気がないじゃないか」

二人は緊張している様子だった。洋平はあえて、明日からのことは口にしなかった。今を楽しもうと心がけた。

「ほら！　ウインナーが焼けたぞ」

割り箸《ばし》を突き刺したウインナーを高宮に渡す。

「ありがとう」

そう言って、ウインナーを口に運ぼうとした彼女が、ふと洩らした。

「ここで夜ご飯を食べるのも、今日が最後なんだよね」

新庄と小暮の手がピタリと止まり、沈黙に変わった。洋平がすぐに空気を変えた。

「さ、さあ食べよう！　ほらどんどん取って。焦げちゃうぞ」

高宮に、再び笑顔が戻った。

「そうそう。食べないとね！」

グラウンドには、洋平と高宮の明るい声が終始響いていた。それが妙に悲しかった。

バーベキューを終えた四人は、しばらく炎を見つめていた。刻一刻と、時間は過ぎていく。洋平たちは、それぞれの思いに浸る。

「ここでの生活。何かあっという間だったよね」

洋平は高宮に返す。

「ああ。そうだな」

「施設にいた頃は、夢にも思っていなかったよ。皆でこうして、楽しく過ごせるなんて。ずっと自由がほしかったけど、無理だった。毎日毎日、同じことの繰り返し。亮太や君明君や了がいなかったら、私はここにはいなかったな」

「……うん」

としか、洋平は言えなかった。

「施設に入れられた当初、寂しくて亮太は陰で泣いてたことがあったよね。家族に会いたいって」

ずっと暗かった新庄が、ムキになって否定する。

「な、泣いてねえよ」

「嘘《うそ》ばっかり。私は知ってるんだよ」

「そ、それがどうした」

「頑固で、意地っ張りで、気難しい奴だったけど、優しかったよね。私たち以外の他の子たちも勇気づけてた」

新庄は鼻であしらい顔を逸《そ》らす。

「いろんな話もしたよね。施設に入れられる前のこととかさ」

「……まあな」

「君明君は絵ばっかりだったよね。どれくらい描いたろうね？　私がいつも傍にいて、会話は少なかったけど、心の中で凄く語り合っていた気がする」

思い出が蘇ったのか、小暮の表情が和《やわ》らぐ。

「いつの間にか私たち、こんなに大きくなっていたよね……」

高宮は新庄と小暮に目を向ける。

「二人とも、家族に会えるといいよね。了もそう願ってるよ」

そして高宮は、突然言った。

「ねえナンちゃん。歌唄《うた》おうよ」

洋平は照れた表情を浮かべる。

「え？　歌？」

「そうそう。私が憶えている歌。小学生の時習ったの。最初に唄うからナンちゃんついてきてね」

「あ、ああ」

高宮の、上手いとはいえない歌が辺りに広がる。メロディーは知っている曲だったが、歌詞が全然分からなかったので、何となくついていった。

この時も、笑っているのは二人だけだった。小暮の心の内は、明日からのことばかり。考えれば考えるほど、不安が募った。

こうして、最後の夜は更《ふ》けていった。

もうじき、長年の夢が叶う。本当に信じられなかった。

ここで過ごす最後の夜、君明は興奮してなかなか寝付けなかった。こんなことは、初めてだった。

まさか、まさか父と約束した絵を見られることになるなんて。しかも、両親と一緒に。南が坂本に頼んでくれた時、身体が震えた。それは味わったことのない感覚だった。この日、絵を描こうとしても筆が握れなかった。

ずっとずっと絵が見たかった。施設から抜け出してからその想いはさらに強くなった。でも無理だと思っていた。場所だって分からないし、見られるわけがないと諦めていた。

お父さん、お母さん、もう少しで会えるよ……。

君明は上半身に力を入れ、南に身体を向ける。

全てこの人のおかげだ。南に出会えて、本当に良かった。

皆にもありがとうと言いたい。七年間、こんな僕に優しくしてくれた。仲間にしてくれた。だからいつまでも一緒にいたい。

でも、それは無理な気がする。

君明は感じていた。もしかしたら四人でいられる時間は、あとわずかなのではないかと。それでも、君明の決心は固かった。

亮太も眠りにつくことができなかった。皆もそうかもしれない。この夜、無理して明るく振る舞っている南と真沙美の姿が、とても寂しく感じられた。

気持ちがどうしても落ち着かない。早く会いたいという感情を抑えられない。心臓が、激しく動いている。静まり返った教室に、この音が洩れているのではないかと思うくらいに。

この一週間、家族に会いたいと心の中ではずっと願っていた。が、なかなか南に切り出すことができなかった。それは自分勝手な意見なのではないかというのが一つ。

もう一つは、真沙美が心底楽しそうにしていたから。彼女には待っている人がいない、それなのに自分だけ、愛する家族に会いに行っていいのだろうか、という思いが亮太の正直な気持ちとぶつかっていた。

だがもう待ちきれなかった。これ以上、ここにいることはできなかった。真沙美には辛いことかもしれないが……。

亮太は、今現在の母と圭吾の顔を想像する。もう少し。もう少しで手が届く。

本当に生き続けて良かった……。

亮太はふと、真沙美に目を向ける。じっと、寝顔を見続けた。
『私は本当の友達ができたようで嬉しかったな』
もし捕まれば、真沙美とも離ればなれになるだろう。
そう思った瞬間、改めて感じた。自分は、真沙美が好きだったのだと……。
亮太はずっと、彼女の顔を見つめていた。
夜はゆっくりと明けていった。

カウント1

一月二日。

運命の朝がやってきた。空には雲一つない、気持ちのいい天気だった。七時半に目を覚ました洋平は、車で一時間ラジオを聴き、教室に戻った。

「おはよう。ナンちゃん」

高宮の挨拶《あいさつ》に、洋平は優しく笑みを浮かべて応《こた》える。

「おはよう」

新庄と小暮は、気が気ではないといった様子だった。昨晩はあまり眠れなかったのかもしれない。無理もない。七年間描いていた夢が、もうじき叶《かな》おうとしているのだから。

洋平は、あえていつもどおりに接した。

「さて、朝ご飯を食べよう。その後、出発だ」

新庄が小さく口を開いた。

「俺は……いいや」

「ダメだ。ちゃんと食べるんだ。力が出ないぞ。弱々しい姿で二人に会うのか？」

新庄は大きく息をつき、頷《うなず》いた。

「分かったよ」

「小暮もちゃんと食べるんだぞ」

洋平は、三人に昨夜のバーベキューの残りをパンに挟《はさ》んだだけのサンドイッチを配る。四人は無言で口に運んでいく。洋平の心の中は、不安で一杯だった。捕まることなく、ちゃんと絵を見せてやれるだろうか。家族に会わせてやることができるだろうか。失敗は許されない。

洋平は心配を掻《か》き消すように、三人に話しかける。

「ここではいろんなことをしたよな。絵を描いたり、ボールやトランプで遊んだり。皆で食事を作ったり。小暮には似顔絵も描いてもらったよな」

あの似顔絵は今、車のダッシュボードに大切にしまってある。

「そうだね」

と高宮が返す。

「家族が元気だといいな。新庄、小暮」

二人は、小さく首を動かす。

それから会話はなくなった。朝食を終えた洋平は、ゴミを袋にまとめた。適当な場所に捨てていくことはできず、一応校舎の裏にある古い焼却炉に置くと、教室に戻った。三人とも上着を羽織り、帽子を被《かぶ》っていた。小暮の絵の道具もまとめられている。

全ての準備は整っていた。

時計の針は午前九時十五分を指している。教室中が緊張に包まれていた。決心した洋平は、言った。

「よし、皆いいな?」

ここを出る時がやってきた。三人は同時に頷いた。

洋平は小暮の車椅子を押しながら外に出る。二人もその後に続く。

「新庄。手伝ってくれ」

二人で小暮の身体を持ち上げ、助手席に乗せた。次に新庄が後部座席に座る。

運転席に回ったその時、洋平は気づいた。まだ高宮が乗っていないことに。じっと校舎を見つめている。ここでの生活を、思い返しているのかもしれない。

「高宮。行こう」

声をかけると彼女はハッとし、頷いた。

運転席のドアを開け、鍵《かぎ》を差し込む。エンジンがかかると、カーナビが作動した。

洋平は坂本に教えられた住所を登録する。

『千葉国際美術館』

その文字に、小暮は固まる。

ここに、彼の見たい作品がある。両親も待っていてくれるだろう。

「いいか皆、くれぐれも慎重に動くんだ」

そう言って、洋平はゆっくりとアクセルを踏み込んだ。一週間以上いた廃校が、だんだんと遠ざかっていく。やがて、完全に見えなくなった。山を下り、幹線道路を目指す。

突然、高宮が明るく言った。

「どうしたの二人とも。もっと楽しそうにしなきゃダメじゃない」

それでも、新庄と小暮の様子は変わらなかった。

「ほら！　笑って笑って」

洋平は、明るい彼女を見て心を痛めた。

四人を乗せた車は、千葉へと進んでいった。

東京都渋谷《しぶや》駅周辺。初売りのためか、朝から多くの人間が行き来する。流行のホビーショップやファストフード店には、今時の女の子たちが続々と入っていく。ショッピングビルやコーヒーショップには、大人たちが足を運ぶ。

信号が赤にもかかわらず、堂々と横断歩道を渡る若者たち。道路は渋滞し、時折クラクションが鳴り響く。渋谷は喧騒《けんそう》に包まれていた。

人込みでごった返した街を見下ろすビルのワイドスクリーンが、突然切り替わった。マイクを持つアナウンサーの後ろには、コンクリートの建物。カメラ目線の彼女が口を開く。

『私は現在、YSC横浜センターの前にいます。脱走事件から早くも一週間以上が経ちましたが、依然《いぜん》四人は捕まっておりません。YSC側もコメントを控えています。一人の監視員と三人の子供たちは今、どこに隠れているのでしょうか。警察の捜査は、続いています。以上、現場からでした』

その頃、本部長室にいた堺は椅子《いす》に座り机に足を載せながら、温かいコーヒーを口に運んでいた。

進展のないニュースはもう見飽きた。脱走事件以後、何の動きもない。部下からも連絡が入らないのだ。

堺は退屈であった。まだ一週間とはいえ、つまらなすぎる。

彼に期待しているのは、逃げ続けることなんかじゃない。

その時、机の上の携帯が振動した。堺はゆっくりと手を伸ばす。部下からであった。

「私です」

「どうした？」

するると部下は言った。

「小暮秀明が家を出ました。行き先は分かりませんが、落ち着かない様子です。張っている警察も、動き出しました」

「ほう……」

「妻のほうはどうしましょう」

堺は一つ間を置き、

「見張っておけ」

と命令した。

「分かりました。では失礼します」

堺は携帯電話を元の場所に置く。もう少し待つ必要があった。案の定一時間後、再び部下から連絡が来た。

「小暮公子も今、家から出ました」

その途端《とたん》、堺の目が鋭く光った。

「そうか……追え」

「かしこまりました」

「ただし、今は全て警察に任せろ。どんな状況でもお前は余計な手出しをしなくていい。分かったな？」

「はい」

通話を切った堺は、不敵な笑みを浮かべた。南の奴、とうとう動き出したか……。

高速道路に乗った洋平は、東京方面から行くことに危険を感じ、東に進路を取った。道路は空《す》いており、スムーズに進んでいく。栃木を越え、早くも埼玉に入っていた。このまま南に走れば千葉に到着する。止まらず一気に行こうと洋平は思っていたのだが、高宮がふと、

「少し疲れたね」

と言ったので、少々休憩することにした。

山と緑に囲まれたパーキングエリアだった。駐車場はガラガラで、数台の乗用車と大型トラックが停まっているだけだ。これなら多くの人の目につくことがないので、洋平は安心した。

「トイレは大丈夫か？」

三人に言うと、二人は、いいと首を振った。高宮だけが行くと答えた。

「飲み物は……」

それどころではないといった様子だったので、洋平は訊《き》くのをやめた。車から降りた二人は帽子を深く被り、トイレへと向かう。ちらほらと人はいるが、こちらにはまったく気づいていない。

トイレの前で、洋平は高宮に言った。

「ここで待ってるから。なるべく早くな」

「うん」

二人は別れた。先にトイレから出たのは洋平だった。数分後、高宮も戻ってきた。

「じゃあ行くか」

歩き出した矢先、高宮の足が止まった。

「どうした？」

彼女の視線を辿《たど》っていくと、そこには若い男女六人が、楽しそうに話している光景があった。自由な彼らを見て、何を思っているのだろう。不公平だという怒りよりも、羨《うらや》ましさを感じているのかもしれない。

「高宮。さあ」

促すと、彼女は我に返り笑みを作った。

「ごめんごめん」

どうしてこんな陰に隠れるようにして動かなくてはいけないんだと、悔しさがこみ上げた。

運転席に戻った洋平は、小暮に伝えた。

「もうすぐだからな」

手と手を組んでいる彼は、ゆっくりと大きく頷いた。

洋平は再びアクセルを踏んだ。目的地に近づくにつれ、洋平の鼓動は速さを増していった。

1

時計の針は午後二時四十分を回ろうとしていた。出発してから五時間あまり。高速道路の脇に立っている『千葉県』というプレートを、洋平たちは通り過ぎた。

身体が固くなっているのが分かる。ハンドルを握る腕にも力が入る。車内は静まり返っていた。洋平ですら、口を開かなくなっていた。

皆の緊張を和らげようと、高宮が声を出す。

「あと、どのくらいだろう？」

カーナビによれば三十分もしないうちに着く。それを高宮に告げた。

「じゃあ、本当にもうすぐだね」

小暮の両親は、もう美術館に到着しているだろうか。早く会わせてやりたいが、洋平の中には恐れもあった。

沈黙した状態のまま、そこから五キロ進んだ。するとカーナビから、『間もなく左方向、出口です』という音声が発せられた。

全員の気が引き締まった。洋平の表情が鋭く変わる。サイドミラーを確認し、ウィンカーを、左に出した。料金を支払い一般道に出た洋平は、市街へと向かったのだった。

高速道路から降りると、ナビの指示が細かくなった。田舎の風景を予想していたが、意外にも周りにはオフィスビルやコンビニや様々な飲食店が並んでいた。大きなスポーツセンターも目についた。今のところ検問などは見あたらないのでほっとする。ナビに表示されている地図が、少しずつ動いていく。美術館に近づいている。もうじき着く予定だ。

突然、小暮の呼吸が荒くなり出した。指と指を絡ませながら、首を左右に動かしている。

「小暮。大丈夫、落ち着いて」

洋平が声をかけても、小暮の気持ちは治まらなかった。

車は大通りを一直線に走っていく。赤信号で止まるたび、小暮は大きく息を吐き出す。洋平は風景とナビの画面を見比べる。

「ここらへんだと思うんだが……」

と呟《つぶや》いたその時だった。ナビが告げた。

『七百メートル先、目的地周辺です』

指示どおり進んでいくと、右前方に、真っ白くて四角い大きな建物が見えてきた。

「あれだ……きっと」

小暮は美術館から一瞬たりとも目を離さなかった。彼の手は微《かす》かに震えていた。洋平は右にウィンカーを出し、敷地内に入った。駐車場が広い割には、車はあまり停まってはいなかった。洋平は適当な場所を決め、停車した。

『千葉国際美術館』

とうとうここに辿り着いた。洋風の造りの瀟洒《しょうしゃ》な美術館が、目の前にあった。

鍵を捻《ひね》り、エンジンを切った。だがすぐには降りなかった。洋平は辺りを見渡し、警察がいないかを念入りに確認する。それらしき人物は見当たらないが、気は抜けなかった。館内にいる警備員にも警戒しなければならないのだ。

「どうする？　ナンちゃん」

緊張の交じった高宮の声。洋平は小暮に尋ねた。

「両親、見当たらないか？」

彼は無心になって探している。

来てはくれなかったのか。いや、警察のマークが厳しくて来ることができなかったか……。

まだ三時を回ったばかりだ。時間は十分ある。洋平はもう少し待つことに決めた。がその直後だった。小暮の口から、

「あ！」

という声が洩《も》れた。

「どうした」

彼の目は、美術館の入口に向けられていた。

先ほどはいなかった。中で待っていて、いても立ってもいられず、外に出てきたのだろう。一組の中年の夫婦が、周辺を探しているのだ。男性のほうはスーツ。女性のほうは薄い黄色のワンピース。手にはコートを抱えている。

「あの二人が、そうなのか？」

確認すると、小暮は頷いた。

「よし、降りよう。早く行ってあげよう」

洋平、高宮、新庄の三人が先に車から降り、車椅子を用意して小暮を乗せた。

洋平は一般客にも注意を払い、入口に近づいていく。突然、車椅子が手から離れた。小暮が自分の力で、進んでいったのだ。

家族との距離が縮まっていく。小暮の両親も、ようやく自分たちの子供に気が付いた。

「君明……君明なのか……？」

両親の声が聞こえてきた。小暮は車椅子を止めて、コクリと頷いた。

「君明！」

二人は小暮に駆け寄り、泣きながら強く抱きしめた。そして何度も、ごめんなさいと叫んだ。ようやく小暮は安心した表情を浮かべた。両親の温《ぬく》もりを感じていた。三人はお互いの手を握り合う。二人とも地面に膝《ひざ》をつき、声を上げて泣いた。

「君明君……よかったね」

高宮は涙をこぼし、そう呟いた。

洋平も涙を堪《こら》えることができなかった。温かい光景を見て、心から思った。再会できて本当によかったと。

「大きくなったわね……君明」

「辛《つら》かったな。ごめんな。お父さんを許してくれ」

しばらく再会を見守った三人は、家族のもとに歩んだ。先に父親が、洋平たちに気が付いた。

洋平は深く頭を下げる。

「南と申します」

小暮を抱きしめていた母親も、顔を上げ立ち上がる。

「あなたが……」

「大事な息子さんを連れ出し、申し訳ありません。こうするしかなかったんです」

父親は涙を拭《ぬぐ》い、首を横に振る。

「感謝してます。君明とこうして会う時間を与えてもらえたんです。しかも、約束した絵を一緒に見られるなんて、夢のようです。

私たちにとってはこの七年、地獄だった。会いたくて会いたくて仕方なかった。でも君明を、助けてやることはできなかった。自分が本当に情けないです。あなたには何てお礼を言ったらいいか」

「君明君は施設にいる間、毎日毎日二人を想いながら絵を描いていたんですよ」

両親の目に再び涙がこみ上げる。

「……そうですか」

母親が、高宮と新庄に声をかけた。

「君明の、お友達ね？」

二人は同時に、

「はい」

と答える。

「あなたたちも、辛かったわね。君明と一緒にいてくれて。支えてくれてありがとう。本当にありがとうね」

洋平は父親に尋ねた。

「警察のほうは大丈夫でしたか？」

「ええ。おそらくは」

「そうですか」

小暮の目的はもう一つ。父親と約束した絵を見ることだ。早く叶えてやりたい。

「行きましょう、中へ」

「そうですね」

父親が小暮の車椅子を押した。洋平たちは料金を払い、館内に入ったのだった。

2

建物の中は静寂に包まれていた。下に絨毯《じゅうたん》が敷かれているので、足音もない。鑑賞に来ている人々の微かな声しか聞こえない。

「元気だったか？　君明」

小暮の家族が先頭を歩く。洋平たちはその後ろに続いた。警備員も一般客も、こちらに気づいている様子はない。

美術館は三階まであるが、目的の絵は、どうやら一階にあるようだった。

『セリアル展示会場』

六人は矢印の方向に進んでいく。父親が、小暮に話しかけた。

「懐かしいな。休日はこうして三人で、よく美術館に来たよな。まるであの頃に戻ったようだな」

小暮は首を動かし、応える。

「君明、絵は上手になったんだろうな……また一緒に描きたいな」

小暮の肩に母親が手を置く。

「本当に……長かったわね。よく頑張ったわね」

「そうだな」

六人は、セリアルの絵が展示されている展示室に入った。下は同じく絨毯。クリーム色の壁には、多くの水彩画がかけられている。鑑賞しているのは十五人程度だった。順番に見て回っている。

「ゆっくり見ていこうな」

父親は最初の作品で立ち止まる。洋平は絵に注目した。

『空』

一文字の題名だった。青い空に、眩《まぶ》しい太陽と大きな雲。ただそれだけなのに、気持ちが落ち着いた。ほんの一瞬、自分が逃亡者だというのも忘れられた。

「これが……セリアル」

美しい絵に引き込まれたのか、自分から滅多《めった》に喋《しゃべ》らない小暮が口を開いた。

「この画家はね、君明と一緒で車椅子の生活をしていたんだ」

その言葉を聞き、小暮は反応する。洋平も驚いた。

「小さい頃に、事故で足が不自由になってしまったんだよ。それから彼は絵にのめりこんだ。これは大人になってからの作品だけど、子供の頃から人を引き込むような絵を描いていたそうだよ」

「……うん」

「彼の作品は、ほとんど風景画なんだ。それがなぜかは分からないけど、本当にいい絵を描くんだよ。君明もよく、風景画を描いたよな」

確かにそうだった。人物よりも、小暮は風景を描くほうが好きだった。

父親は次に進む。

『学校』

木造の古い校舎を、正面から描いた作品だった。夕焼け色に染まった校舎を、実に上手《うま》く、繊細に描いている。色の使い方も絶妙で見事だった。その絵に、小暮の目は奪われていた。ただ圧倒されているのか、それとも、自分もこんなふうに描いてみたいと思っているのだろうか。

高宮と新庄も見入っている。

「どうだ君明。素晴らしいだろ」

小暮は絵を見つめながら頷いた。

「セリアルはどんな想いでこの絵を描いたんだろうな」

「……うん」

「さあ次だ」

父親は少し進んで立ち止まる。

『愛する母』

題名どおりだ。肩まで伸びた黒髪。垂れ下がった太い眉《まゆ》。優しい目。高い鼻。にっこりとした口元。いい顔をしている。一つひとつのパーツがはっきりと表現されていた。息子に描いてもらい、よほど嬉《うれ》しかったのだろう。そんな様子が伝わってくる。

「数少ない人物画だよ。これを見ると、彼は本当にお母さんが好きだったんだと分かるよ」

「……うん」

「君明も、お母さんが大好きだったもんな」

母親は、小暮の手を握りしめた。

「次へ行こうか」

それから両親は、小暮とともに作品を見て回った。

『街』

『雨の丘』

『大海』

父親は数多くの作品一つひとつを丁寧に解説していく。家族の思い出話を交えながら。作品が進むにつれ、時間が経つにつれ、七年間空いてしまった溝が、埋まっていく。洋平にはそう見えた。

やはり、血の繋《つな》がった家族である。ずっと離ればなれだったのに、三人は一つになっている。違和感なんてなかった。三人は幸せな時間を過ごしていた。

『ネコと公園』

『風車』

『パリ』

時折、微かではあるが小暮は笑みを浮かべた。だがそれは珍しいことではないのだ。これが本当の姿なのだろう。徐々に自分を取り戻しているようだった。

その後も、一作一作じっくりと見ていく。

ずっとこうしていたい。両親や小暮はそう思っているだろう。

しかしセリアルの作品は、いつしか残り二つとなっていた。三人とも、それに気付いている。つい先ほどまで明るかった家族が、妙に暗くなってしまった。

最後の絵が、父親と約束した『夢』だろう。

洋平は、複雑な思いを抱いていた。

『家族』

家をバックに、中央に立っている髪の短い白人女性はセリアルの妻だろうか。両脇で手を繋いでいるのは、おかっぱ頭の二人の子供。背丈がまったく同じで、顔もそっくりだ。

父親は懸命に小暮に説明する。

「題名どおり、これはセリアルの奥さんと子供たちなんだ。双子だったそうだよ。彼は、家族と幸せに暮らしたんだろうな……」

「うん」

説明をし終えた父親は、急に黙ってしまった。重い沈黙に包まれる。

父親は最後の作品を一瞥《いちべつ》し、辛そうに肩を落とした。なかなか先へは進まなかった。いや、進めないのだろう。

次が、約束した絵。だが、それが最後と思うと、足が動かないのだろう。小暮も下を向いている。七年間想い続けた絵が、すぐ目の前にあるのに。この一瞬のために、生きてきたのに……。

「あなた」

母親の優しい声。父親は頷いた。そして、小暮にこう言った。

「君明……次が」

これまでの想いがこみ上げたのだろう。声が震えていた。父親は洟《はな》をすすり、言い直した。

「次が、彼の最後の作品。『夢』だよ」

父親は車椅子を押し、ゆっくりと止まる。

「さあ、君明。見てごらん」

その声で、小暮は顔を上げた。彼は最後の絵を、じっと見つめる。洋平もその後ろで、悲痛な表情を浮かべながら眺めた。

『夢』

それは洋平が想像していた物と、まったく違う物だった。

真っ白い洋服を着た一人の少年が、太陽の光を浴びながら、大空に目一杯手を広げて飛んでいる絵であった。山よりも、雲よりも高く。数羽の鳥とともに、自由に飛んでいる。

「これが……『夢』」

「彼は死ぬ直前、この絵を描いたそうだ。この少年は、セリアル自身だろう。小さい頃から足が不自由だった彼は、ずっとこの日を夢見ていたんだろうな……」

急に、小暮の身体が震えだした。七年の辛い日々が、走馬灯のように蘇《よみがえ》ったか。それとも嬉しさのあまりなのか、彼の目から、ポツリ、ポツリと涙がこぼれた。

「小暮……」

「これを、見せたかったんだ。君明と同じように、車椅子で生活していた彼が描いたこの絵をね。いつかきっと、自由になれる。そう言ってやりたかった。でも、施設に連れて行かれる前に、見せることはできなかった。でも私との約束を果たすために、生き続けてくれると信じたんだ」

小暮はただ、小さな声を出して泣いていた。それでもしっかりと絵を瞳《ひとみ》に焼き付けていた。洋平の横にいた新庄が、小暮の肩に両手を置き、屈《かが》んで言った。

「君明。よかったな。やっと夢が叶ったな」

父親が、後ろからギュッと小暮を抱きしめた。

「もう会えないかもしれないと思ったよ。この絵を見せてはやれないかもしれないって……。でもお前は、ずっと憶《おぼ》えていてくれた。ありがとう」

小暮の胸に、母親は顔を埋《うず》める。三人とも泣き続けた。

その姿を見て、もうしばらくそっとしておいてやろうと思った。洋平は再び、絵に視線を向けた。

小暮の、長年の夢を叶えてやることができた。この一瞬のために自分は彼を連れ出し、彼もまた、生き続けていた。

その時洋平はふと思った。

この先どうするべきなのかと。もっと長い時間、一緒にいさせてやりたい。いやこのままずっと三人で、生活させてやりたい。そうさせてやるべきなのだ。

しかし、悲劇は突然訪れた。現実はそう上手くはいかなかった。幸せは、一瞬にして崩れ去ったのだ。

『夢』を見た時、気づくべきだった。洋平には、セリアルが天国を飛んでいるように見えた。あの瞬間、妙に不吉な予感がした。

ずっと恐れていたことが、とうとう起きてしまったのだ。

展示室の出口から、背広を着た二人の刑事が絵には目もくれず、こちらへとやってきた。後ろには三人の警官を連れていた。その瞬間、洋平は混乱し、金縛《かなしば》りにあってしまった。

背広の一人に尋ねられた。

「南、洋平だな?」

そこでようやく、小暮の両親も目の前の人物たちに気が付いた。目を大きく見開き、口をポカリと開け、固まっている。

「高宮真沙美、新庄亮太、小暮君明も一緒だな」

「ナンちゃん……」

高宮は、洋平のダウンジャケットを握る。小刻みに震えている。

「くそっ」

無念だというように、新庄は声を洩らす。小暮は、ただ俯《うつむ》いていた。

洋平は、刑事と目を合わすことができなかった。

分かっていた。いつかはこうなるのだと。

「センター脱走の容疑で、お前たちを連行する」

諦めるしかなかった。刑事が一歩踏み出す。その時だった。

「今度こそ、私たちは息子を守ります」

そう呟いた父親が、刑事を思い切り殴った。すぐさまもう一人にも同じように顔面に拳《こぶし》を喰《く》らわした。二人は床に倒れる。館内から悲鳴が上がった。

「確保だ！　確保しろ！」

三人の警官が動き出す。だが、小暮の両親が壁となって食い止めてくれた。

「早く！　早く逃げて！」

「君明……元気でね」

「どけ！　どくんだ！」

「私たちは七年間も国の言いなりだったんだ！　もう君明には指一本触れさせんぞ！」

洋平は一瞬戸惑ってしまった。

「ナンちゃん！」

その声で、ようやく金縛りが解けた。

「来るんだ二人とも！」

洋平は小暮の車椅子を押し、展示室入口へ急いだ。振り向くと、二人の刑事が目に映った。三人は全力で走る。

美術館を飛び出し、車のほうへ身体を向ける。しかし、数人の警官が車の前で張っていた。

「くそ!」

洋平は躊躇《ちゅうちょ》せず大通りに出た。そして歩道を駆け抜ける。

「止まれ! 止まらんと撃つぞ!」

車の前にいた警官たちも追ってきていた。

洋平は振り返らずに二人に声をかける。

「頑張れ! 諦めるな!」

まだ、捕まるわけにはいかない。体力が限界に達しようと、足を止めてはならなかった。彼らのためにも。小暮の両親のためにも。

通行人をかき分け追走してくる刑事たち。

振り向くたびに、距離は狭《せば》まっていく。

「ナンちゃん! 捕まっちゃうよ! もうダメだよ!」

高宮が弱音を吐く。洋平は怒声を放った。

「いいから走るんだ!」

三人はがむしゃらに走る。

「小暮、心配しなくていいからな」

彼の反応はなかった。ただ、開いていた手をギュッと閉じた。

「南！　止まれ！」

三人のスピードは明らかに落ちていた。車椅子を押していた洋平の身体は、悲鳴を上げていた。

正直、もうダメかと思った。前方には交差点。片側三車線の幹線道路。

進行方向の信号が、赤に変わってしまったのだ。

青になったと同時に、左右の車がゆっくりと発進する。

立ち止まれば確実に捕まる。警察を振り切るにはもう、賭《か》けに出るしかなかった。

「行くぞ！」

洋平たちは六車線の道路に飛び出した。その瞬間、クラクションが鳴り響く。急ブレーキをかける車。そして後ろの車が激しくぶつかる音。次々と車が追突していく。

「止まるな！　走るんだ！」

その隙間をかいくぐり、ようやく歩道へ駆け込んだ。

そしてついに、一台の車が火を噴いた。炎は二台目を襲い、火柱を上げる。道路は一瞬にして炎と煙に覆われた。

「今のうちに逃げよう」

洋平たちは、再び走り出した。

この子たちは渡さない。絶対に捕まってはならない。

その時ふと、自分が処刑される映像がちらついた。血まみれになりながら死んでいく……。

洋平は小さな悲鳴を上げていた。洋平の様子がおかしいことに気が付いたのは、小暮だった……。


もうどれくらい逃げたろう。三人の体力は疲労のピークに達していた。刑事たちの姿は、もうどこにもなかった。

「大通りは危険だ。裏道に入ろう」

息を切らしながら二人に指示する。四人は、人通りのまったくない細い道に隠れた。

三人は膝に手をつき呼吸を整える。全身汗だくだった。恐怖感はまだ消えない。先ほどまで美術館で温かい光景を目にしていたのが嘘《うそ》のようだった。

小暮の両親は無事だろうか……。

「どうする、これから。車だって奪われちまったし」

新庄の問いに、洋平は答えを出せなかった。

「もう少し……考えさせてくれ」

その時だった。小暮がふと洩らした。

「三人で、逃げてほしい……僕は、もういいから……」

洋平たちに突然、衝撃が走った。

「何を言いだすんだ小暮。一緒に逃げるんだよ」

「僕がいたら足手まといになる。皆思うように行動できないよ……すぐに捕まっちゃうよ」

洋平は必死になって懇願《こんがん》する。

「俺が守る！　だからそんなこと言わないでくれ！」

「そうだよ！　一緒にいて君明君。お願いだから」

高宮は涙声で小暮にすがりつく。

そんな彼女を見つめながら、小暮は微笑《ほほえ》んだ。

「僕はお父さんと約束した絵を見ることができた。二人にも会えた。それで十分だよ」

「君明……お前」

新庄が悲痛な声を出す。

小暮は遠くを見ながら、力なく言った。

「それに、もう疲れたよ。捕まったらまた施設に入れられる。もう二度とお父さんとお母さんには会えない。生きる理由もなく、これ以上施設では生活できないよ。苦しいだけだよ」

ずっと描いていた夢が叶った瞬間、プツリと心の糸が切れた。そういうことなのか。だったら絵を見せないほうが良かったというのか。

俺はどうすればいい。

いや、もはや彼の気持ちを変えることはできなかった。小暮はコートの中から、スイッチを取り出したのだ。

俯いていた新庄が顔を上げる。

「君明……お前本当に」

長い間を置き、小暮は言った。

「僕は……押すよ」

新庄は両手をグッと握りしめる。

「ふざけんな……ふざけんなよ」

彼の声が震える。怒りを抑えているようだった。

「もう少し、一緒にいられねえのかよ。今まで頑張ってきたじゃねえか。だから……」

小暮はただ、首を横に振った。新庄の手から力が抜けていく。

「ダメ！　お願い君明君！」

小暮は、今までのことを振り返った。

「友達もできたし、好きな絵も一杯描けた。約束の絵も見れたし、もういいんだ……後悔、してないから。だから三人で逃げてほしい」

彼の決心は固く、三人はもう何も言えなかった。彼の気持ちも分かるから。

洋平はただ、自分に対する怒りに震えていた。

小暮はじっとスイッチを見つめている。まったく死を恐れていない様子だった。

「二人とも、長い間ありがとう」

「嫌……君明君」

小暮は、洋平の目をじっと見る。

「絵を見せてくれてありがとう……。僕は本当に嬉しかった」

これが彼の最期の言葉だった。

小暮の指が、スイッチに触れた。

首と手が、ダラリと垂れ下がった。同時にスイッチが落ちた。その瞬間、洋平は膝から地面に崩れた。

「……小暮」

まるで眠っているようだった。高宮は小暮を抱きしめ、涙を流す。新庄は、壁を何度も何度も殴り、悔しさを露《あら》わにする。

また一人、大切な仲間を失ってしまった。

運命を変えることはできないのか。

洋平は小暮のスイッチを握りしめ、地面に叩《たた》きつけた。

こんな物がなければ、誰も犠牲にはならないのに……。

洋平は小暮に出会った頃を思い出す。無心になって絵を描く少年だった。初めて彼にありがとうと言われた時は、本当に嬉しかった。それから、徐々に心を開いてくれた。

一緒に洋服を選んだ。一緒にご飯を食べた。一緒に絵を描き、ボールで遊んだ。

彼の笑顔が、蘇る。

その時思い出した。小暮に描いてもらった似顔絵が、車の中にあることを……。

洋平は、赤ん坊のように泣きじゃくった。


地面にポツリと座り、抜け殻の状態になってしまっていた洋平は、高宮の声で我に返った。

「ナンちゃん。辛いけど行こう。君明君にさよならしよう」

彼女の言うとおり、いつまでもここにはいられなかった。

洋平は顔を上げ、涙目で小暮を眺める。もう、動かない。息を、していない。改めて感じた。本当に死んでしまったのだと。

洋平は立ち上がり、小暮に歩み寄り、抱きしめた。顔や手は氷のように冷たかった。小暮のためにも、まだ捕まるわけにはいかない。彼の死を無駄にしてはならない。

洋平は携帯電話を取り出した。坂本を頼るしかなかった。すぐに電話が繋がった。

「南です。もう一度、もう一度だけ頼みを聞いてください。僕たちを、助けてくださ い……お願いします」

洋平は事情を話し、坂本に強く訴えた。

そして数分後通話を切り、二人に言った。

「行こう」

「……ああ」

新庄が頷く。

「千葉から離れられれば何とかなる」

「分かった」

と高宮が答える。洋平は小暮の冷たい手を握りしめ、別れを告げた。二人も彼を抱きしめ、さよならと言った。

三人は何度も振り返りながら、裏道から大通りに出た。だんだんと小暮が小さくなっていく。そして完全に、彼の姿は見えなくなった。

洋平は道路に向かって手を上げた。ハザードを点滅させながら、タクシーが目の前に停車した。高宮が助手席に座り、後ろに洋平と新庄が座る。

「どこまで行きましょう」

洋平は運転手に告げた。

「とりあえず、ここをずっと真っ直ぐ行ってください」

小暮の残した最期の言葉が頭から離れなかった。

洋平は、悲しみをグッと堪えた。

3

タクシーに乗った時、すでに残りの資金は乏しかった。美術館が埼玉県寄りにあったのは幸いだった。

千葉県内の駅前で下車すれば、張っている警察に捕まるだろう。そう予測した洋平は、埼玉県に入ってからタクシーを降りた。それでも賭けではあった。もう少し遅れていたら捕まっていたかもしれないが、何とか電車に乗り込むことができた。しかし安心はできなかった。扉が開くたび、新たな客が乗るたびオドオドする。三人は生きた心地がしなかった。そして三回の乗り換えを経て、ようやく川崎市 幸区《さいわいく》に到着した。坂本がここを指定した。彼の自宅が近くにあるのだそうだ。
時計の針はもうじき午後の八時半を回ろうとしていた。空はとっくに暗くなってい
た。
洋平たちは、駅から一キロほど離れた冨野《とみの》神社で坂本が来るのを待っていた。人が
ほとんど通らない場所なので、待ち合わせには適していた。
冷たい風が通り過ぎた。落ち葉が音を立てながら飛ばされていく。気が付けば、小
暮がスイッチを押した瞬間を思い出していた。高宮と新庄も、ずっと落ち込んでしま
っていた。彼の存在は大きかった。池田の時と同じように、三人の心に、ポッカリと
穴が空いてしまった。だが、いくら考えても小暮は戻ってきてはくれない。
三人に車のライトが当てられた。洋平はハッとなり光に身体を向ける。
坂本か？　案の定そうであった。白いセダン車のエンジンが止まる。ドアが開くと、
坂本が降りてきた。
「坂本さん……すみません」
彼には、小暮がいなくなってしまったことを電話で話していた。坂本は優しく声を
かけてくれた。
「まあ……気にすんな」
洋平は俯きながら小さく口を開いた。

「小暮が、スイッチを」

「ああ……」

「彼は、もう疲れたと……」

坂本は大きく息をついた。

「そうか」

「でも理由はそれだけじゃない。僕たちのためでもあったんです」

坂本は真剣な口調でこう言った。

「そんなに、自分を責めるなよ」

洋平は返事ができなかった。

「死ぬ直前、小暮は両親には会えたんだろ？」

「ええ。父親と約束した絵も見せてやることはできました……」

「それだけでも、よかったじゃないか」

絵を見た時の小暮の笑みを思い出すと、再び胸が痛んだ。

「おい」

突然、坂本の言葉が鋭くなる。洋平は顔を上げた。

「悲しんでばかりはいられないんじゃないのか。まだ捕まるわけにはいかないんだろ？　だから俺を呼んだんだろ」

洋平は高宮と新庄に目をやる。二人とも不安そうにこちらを見つめている。

「それは……分かっています」

坂本は車のボンネットに手を置いた。

「これは自由に使っていいからよ。ここまできたら、とことんだ」

洋平は、深く頭を下げた。

「迷惑ばかりかけてしまって、すみません。時期を見て、坂本さんから警察に通報してください。車の持ち主が分かる前に」

彼は意外そうな顔をした。

「坂本さんまで巻きこむわけにはいきません。南に、脅されたとでも何でも言ってください」

坂本は苦笑を浮かべた。

「ま、まあ、そうやって言うつもりだったけどな。面倒なことはごめんだからよ」

最後の言葉は彼らしかった。洋平は微笑んだ。

「じゃあ、行きます。車、ありがとうございます」

洋平は二人に目で合図した。運転席のドアを開けた時、坂本に声をかけられた。

「おい」

洋平は振り返る。坂本の表情は少し悲しそうだった。

「気をつけろよ」

「……はい」

運転席に座り、エンジンをかけた。ライトを点灯させると、前方の視界が広がった。

「行くぞ」

二人にそう言って、洋平は坂本に挨拶をした。そして、アクセルをゆっくりと踏んだ。

「あの人も、本当はいい人だったんだよね。七年間もいたのに、気づかなかった」

高宮がふと、洩らした。洋平はひたすら真っ直ぐ走る。助手席に座っていた新庄は、何かを深く考え込んでいた。それは小暮のこと、そして家族のことに違いなかった。

4

『今日午後三時過ぎ、ＹＳＣ横浜センターから脱走した四人組が、千葉国際美術館に姿を現しました。警察が逮捕しようとしたところ、小暮君明の父、小暮秀明五十三歳と、母小暮公子《きみこ》五十一歳が抵抗。二人はすぐに取り押さえられましたが、四人は依然逃亡中です……』

最後まで、小暮の死は伝えられなかった。ラジオは次のニュースに移った。

午後八時五十五分。坂本と別れ、洋平はすぐに車を停めた。そして、ラジオを切った。

ここなら人目にはつかないだろうと、河川敷の橋の下に停めた。

新庄に確認しておきたいことがあったからだ。

「どうする……新庄」

その言葉だけで、意味は十分通じた。長い時間迷ったあげく、彼は答えた。

「君明がいなくなって、すぐにこんなことを言うのはあれだけど、俺の気持ちは変わらない。家族に会いにいきたい。ただ、少し時間が欲しい」

「時間？」

「考えたいことがあるんだ。結論が出たら、家族の所へ行ってほしい」

気になる言葉ではあったが、深くは聞かなかった。

「分かった」

洋平はそう言うとエンジンを切った。途端に車内は静まり返る。外から聞こえるのは、川の流れる音や草が揺れる音だけ。

「高宮。外へ出よう」

新庄を一人にしてやろうと思った。

「うん」

二人はドアを開け車を降り、少し歩いて石だらけの地面に腰を下ろした。

橋の上を電車が通り過ぎた。数秒間の地響きの後、再び静けさが戻る。

無言の状態が、果たしてどれくらい続いたろう。洋平の頭の中は小暮のこと、そしてこれからのことで一杯だった。長い沈黙を破ったのは高宮だった。

「君明君があんなに喋ったの、初めてだよ」

洋平は握っていた石を落とした。

「……そうか」

「本当に後悔してないと思う。施設の中で、ずっと見てきた夢だからね。人生で今日が一番嬉しかったんじゃないかな。それに、ナンちゃんには心の底から感謝してたよ君明君」

彼の最期の言葉が脳裏に響く。

「一緒にいられないのは辛いけど、仕方ないのかもしれない。君明君の出した結論なんだから」

そうだよな、とは言えなかった。ただいくら自問自答を繰り返しても、何も変わらないことだけは事実だった。

「でも何だか、今にも帰ってきそうな気がするね。何事もなかったように、川の絵を描いていそうな……」

廃校で絵を描いている彼はのびのびとしていた。

「ああ」

その時の彼を思い浮かべ、思わず川のほうに目を向けていた。

高宮は石をいじりながら呟いた。

「四人のうち、二人もいなくなっちゃったんだね。皆がいた頃が、遠い昔のような気がする」

その言葉を最後に、再び二人は口を閉じた。それから一時間、洋平と高宮はポツポツと会話を交わしただけだった。お互い、あえて新庄のことは口にしなかった。

新庄が車のドアを開けたのは、時計の針が十時半を回った頃だった。二人はスッと立ち上がった。洋平は緊張を隠せなかった。

新庄がこちらへと歩み寄ってくる。洋平が訊く前に彼は言った。

「今から、家族の所へ行きたいと思ってる」

洋平は、何の躊躇《ためら》いもなく頷いた。

「そうか。分かった。行こう。いいな？　高宮」

「うん」

洋平は車に向かう。

「初めは……」

新庄の話は、まだ終わってはいなかった。洋平は足を止める。彼は、その先が言いづらそうだった。

「初めは？」

「二人に、ただ一目会うだけで、それだけでよかった。そしてまた逃げ続ければいいと。本音を言えば、ずっと一緒に暮らしたい。けどそれは無理だと分かっていた。だからせめて一目だけでいいと思っていた。でも――」

「でも？」

「君明が死んで、俺はやっぱりこう思った。時間の許す限り、母ちゃんや圭吾と一緒にいたい。俺はそうしたい」

まさか、新庄……。

洋平は訊かずにはいられなかった。

「捕まったらどうする。小暮と同じことを考えてるんじゃ……」

考えすぎだというように、新庄は鼻で笑い首を横に振った。

「心配するなよ。それはない」

でも……。

その先は言えなかった。

「考えたいことっていうのは、それだったんだな」

新庄は強く頷いた。

捕まるまでの自由よりも、家族との、ほんの一時の団欒《だんらん》を選んだというわけか。

「覚悟は、できてるのか?」

「ああ。できてる」

捕まるのは、目に見えている。だが、これ以上止めはしなかった。彼が、今しかないと思っているのなら……。

ずっと話を聞いていた高宮が呟いた。

「じゃあ亮太とも、もう少しでお別れなんだね」

まさか、こんなすぐにその時が来ようとは思っていなかった。

「もしかしたら施設で、また会うかもしれないけどな」

洋平は時計を確認する。

「今すぐか?」

新庄の顔つきが、真剣になる。

「ああ。いいか?」

高宮は反対しなかった。彼がそう望むのならと、洋平も了解した。

「自宅の場所、憶えているか?」

「座間駅まで行ってくれれば、分かるよ」

「分かった。ナビで調べよう。その前に、家に電話しよう」

洋平は携帯を取り出し、坂本に調べてもらった新庄家の電話番号を選択した。コール中に、新庄に携帯を渡した。彼は使い方に戸惑いながらも、耳に当てる。空気が張りつめる。

繋がったのか、彼の表情が強張《こわば》った。

「お、俺だよ……亮太だよ」

声を出すのがやっといった、そんな感じだった。

5

亮太が、ここに帰ってくる……。

受話器を置いた邦子《くにこ》は、嬉しさよりもまず、混乱状態に陥《おちい》ってしまった。どうしたらいいのか分からず、ただ電話機の周りを行ったり来たりする。

「落ち着いて……落ち着くの」

脱走事件以来、気が気じゃなかった。できることなら会いたいと願っていた。

それが、叶う。

亮太がもうじきここに来る。夢なんかじゃない。

「お母さん？　もしかして今の……」

ベッドのほうから声がした。邦子は圭吾のもとに近づき、手をしっかりと握った。

「そうよ。もう少しでお兄ちゃんに会えるわよ。でも落ち着くの。興奮しちゃダメ」

事件を知り、体調を悪くしてしまった圭吾だが、ここ数日は落ち着いている。亮太には、元気な姿の圭吾を見せてやりたい。私にはそれくらいしかできない。それがせめてもの罪滅ぼし。

「お兄ちゃんが、本当に？　ねえお母さん本当に？」

「ええ」

圭吾はずっと亮太を心配していた。事件以来、口にするのは兄のことばかりだった。早く会わせてやりたい。

いつも二人でいて、本当に仲の良い兄弟だった。圭吾が外で遊べないからと、亮太は友達と約束せず、傍にいてくれた。外で働いていて家にいられなかった私の代わりに、亮太が面倒《めんどう》を見てくれていた。いつも二人は繋がっていた。だから早く……。

ただ恐れていることが一つ。警察だ。自宅には戻ってこないと踏んだのか、三日ほど前から刑事たちは一人もいなくなっていた。とはいえ安心はできない。はやる気持ちを抑え、邦子はそっとカーテンを開けた。

「亮太……」

国道246号線をひた走る。洋平たちを乗せた車は、もうじき座間市に入ろうとしていた。川崎からは思っていたよりも近いようで、新庄との別れは、すぐ目の前にやってきていた。

何だか、洋平はあまり実感が湧《わ》かなかった。根拠も何もないが、新庄とはもう少し一緒にいられるような気がした。だが、確実に近づいている。彼の、自宅に。

「圭吾君、元気だよねきっと。電話でもお母さんそう言ってたんでしょ？」

「ああ……」

しっかりと受け答えはするが、内心かなり落ち着かないようだった。高宮もそうだ。先ほどからずっと勇気づけてはいるが、冷静ではない。無理もない。七年以上一緒にいた仲間がまた一人、自分のもとから離れようとしているのだから。池田や小暮とは別れの意味は違うが、悲しくないはずがない。

「大丈夫。二人とも絶対元気だから」

洋平が言ったその言葉を最後に、車内は無言となった。早く会わせてやりたいと思う反面、まだ彼と一緒にいたいという気持ちがあるのだろう。赤信号で停まるたび、心のどこかでホッとしていた。

しかし、とうとうその時は訪れた。標識に、座間駅という文字が現れたのだ。

「とりあえず、駅前に出てほしい。そこから案内する」

「分かった」

国道246号線を降りた洋平は、新庄の言うとおり駅に向かったのだった。

座間駅。辺りに目立った物はなく、ひっそりとした駅だった。時間が時間だけに階段を下りてくる人は少なかった。バスも通っていない。タクシーも数台しか見当たらなかった。

「着いたぞ」

新庄は周りを見渡し、懐かしそうにしていた。

「あまり、変わってないな……」

「そうか。七年前のままか」

新庄は自宅までの道のりを必死に思い出している。

「駅の裏に出てほしい」

洋平は了解し、ハンドルを握った。

駅の反対側に出ると、このまま真っ直ぐ走ってくれと新庄は言った。急に記憶が蘇ることもあるだろうと、洋平はゆっくりゆっくり進んでいった。

駅から離れれば離れるほど、建物はなくなっていき、そのかわり田や畑が増えていく。

「こういう所に住んでたんだね、亮太」

高宮が声をかけても、新庄は反応できなくなっていた。妙にソワソワとしていた。いつしか、アパートやマンションも見えなくなり、辺りは田舎の風景に変わっていた。街灯もない真っ暗な田んぼに囲まれた道を進んでいくと、前方に三階建ての校舎らしき建物が見えてきた。通り過ぎようとした途端、新庄が声を上げた。

「停まってくれ」

洋平はとっさにブレーキをかける。

「どうした？」

新庄は言った。

「ここが、俺の通っていた小学校なんだ。昔のままだ……」

そして彼は、寂しそうにこう呟いた。

「もう、あとほんの少しなんだ。俺の家」

「そう……」

と高宮が返す。

「行ってくれ」

洋平は再びアクセルを踏んだ。ここからはもう、新庄の指示を聞くだけとなった。ようやく別れを実感したが、洋平にはかける言葉が見つからなかった。

周辺に、多くの平屋が建っているのが目についた。道が悪いせいで、車が激しく揺れる。

「もう少しだ」

新庄の案内が細かくなりだした。洋平は右に左にハンドルを切っていく。新庄は辺りを確認しながら言った。

「ここを真っ直ぐ行ったら俺の家だ。間違いない」

それが最後の指示だった。ずっと先に、六つの平屋が建っている。

「あそこだよ」

新庄はその一角を指差した。そこだけ、薄明かりが灯《とも》っていた。

「あれか」

新庄は自分を落ち着かせるように、大きく息を吐き出す。そして、懐かしそうに家を見つめる。過去を思い出している様子だった。いや、弟のことを気にしているのかもしれない。

かなり手前で、新庄が口を開いた。

「ここで、停めてくれ」

決意に満ちた口調だった。洋平は黙ってブレーキを踏む。周囲に注意を払い、エンジンを切った。辺りはしんとしていた。安堵《あんど》した洋平は、

「降りよう」

と言った。三人は車のドアを開けた。

新庄は自分が育った家に一歩、また一歩踏み出す。本当は走り出したいだろう。彼はゆっくりとこちらを振り向いた。

何から言ったらいいのか分からないというように、ただ俯いている。洋平と高宮も同じだった。その状態がしばらく続いた。彼の気持ちを察し、別れを言いだしたのは高宮であった。

「ここで、さよならだね。元気でね亮太」

辛いはずなのに、彼女は明るく送り出そうとしている。

「ああ……」

しかし新庄は、なかなか動こうとはしなかった。

「どうした？　二人が待ってるぞ」

洋平がそう言うと、彼は施設にいた頃の気持ちを語りだした。

「正直、ここにはもう帰ってこられないと思ってた。二人がもうすぐそこにいるなんて、嘘みたいだ」

「良かったたな」

洋平は新庄の肩に手を置いた。

「さあ、行ってやれ」

彼は頷く。最後に、素直にこう言った。

「あんたには、いろいろ嫌なことを言っちまったよな。悪かったよ」

洋平は首を横に振った。

「いいさ」

「それに、真沙美……」

悲しみを堪えていた高宮は顔を上げる。

「俺は……」

新庄は言いかけてやめた。

「いや、何でもない。行くよ。二人とも、元気で」

新庄は振り返り、家に向かっていく。彼の後ろ姿を見守っていた高宮が声を上げた。

「亮太！」

新庄は立ち止まる。彼女は小さく言った。

「さよなら」

新庄は頷いた。そして、再び歩き出した。彼が玄関に着く前に、洋平は踵《きびす》を返した。

「行こう」

「……うん」

二人は車に乗り込んだ。エンジンをかけると、高宮が呟いた。

「施設を抜け出してから、私はずっと感じていた。こうして、皆が離ればなれになることを」

その言葉は、胸に重く響いた。

「……そうか」

洋平は心の中で新庄に別れを告げ、ゆっくりとアクセルを踏んだ。

彼が小さくなっていく。そして、ミラーから姿が消えた。

新庄のことは心配だが、それを口には出さなかった。

この日、小暮がスイッチを押し、新庄が自分たちのもとから離れていった。つい昨日まで四人でいたのが、遠い昔のように感じられた。

行き先も分からず、洋平はただ車を走らせていた。もうじき、長い長い一日が終わろうとしていた。

6

二人を乗せた車の音は、遠くへと消え去った。亮太はもう振り向かなかった。母と圭吾の待つ我が家に進んでいく。あとほんの少しの距離で、亮太は歩調を速めた。そしてとうとう、玄関の前に立った。

ペンキの剝がれた木の扉。黄ばんだ表札。錆《さ》びた傘立て。あの頃のままだ。何も変わっていない。七年前、ここで二人と別れた。今でもあの時の悪夢が……。もうよそう。嫌なことを思い出すのは。せっかく二人に会うのだ。笑顔を見せよう。楽しかった頃の記憶を蘇らせ、亮太は気持ちを落ち着かせた。そして、扉を二度ノックした。その音が、亮太をさらに緊張させた。

間もなく、中から返事が聞こえてきた。

「……はい」

震えた声。母だ。亮太は、途切れ途切れに答えた。

「お、俺だよ……亮太だよ」

その瞬間、扉が開いた。目の前には、涙目の母が立っていた。

「……亮太」

感極まり、母は涙をこぼす。

「……母ちゃん」

亮太は帽子を脱ぐ。声を出すのがやっとだった。施設での辛さが脳裏に浮かび上がる。だが、母の顔を見ただけで、それら全てが一瞬にして吹き飛んだ。

「やっと……やっと会えた」

亮太の心は嬉しさで溢《あふ》れる。だが寂しさも感じた。母の姿が小さいからだ。自分の背よりも遥《はる》かに低い。時は流れたのだと、改めて実感した。

外見も変わっていた。白髪も目立つし、皺《しわ》も増えた。そして何より、表情が疲れている。この七年、苦労が絶えなかったのだろう。圭吾のために精一杯働いてきたのだろう。その映像が目に浮かぶ。

「亮太！」

母は泣きながら抱きついてきた。その時、亮太は母の匂いを思い出した。

この匂いだけは変わってない。あの頃のままだ。安心した亮太は目を瞑《つぶ》り、力を抜き、母に身体を委《ゆだ》ねた。

「ごめんね。お母ちゃんを許して」

亮太は首を振る。

「心配、かけたね」

「こんなに大きくなって……私は、何もしてあげられなかったね」

亮太は母の肩を抱き、尋ねた。

「圭吾は？」

母は優しい笑みを見せた。

「中で待ってるわよ。さあ入って。早く顔を見せてあげて」

上がろうとしたその時、見覚えのある靴が目についた。小学生の時に自分が履いていた物だ。

「残していてくれたんだ……」

「家の中も、そのままにしてあるのよ」

亮太は真っ先に和室へと向かった。すると、パジャマ姿の圭吾が、立ち上がって迎えてくれた。

「圭吾……」

崩れそうになる身体を、必死に支えた。目の前が涙で歪《ゆが》む。

「お兄ちゃん……」

一緒にいた頃の記憶が、脳裏を駆けめぐる。

圭吾を見た瞬間、ホッとした。ほぼ昔のままだった。背が伸びただけで、それ以外は何も。幼い顔つき、高い声、華奢《きやしや》な身体。亮太は駆け寄り、強く抱きしめた。圭吾の体温を感じた。

「い、痛いよお兄ちゃん」

圭吾は照れながら言う。

「心臓のほうは……どうだ？」

「大丈夫。いつか必ず治るよ」

「そうか……頑張ろうな」

「うん……」

「圭吾も、大きくなったな」

「お兄ちゃんも、恰好《かっこう》よくなったね」

亮太は、圭吾の身体を離さなかった。

その様子を見ていた母が、後ろから抱きついてきた。ようやく三人が繋がった。

「おかえり亮太。ずっと、待っていたんだよ」

「ありがとう」

「一人にさせてごめんね。お母ちゃんを許して」

「そんなことはもういいよ。それに母ちゃんのせいじゃないから」

三人は離れ、お互いの顔を見つめ合う。

「一緒に逃げている……」

亮太は母の言葉を遮《さえぎ》った。

「ここまで連れてきてもらって、さっき別れたんだ」

一人が犠牲になったことは言わなかった。

「……そう」

一瞬にして、空気が重くなる。圭吾が笑みを作った。

「せっかくお兄ちゃんが帰ってきたんだよ。そんな暗くならないでよ」

その言葉で母は、明るい表情を浮かべた。

「そうよね。圭吾の言うとおりね」

亮太は圭吾に微笑んだ。内面はずいぶん大人になったんだと思った。

「亮太。お腹空いていない？　お母ちゃんが何か作ってあげる」

そういえば、今日はあまり食べ物を口にしていなかった。安心した途端、食欲が湧いてきた。

「じゃあ、頼むよ」

母は嬉しそうに台所へ向かった。

「座って待ってて。すぐに作ってあげるから」

亮太は隣の部屋に入る。シミだらけの赤い絨毯。小さな卓袱台《ちゃぶだい》。古いテレビ。まったく同じだ。いつもここで食事をしていたのだ。母が遅い時は、圭吾と二人で。何もかも懐かしい。昔に戻ったようだった。

卓袱台の前に腰を下ろす。圭吾も隣に座った。

「寝てなくて大丈夫なのか？」

「この頃、調子がいいんだ」

「そうか……よかった」

亮太はもう一度部屋を見渡す。そして二人に視線を移す。

本当に帰ってきたんだと、改めて思った。

生きていてよかった。

この時間がいつまでも続くよう、心から願った。


一方その頃、堺はリビングのソファで一人、ブランデーグラスを掌《てのひら》で揺らしながら南たちのことを考えていた。今日、とうとう小暮君明がスイッチを押した。

警察から逃げている最中、自分が足手まといになると考えたか……。

「バカが」

お前のことなど、どうでも良い。三人は今どこにいるのか。見当はついている。奴らはおそらく……。

携帯電話が振動した。堺はグラスを置き、携帯を耳に当てる。

「どうした？」

部下の声が聞こえてきた。

「南たちは、新庄の自宅に新庄亮太だけを残し、走り去りました」

「そうか」

「指示どおり、二人を追っています」

「見失うな。いいな？」

「かしこまりました」

携帯を置いた堺は、酒を一気に飲み干した。

考えていたとおりだ。

「もうじきか？　楽しみだな」

台所からいい匂いがしてきた。

「もう少しでできるからね」

明るい母の声。

「うん」

返事をした亮太は、テレビの上に飾られている写真に気づいた。学校が休みの日に、この部屋で圭吾と一緒にアニメを観ている時の物だ。二人は夢中だ。カメラを向けられていることに気づいていない。こんな時もあったなと、亮太の顔が綻《ほころ》ぶ。

ふと、あることが気になった。

「そうだ圭吾。今年から高校生になるんじゃ」

「そうだよ」

圭吾は普通に答えた。

「どうするんだ？」

「心配ないよ。通信制の学校を受けるんだ」

「通信制？」

その言葉の意味が、亮太には分からなかった。

「家で勉強するんだ。ときどき学校にも行くんだよ」

亮太は納得する。

「そんな学校があるんだ」

「中学も頑張って通ってるんだよ。友達が迎えにきてくれるんだ」

小学生の時は、体調が不安定で休んでばかりだった。でも今の話を聞いて、亮太は安心した。

「そうか。よかったな。友達にも感謝しないとな」

その時、真沙美や君明や了の顔が浮かんだ。

台所から、母がお盆を持ってやってきた。

「さあできたわよ〜」

卓袱台にどんぶりが置かれる。亮太は歓喜の声を上げた。

「うどんだ！」

揚げ玉、かまぼこ、ネギ、卵。具もたくさん入っている。

「大好きだったでしょう。これが」

「うん！」

「冷めないうちに食べなさい」

亮太は箸《はし》を取る。

短いと思いよく見たら、それは子供の頃使っていた箸だった。思わず手に力が入る。

「いただきます！」

亮太は夢中になってうどんをすすった。ホッとした自分がいた。

やっぱりこの味が、一番だ。

「どう？　美味しい？」

麵《めん》を嚙《か》みながら、

「うまい」

と答えた。亮太はすっかり子供の頃に戻っていた。心が休まった。

母の味に飢えていた亮太は、口と箸を休まず動かし、あっという間に、どんぶりは空になった。

「ごちそうさま」

お腹が満たされ、身体が温まった。

「一杯になった？」

亮太は頷く。

「美味しかった〜」

とひと息つくと、絨毯に大の字になって寝そべった。母は呆《あき》れながらどんぶりを台所に下げにいった。そしてすぐに戻ってきた。

「毎日ここで三人で、ご飯食べてたんだよねえ」

母が昔を懐かしむ。亮太は天井を見つめながら答えた。

「うん」

「お金はなかったけれど、幸せだったわよねえ」

再び、悲しい空気となってしまった。ただ誰も、施設のことについては口にしなかった。

亮太は起きあがり、尋ねた。

「この七年の間に撮った写真はないの？」

母は首を振った。

「そんな気にはならなかった……」

「そっか……」

何とか明るくさせようと、亮太は母と圭吾に言った。

「じゃあいろんな話聞かせてよ。何でもいいからさ」

圭吾の表情が輝いた。

「いいよ!」

「じゃあ圭吾から」

「中学にはね、優しい友達がたくさんいてね、僕の調子がいい時は、映画とか連れていってくれるんだよ」

亮太は腕を組む。

「へ〜いいな〜」

「それとね、先生に面白い人がいてね……」

話を盛り上げたのは圭吾だった。母とのことや、今人気のテレビやアニメ、スポーツに関しても話してくれた。何とか楽しませようと、思いつくまま喋ってくれた。いつしか部屋は笑顔で溢れていた。自分の置かれている状況を忘れることができた。今まで施設にいたなんて嘘のようだった。三人は幸せな時間を過ごしていた。

だが、そう長くは続いてくれなかった。

圭吾が次の話題を考える。部屋は静かになった。

亮太は母を心配した。

「仕事、大変じゃない? 辛くない?」

母は優しい顔をした。

「大丈夫。ありがとう」

先が分かっているから、亮太はそう聞いたのだ。圭吾にはこう言った。

「圭吾」

無理して次の話題を探していた圭吾は、真顔になる。

「何?」

「俺はずっとお前に、病気を治してやるって言ってたよな。絶対に医者になって、助けてやるって」

「うん……」

その約束を、守ってやれそうにない。そう言いかけて、やめた。

「いつか絶対に治るよ」

ただ安心させてやることしかできなかった。

「うん」

その直後、あまりにも早すぎる別れが訪れた。こうなることは、初めから覚悟していた。

玄関の扉が激しく叩かれた。亮太はビクリと反応する。が、慌てふためくことは、もうなかった。

「新庄さん!　よろしいですか」

外からは男の声。

再び別れの時が来たのかと、亮太は俯いた。

「亮太!」

母は逃げてと言おうとしたのだろう。亮太は首をただ横に振った。

「どうして!」

「無理だよ。もう」

「新庄さん! 開けてもらえますか!」

男の声が徐々に乱暴になる。

「お兄ちゃん」

圭吾が泣きながら、抱きついてきた。亮太は圭吾の頭を撫《な》でた。

「メソメソするな。圭吾、この先も頑張るんだぞ。母ちゃんを頼むぞ。俺のことは心配ない。寂しくても大丈夫だから」

圭吾は亮太の洋服を離さない。

「会えて良かったよ。この時をどれだけ待ったことか。お前を見て安心した」

そう言って、亮太は母に頷いた。

母は諦めたように肩を落とし、玄関に向かった。

扉が開く音が聞こえてきた。

「息子さん、ここにいますね」

母はそれを認めたのだろう。一斉に警察が入り込んできた。亮太と圭吾は大勢に囲まれた。亮太は顔を上げない。わずかな沈黙の後、刑事に訊かれた。

「新庄亮太だな」

「……はい」

「君を逮捕する。さあ来い」

素直に立ち上がろうとしたその時、圭吾が袖《そで》を強く引っぱった。

「お兄ちゃん！」

泣き声が部屋中に響く。警官が圭吾を引き離そうと近寄った。亮太はキッと睨《にら》み、怒鳴った。

「弟に触るな！」

そして、圭吾の肩をポンポンと優しく叩いた。すると、徐々に圭吾の手が開いていった。

亮太は立ち上がる。両手に手錠がはめられた。鉄の冷たさを骨にまで感じられた。

「さあ来なさい」

警官に連行される。圭吾が後ろからついてくる。玄関には、母が茫然《ぼうぜん》と立ちつくしていた。亮太は足を止めた。

「もう少し一緒にいたかった……。圭吾を頼むよ」

そう言い残し、家を出た。外には数台のパトカーが待機していた。

「さあ乗って」

パトカーのドアが開いたその時、二人の叫び声が聞こえてきた。

「亮太！」

「お兄ちゃん！」

亮太は振り返る。七年前の出来事が脳裏をかすめた。あの時と一緒だった。

もう一度だけ、抱き合いたい。肌に触れたい。

警官に押えられている二人に亮太は頷き、パトカーの後部座席に座った。

ドアが閉められる。母と圭吾の声はまだ聞こえていた。

車が静かに動き出す。亮太は身体を捻り、二人の姿を見つめる。まだ、声は届いている。泣きながら叫んでいる。

亮太はしっかりと二人を目に焼き付ける。やがて、母と圭吾の姿は完全に見えなくなり、闇だけとなった。

身体の位置を戻した亮太は、手にポッポッと涙を落とした。

ほんのわずかな時間だったが、幸せだった。母も圭吾も元気で良かった。いろんな話ができて嬉しかった。

長年の夢を叶えることができた。

これでもう、何も思い残すことはない……。

南や真沙美、そして母と圭吾には嘘をついた。初めから決めていた。捕まった時点で、スイッチを押そうと。

もう疲れた。あの時、君明が言ったその意味がようやく分かった。目的を果たした瞬間、気力が一気に抜けた。

二人とは二度と会えないだろう。悲しませることになるが、もう限界だ。微かな希望もなく、生き続けることはできない。

七年間、頑張ったと思う。俺たちは四人で支え合い、耐えてきた。絶対にスイッチを押さないと誓った。

真沙美も、天国にいる了も君明も、納得してくれるだろう。この気持ちを分かってくれるだろう。

不思議と恐怖はなかった。今一度、母と圭吾の顔を思い出す。

亮太は手錠をかけられた両手で、ダウンジャケットのポケットからスイッチを取り出した。

そして長い時間見つめた後、亮太は小さく口を動かした。

ごめん。母ちゃん、圭吾。

亮太は指に力を入れた。その瞬間スイッチは手から落ち、車の中に転がった。

寒い、真夜中のことだった。

これで、七年間生き残っていた四人の中で生存しているのは、高宮真沙美、ただ一人となった。

7

新庄と別れ、当てもなく走り続けた洋平と高宮は、座間市から三十キロほど離れた、神奈川県秦野市にある浅間峠《せんげんとうげ》の頂上のパーキングで車を停めた。二人の疲れは限界に近く、ここなら人目にはつかないだろうと、眠りについた。

洋平はある夢を見た。新庄との出会いから別れまで。最後、自分の家に歩いていく新庄に何度も声をかけるのだが、一度も振り返ってはくれなかった。それが妙に不吉であった。ハッと目覚めると、いつしか朝を迎えていた。

あまりの寒さに、洋平は身震いする。

「おはよう」

すでに、高宮は目を覚ましていた。

「起きてたのか」

洋平はリクライニングを元に戻す。時計の針は六時十分を指していた。

「あまり、眠れなくて」

「……そうか」

洋平は秦野市の景色をボーッと見つめる。

高宮と二人きりになってしまった。これから自分はどうすればいいのか。正直、分からない。風景を眺めていると、不安ばかりがこみ上げた。

「ずっとこの向こうに、亮太の家があるんだよね。今頃どうしてるだろう?」

新庄のことも心配である。

「うん……」

曖昧《あいまい》にしか答えられなかった。

「家族と、ずっとはいられないよね……」

できることならずっといさせてやりたいが、それは不可能だろう。

「ああ……」

その時だった。携帯電話が鳴り響いた。洋平は慌てて画面を確認する。相手は堺であった。

車内の空気が、一気に張りつめる。

「もしもし?」

洋平はゴクリと唾《つば》を呑《の》み込んだ。

「私だよ」

口を開く前に、堺から告げられた。

「昨晩、新庄亮太がスイッチを押したよ」

一瞬、時が止まった。洋平は茫然自失する。

そんな……。

堺は続ける。

「家族と一緒にいた新庄は、自宅を張っていた警察に捕まり、パトカーの中で死んだそうだ」

死んだ……。

落ちそうになる携帯を、しっかりと握りしめる。

「……まさか」

「つまらん嘘はつかんよ」

頭に浮かんだのは、先ほど見た夢だった。

心のどこかでは、それを恐れていた。

新庄……。

押してしまったのか……。

最初からそのつもりだったのか。

気を落とす洋平に、追い打ちがかけられた。

「小暮君明と新庄亮太がスイッチを押し、残り一人か……」

堺は鼻で笑った。

「南君。君は何かを勘違いしていないかい？　君がしていることは正義でも何でもない。ただ、彼らを死なせただけだ」

その言葉が、洋平の胸にグサリと突き刺さった。

結果的には、そうだ……。

「この先、同じことを繰り返すのか？　高宮真沙美も、死なせるというのか？」

洋平は高宮を一瞥する。

答えに迷っていると、どういうつもりか、堺はある条件を出してきた。

「こういうのはどうだ？　もし今すぐ君が私に降参すれば、高宮真沙美を助けてやってもいい。要するに、彼女の自由を約束しようじゃないか。悪くないと思うが」

その途端、気弱になっていた洋平の心は大きく揺れた。

「じ、自由を」

洋平と高宮の目が合う。

「降参とは……」

洋平の言葉を遮り、堺は強く言い放った。

「そういう意味だ」

静まり返る車内。

「本当に……」

「約束しよう」

洋平は思う。彼女が助かるのならと。

最後に堺は言った。

「まあ、よく考えるんだな」

電話が切れた。洋平は携帯をゆっくりと耳から離す。

「まさか、亮太……」

「え？」

迷ったあげく、事実を告げた。

「昨晩、警察に捕まり、パトカーの中で押したそうだ……」

高宮は悲痛な表情を浮かべ、俯いた。

「……亮太」

微かに予感していたのかもしれない。彼女は取り乱すことなく、静かに泣いた。

「家族には、会えたの？」

「……ああ」

高宮は涙を拭う。

「亮太、初めからそのつもりだったんだね」

昨夜の、橋の下での会話を思い出す。

「……おそらく、そうだったんだろう」

高宮はふと顔を上げた。そして空を見ながら言った。

「これでとうとう、私一人になっちゃったんだね。皆、死んじゃったんだね」

彼女は三人の顔を思い浮かべている様子だった。

『この先、同じことを繰り返すのか？』

洋平は、堺の言葉を思い出す。

「なあ、高宮」

施設から脱走し十日が経った。あの時はどうしても彼らを助けたくて、先を見ず、その時だけを考えていた。

現実はあまりにも厳しかった。今、それを痛感《つうかん》している。新庄と小暮が死に、自分たちは辛うじて逃げているという状況。正直、これ以上隠れ続けることはできないと思う。堺が言うように、高宮が助かるのなら……。

「いや、何でもない」

そうだ。もし罠《わな》だとしたらどうする。

でも堺は約束すると……。

洋平はどうするべきか判断できず困惑する。その様子をずっと見ていた高宮が、口を開いた。

「ナンちゃん」

突然声をかけられ、洋平は動揺する。

「な、何だ？」

彼女には、全てを読まれていた。

「変なこと考えてない？　今の電話、本部の人でしょ？　何て言われたの？」

高宮がこんなにも真剣な表情を見せたのは初めてだった。今の洋平には、ごまかせるほどの余裕がなかった。正直に話すしかなかった。

「実は、条件を出されたんだ。俺が自首すれば、高宮を自由にすると」

「それでどうするつもりなの」

「俺は……」

高宮にそう迫られ、洋平は言葉に詰まった。

「私は嫌よ」

洋平はとっさに振り向く。

「え？」

「捕まっちゃうかもしれない。残りの時間は限られているかもしれない。それでも私はナンちゃんといたい。ナンちゃんを犠牲にしてまで、自由を欲しいとは思わない」

洋平は、高宮の目を見ることができなかった。

「しかし……」

彼女の決意は固かった。

「もしナンちゃんが裏切ったら、私はスイッチを押すからね」

なぜだ。十歳の頃から十分辛い目に遭《あ》ってきたではないか。なぜ自由を選ばない。そう、高宮は優しすぎるのだ。自分よりもまず、他人を大切にする。彼女を見てきて、ずっとそう思っていた。

洋平は、不運な道ばかり辿っている彼女を哀れんだ。

「本当にそれでいいのか。後悔しないのか。昨日、若いグループを羨ましそうに見てたじゃないか。施設から抜け出した君は、自由になったって喜んでいたじゃないか」

そして、こう付け足した。

「俺のことは、気にしなくていい。今のままじゃ君も……」

高宮は躊躇うことなく言った。

「それでいい」

「でも」

「最後まで、一緒にいよう」

これ以上言っても、彼女の心は動きそうもなかった。

何もかも、覚悟はできている。そういうことなのか。怖くは、ないのか。

洋平はしばらく考え、口を開いた。

「……分かったよ」

高宮がそう決めたのなら、自分も最後までつき合うつもりだ。

ただ、この先どうすればいい。警察に捕まる時が来るのを待つしかないのか。それともまた再び、どこか遠くへ逃げるか。どちらにしても、もうそんなに長い時間が残されているとは思えなかった。

洋平は無意識のうちに尋ねていた。

「本当に……高宮を待っている人はいないのか？」

彼女は、首を振る。

「会いたい人も？」

すると高宮は、急に黙り込んでしまった。

何かを思い出しているのか。洋平が声をかけようとした途端、重々しい口調で、彼女は言った。

「もし……もし会えるのだとしたら、本当のお母さんかな。思い浮かぶのは、その人だけ」

「本当のお母さん」

と洋平は聞き返す。

「でもそれは無理。私が六歳の時に、あの人は私を児童養護施設に捨てていったの。ここで待っててねって言ったきり帰ってはこなかった。あの時、気づくべきだったんだよね。お母さんと園長が、陰で何かを話している時に。私のことを、お願いしてたんだよね。でも園長は、私が実験の対象者だとは知らなかった。

二年後、私は何も事情を知らない里親に引き取られた。そこでは一応可愛《かわい》がってはもらった。でもすぐに……」

そこまで聞いたのは初めてだった。

「そうだったのか」

「前の名前は、笹本《ささもと》真沙美。もう、高宮のほうが慣れちゃってるけどね」

彼女は一拍《いっぱく》置いて続ける。

「確かに捨てられはしたけど、私は本当のお母さんを恨んではいない。施設に入れられることを知っていたお母さんは、ずっと苦しかったんだよね。だから海に一緒に行った時、泣いてたんだよね」

か。

「海に……」

洋平は思い出す。初日に見た彼女のノートを。夢に出てきた海が、そこなのだろうか。

「そう。私が六歳の時にね。お母さんとの、最後の思い出の場所」

「お父さんは、いなかったのか？」

「いたよ。けれど、私が生まれてすぐ交通事故で死んじゃったんだって」

なぜこうも神は、彼女から幸せばかりを奪うのか。

「俺も、ずっと母親に育てられたんだ。高宮とは違って、父親はいたんだけど……」

父の顔を思い出し、洋平は口ごもる。

「俺が三歳の時に、離婚しちゃってね」

「そう。今、お母さんとは一緒に住んでないの？」

洋平は頷く。

「でも、元気にしてるよ」

「そっか……」

雰囲気が暗くなってしまったことに気づき、洋平は明るく言った。

「行こう！　高宮のお母さんに会いに」

彼女はハッとするが、すぐに否定した。

「無理だよ。どこにいるかも分からない。捜しようがない」

　洋平は諦めなかった。

「そうだ。じゃあその養護施設に行ってみないか？　園長が何か知っているってことはないか？」

「それはないと思う。養護施設にいた二年間、園長は一度もお母さんのことは口にしなかった」

「そうか。でもそれは、高宮を傷つけないためであって、もしかしたら少しは何か知ってるかも」

　高宮の表情に変化はなかった。

「ありがとう……でも無理だよ」

「行ってみなきゃ分からない。そうだろ？」

「それは、そうだけど……」

　何とか母親に会わせてやりたかった。ずっと不幸の道を歩んできた彼女に、新庄や小暮のように束の間の幸せを味わわせてやりたかった。

　何もかも失った高宮は、死を覚悟している。あれはそんな顔だった。

　その時が来る前に、どうにか……。

「で、その養護施設がある場所はどこなんだ？」

彼女は地名をはっきりと憶えていた。

「静岡県磐田市《いわた》、海老田《えびた》っていう所。そこまで行けば、何とか……」

「分かった。今すぐに行こう」

「え？　本気で言ってるの？」

「当たり前だろ」

高宮の了解も得ず、洋平はエンジンをかけ、早速ナビに場所を登録した。案内地図が表示される。

シフトレバーに手を置いた洋平は、急に深刻な表情になる。そして、高宮にこう訊いていた。

「俺は間違っていたのか。結果的には、二人を死なせてしまった」

高宮がこちらを向いた。

「そんなことない。亮太も君明君も、そんなふうには思ってない」

そう言ってもらえるだけで、気持ちが落ち着いた。

「行こうか」

洋平は改めてシフトレバーをチェンジし、アクセルを踏んだ。

二人はこうして、高宮の母親に会うために動き出した。

一方その頃、黒塗りの公用車の後部座席に座った堺は、東京の第一本部に向かっていた。

新庄亮太が死に、残ったのは高宮真沙美……。

「面白い」

堺は部下からの連絡を今か今かと待っていた。

肘《ひじ》掛けに置いてある携帯に目をやったちょうどその時、連絡が入った。堺は携帯を耳に当てる。

「私だ」

部下の声は冷静だった。

「今、二人が峠から下りてきました。尾行を再開しています」

「どこへ向かってる？」

「正確には分かりませんが、静岡方面に向かっています。東京方面でないことは確かです」

静岡。そういうことか……。

堺は「そうか」と呟き、

「よし、そのまま追え」

と命令した。

「かしこまりました」
通話を切った堺は、冷笑《れいしょう》を浮かべた。
揺さぶってみたまでだ。降参するなどとは思っていない。逆に、されちゃつまらん。
向かっている先は静岡。そこに間違いないだろう。
表情には出さないが、堺の興奮は最高潮に達していた。
こんなにも上手くいってくれるとは。
ますます面白くなってきた。
ここまで予想どおりに事は運んでいる。
必ず、全てを終わらせる。
その日も、もう近いのではないか？
私も、そろそろ動き出すとするか。

洋平の強い思い入れから静岡へと向かう二人。池田と新庄、そして小暮を失い、残された高宮の覚悟に、洋平は焦りを感じていた。

車中、高宮は寡黙《かもく》であった。会ってみたいという気持ちと、もう一つは恐れだろうか。捨てられた過去が大きな壁になっているようだった。母親は再会など願っているはずがないと。

実際、そうかもしれない。しかし、それでも洋平は引き返すことはしなかった。少しでも会いたいと思う気持ちがある限り、捜さなければならない。後悔しないために。自分たちにはもう、あまり時間が残されていないのだから……。

休憩を挟《はさ》むことなく、高速道路を走り続けて三時間。二人は静岡県に入った。ナビがそのことを告げると、高宮は再び弱気になった。

「やっぱり無理だよ……」

洋平は力強く言い聞かす。

「大丈夫。信じるんだ」

彼女は下を向きため息をついた。洋平は一定の速度で進んでいく。そして十分後。ナビの指示に従い、高速を降りたのだった。

国道に出て、赤信号で止まった洋平は、辺りを見渡した。車の数は少なく、周りには都会のように目立った建物はない。落ち着く風景だった。

ナビを再確認する。今いる場所から高宮が育った豊田町はもう近い。高宮は俯《うつむ》いたままだった。

信号が青に変わる。

「もう少しだぞ」

洋平はそう言って、車を走らせた。

高宮の育った町に近づくにつれ、洋平の緊張が高まる。ほんの少しの手掛かりでも摑《つか》めればいいのだが。

「養護施設の園長は、どんな人だったんだ？」

まず初めに、高宮はこう言った。

「優しい人」

「そうか」

「誰にも平等で、子供たちのことをまず第一に考える人だったかな」

それだけで、人物像が浮かび上がる。

「皆に好かれてたんだろうな」

「そうだね」

やはり高宮の一言一言には力がなく、違うことを考えているようだった。その後もいくつか質問をしたが、気持ちは別の方向を向いていた。

国道を抜けた洋平は、線路沿いを走っていく。目についたのは郵便局や工場や高校、そして文化会館。辺りはひっそりとしていた。さらに進み、大きな川を渡った。そこから一キロほど走った。するとう、とうとうナビからこの言葉が発せられた。

『目的地周辺』その時、高宮が顔を上げた。洋平はブレーキを踏んだ。

静岡県磐田市海老田。ようやく、高宮の故郷に到着した。

「ここで育ったんだな」

と洋平は彼女に言った。高層ビルもなければレジャー施設もない。目に映るのは緑地や川や広い公園。自然に囲まれ、空気も綺麗《きれい》だった。空も、排気ガスで霞《かす》む東京とは違い、ここは青々としていた。

「高宮、案内してくれないか？」

彼女は、自分の育った景色を見つめながら、何かを考えている。しばらく無言が続くと、意を決したように口を開いた。

「ねえナンちゃん」

「どうした？」

「その前に、私が住んでいたアパートに行ってみてもいい？　ここから近いんだ」

その言葉を聞き、洋平は安心した。故郷に戻ってきたというのに、まったく感情を表に出さない彼女を心配した。だが、懐かしくないわけがないのだ。そう思うのが、当たり前のはず。

「よし、行ってみよう。案内してくれ」

洋平は、高宮の指示どおりにハンドルを切った。

車を走らせること十分。二人は道の狭い住宅街に入っていた。一軒一軒の造りは古く、決して高級感はないが、洋平には落ち着く光景だった。自分も同じような雰囲気の場所で育ったからだろう。昔からやっているような理容店やクリーニング店を見ると、懐かしさがこみ上げた。

「いい所だなここは」

高宮は周りを確認しながら言った。

「ここは私が小学校に行く時に通っていた道なんだ。微《かす》かにまだ憶《おぼ》えてる」

「そうなんだ。じゃあ、もう近いんだな？」

「うん。そのはずなんだけど……」

語尾を伸ばしながら前方に目を向けた高宮は、

「あそこらへんかもしれない。あのアパートの近くだった」

と指を差した。

「どこだ？」

と聞きながら洋平はゆっくりと進んでいく。突然、高宮が声を上げた。

「停めて！」

洋平はとっさにブレーキを踏んだ。二人の身体は前に押し出される。上体を起こして、

「どれなんだ？」

と彼女に尋ねると、答えは返ってこなかった。何度も何度も左右に首を振って確かめている。

「どうした？」

すると高宮は、ただこう言った。

「なくなってる……」

「え？」

「ここだったんだ。二階建ての白川荘《しらかわ》っていうアパート」

彼女が差した指の先には、白い一軒家が建っていた。造りは、まだ新しかった。

「壊されちゃったんだね」

洋平も白川荘という看板を探すが、どこにも見当たらない。

「よ、よく確認したのか？ 違う場所なんじゃないのか？」

「間違いない。後ろのあのアパートのすぐ目の前だったんだから」

彼女の記憶ははっきりしている。思い違いではなさそうだった。

「そんな……」

どうしてだ。

短い間とはいえ、自分が生活した家を見たかったろう。そして、母と過ごした日々を思い出したかったろう。それすら許されないというのか。思い出すら奪うというのか。

「仕方ないよね。凄《すご》く古いアパートだったんだもん。部屋だって狭かったし。あれから十年以上経ってるんだもん。おかしくないよね」

高宮は妙にあっさりとしていた。慰《なぐさ》めの言葉が思いつかなかった。彼女を見ているのが辛《つら》かった。

「でも、ここに来れただけでよかった。この道路でね、休みの日にはよくお母さんとボール遊びしたんだ。それで、疲れたら部屋に戻って、二人でおやつを食べたんだ。その後、一緒に買い物に行ったな」

「……そっか」

車内が重苦しい空気に包まれる。高宮は数分間、アパートがあった場所を見つめていた。

洋平は彼女に力強く言った。

「さあ行こう。必ず、お母さんを捜し出そう」

このままじゃ、あまりにも高宮がかわいそうすぎる。

何としてでも。洋平は改めて胸に誓った。

「な？　高宮」

彼女は顔を上げ、小さく首を動かした。

「もう、大丈夫か？」

「……うん」

「じゃあ、行こう」

洋平は少しずつアクセルを踏む。アパートのあった場所から、遠ざかっていく。見えなくなるまで、高宮は身体を後ろに向けていた。

1

高宮が幼い頃に住んでいた場所から離れた二人。彼女の指示どおり車を走らせていた洋平は、何を話したらいいのか分からず、高宮の案内に対し、返事をすることしかできなかった。数少ない思い出が詰まった自宅が影も形もなくなっていたことに、内心ショックを受けているはずなのに、彼女はそんな様子を一切見せなかった。その姿が、哀れで仕方なかった。

悲しみを堪《こら》えている。いや違う。自分の弱さを、隠しているのだ。落ち込んでなどいないと、気を張っているようだった。

しばらく高宮の細かい指示が続くと、

「もう少しだよ」

と前を向いたままそう言った。車を走らせてからどれくらいだろう。考えていたよりも近いようだ。

「そこの角を左に曲がって」

洋平はゆっくりとハンドルを切る。

「ここを真っ直ぐ行った所がそうだよ」

高宮は冷静にそう言った。洋平は前方を確認する。狭い道沿いには、古いアパートや診療所が建っている。そのさらに奥、向かって左側に白い門柱が見えた。

「あそこか？」

と確かめると、高宮は首を動かした。彼女の表情に変化はなかった。ただじっと、養護施設を見据《みす》えている。暗い過去を思い出しているようだった。

ゆっくりと進んでいった洋平は、入口の前で車を停めた。

「ここか……」

門柱には、『慈愛園《じあいえん》』と書かれてある。狭いグラウンドには、多くの子供たちが大人の女性を囲んで走り回っている。

「全員、ここの子なのか？」

「たぶん、そうだと思う」

ということは、この子たちには皆、親がいない。

子供たちがいるすぐ横には、プレハブ小屋のような茶色い建物が建っている。あそこで生活しているということだろうか？

「降りようか」

と声をかけると、高宮は頷《うなず》いた。洋平はエンジンを切った。

車のドアを閉めた二人は、敷地内に足を踏み入れた。遊んでいる子供たちや女性はまだこちらに気づいていない。

「園長はどこなんだろう？」

そう尋ねると、高宮は言った。

「たぶん園長室」

「そうか。行ってみようか」

と建物に足を向けようとしたその時だった。中から外を窺《うかが》っていたのか、建物から、一人の女性が現れた。

「あの人がそうだよ」

洋平は軽く会釈をした。

七十近いだろうか。背は低く、体型はぽっちゃりしている。パーマのかかった髪はほぼ真っ白。表情は穏やかで、高宮が言うように優しそうで、品の良さそうな人だった。

「何か、ご用ですか？」

「あの……」

声をかけられ、どう答えようか迷っていると、高宮の顔を見ていた園長が急にハッとした。そして口を開いた。

「あなた……真沙美ちゃん？　真沙美ちゃんね？　そうね？」

高宮は「はい」と元気なく答えた。会いづらかったのか、園長と目を合わせようとはしなかった。

「信じられない……まさかもう一度あなたに会えるなんて」

園長は涙目になりながら、高宮にそっと抱きついた。

「大変だったわね……辛かったわね」

高宮は何も答えなかった。

「ニュース見て驚いたわ。どうして脱走なんて……」

洋平は胸を痛めた。園長と目が合う。

「あなたが」

「南と申します。突然やってきて、申し訳ありません」

「どうしてここに……」

園長はそこで言葉を切った。

「今はそんなことどうでもいいわね」

と言って、高宮の全身に目をやった。

「こんなに大きくなって……何歳になったの？」

「十七です」

「そう……あれから、もうそんなに経つのね。今でもあの時のことははっきりと憶えている。お母さんがあなたを黙ってここに置いていこうとしている時、ちょうど私がそれを見ていてね。どうか真沙美をお願いしますと、泣いて頼まれたわ。理由を聞いても、一切言わなかった。ただ真沙美を頼むと、そればかりを繰り返してた。相当、深い事情があるようだったわ。あの時の彼女は、何か追いつめられているようだった。これ以上、真沙美ちゃんを育てることは無理なんじゃないかと思って、面倒《めんどう》を見ることにしたの。あなたはずっと、お母さんが帰ってくるのを待っていたわね……」

「そのことなんですが」

洋平が横から割って入った。

「彼女の母親が今、どこにいるか知りませんか？　捜してるんです」

園長は、残念そうに首を横に振った。

「すみません。分かりません。行き先も何も言わずに、去っていってしまったんです」

その瞬間、希望の光が消え去った。手掛かりを摑めるかもしれない唯一の場所だったのに……。

洋平は落胆する。

「そうですか」

「少し経ってから里親に引き取られ、私は安心していたの。でも、二年もしないうちに、あなたが国の施設に連れていかれたことを知り、本当に驚いたわ。信じたくなかった。あなたがいい子だっただけに……でもね」

高宮がふと、園長に目を向ける。

「でも？」

と洋平が聞く。

「その時になってようやく気づいたわ。あなたのお母さんが言っていた意味に」

「どういう、ことですか？」

洋平が尋ねると、園長は高宮を見つめた。

「実はね真沙美ちゃん」

そして、こう告げたのだ。

「お母さんのことで、とても大事な話があるの」

大事な話？

そう言った後、園長はこちらに顔を向けた。その意味を察した洋平は、

「僕なら、ここにいます」

と、遠慮した。

「真沙美ちゃん。中で、話しましょうか」

高宮を促し、園長は建物に進んでいった。こちらに振り向く彼女に、洋平は頷いた。

そして、二人の後ろ姿をじっと見守った。

　大事な話とは一体……。

　黙って廊下《ろうか》を歩く園長の後ろに、真沙美は続く。食堂、学習室、プレイルームを通り過ぎる。建物の中はほぼ変わってはいなかった。ここにいた約二年、嫌な思い出はなかったが、懐かしさもまた湧《わ》いてこなかった。ずっと、寂しかったから……。

　園長が足を止めた。そして園長室の扉を開ける。

「さあ、入って」

　真沙美は頭を下げながら中へと進む。最初に目についたのは、壁に貼られた何枚もの画用紙。全て園長の似顔絵だ。真沙美には描いた記憶がない。棚の上には子供たちが作った図工作品。園長の机には一輪の花が飾られている。園長室も変わってはいなかった。

　扉が閉まる音が室内に響く。

「座ってちょうだい」

　園長は来客用の黒いソファを示した。真沙美が腰掛けると、園長は向かいに座った。

　重々しい雰囲気に包まれる。

「施設から抜け出して、もうどれくらいが経つかしら……」

十日くらいか。もっと長い時間逃げている気がする。廃校で皆で笑っていた頃が遠く感じる。

「こんな事件を起こしてしまって……これからどうするつもりなの？」

真沙美は返答に迷う。

「お母さんを、捜していると言ってたわね」

「はい……」

「他に、何か手掛かりはあるの？」

真沙美ははっきりと言った。

「ありません」

園長は肩を落とす。

「そう」

そして呟《つぶや》いた。

「会いたいわよね……力になってあげたいけど、私は何もしてやれない」

園長は思い出したように尋ねてきた。

「高宮のご両親には会ってないの？」

「いえ」

「会いたいとは思わない？　高宮のご両親になら、連絡できるけど」

真沙美は首を振った。

「別に、いいです」

「そう……」

「元気に、してますか？」

一応訊《き》いてみた。

「ええ。あなたを突然国に奪われ、相当なショックを受けていたけど、しばらくして、違う子を引き取って、今は幸せに暮らしているわ」

「そうですか」

真沙美は我慢できず、自分から切り出した。

「あのう、それで大事な話というのは、何なのでしょうか？」

そう尋ねた途端《とたん》、園長の表情が鋭く変わる。

「そうだったわね。あのね真沙美ちゃん」

真沙美は姿勢を正す。

「あなたは、知っているのかしら」

「何を、ですか？」

すると園長の口から、あることを告げられた。

「実は、あなたのお母さん……」

全てを聞いた真沙美は、愕然《がくぜん》とした。

「本当……なんですか？」

「ええ。黙っていてごめんなさい。でも、あなたがあまりに幼すぎたし、確証もなかった。けど今朝、私宛に一通の手紙が届いたの」

園長は、封筒を真沙美に手渡した。真沙美は躊躇《ためら》いをみせながら、ゆっくりと封筒を開け、中にある紙を抜き取った。そして、丁寧に折られたその紙を開く。

「そんな……まさか」

真沙美の脳裏に、母の顔が浮かんだ。


高宮と園長が中に入ってから、早くも二十分が経過した。洋平は、話の内容が気がかりで仕方なかった。高宮の母親がどうしたというのか……。

建物をじっと窺っていると、ようやく二人が外に出てきた。二人とも、複雑な表情を浮かべている。

「南さん……と言いましたね？」

洋平は園長に頷く。

「はい」

「力になれなくてすみません。この子を、よろしくお願いしますね」

「分かりました」

「真沙美ちゃん」

高宮は園長のほうに振り向く。

「気をつけて。元気でね。会えて良かったわ」

「さよなら」

高宮はそう言って、車に乗り込んだ。

「では」

洋平は頭を下げ、ドアを閉めた。そしてエンジンをかけた。どうすれば良いのか分からず、とりあえず車を走らせた。バックミラーには、しばらく園長の姿が映っていた。

「これからどうする。他に当てはないもんな……」

それでも何とかして捜し出さなければならないのだが、考える時間が必要だった。

「なあ、園長の話って、何だったんだ?」

すると高宮はそのことには答えず、こう言った。

「ちょっと黙ってて」

それどころではないといった様子だった。深刻な表情の彼女が気がかりだった。

何があったんだ。

洋平は高宮を一瞥《いちべつ》する。彼女はただ一点を見つめていた。

洋平は、車を走らせるしかなかった。

2

神奈川県伊勢原《いせはら》市岡田《おかだ》町。堺信秀はある場所へと向かっていた。今さっき、二人を尾行している部下から面白い連絡があった。

高宮真沙美が、児童養護施設へ入っていったと。

とうとう、この時が来たというわけか……。想像どおりの展開だ。長年待った甲斐《かい》があったぞ。

母親の過去を知った途端、どのような反応をするのかが楽しみだ。きっと、信じられないだろうな。

「本部長。到着しました」

運転手が車を停めた。

「うむ」

砂利だらけの広い敷地内に、ボロボロのアパートがポツリと建っていた。堺はロングコートのポケットに手を入れ、アパートに進んでいく。そして錆《さび》だらけの階段を上がっていき、201号室で立ち止まった。

薄い木の扉を二回叩《たた》く。反応は、ない。それでもしつこく叩いた。すると、中から足音が聞こえてきた。扉のガラス窓に影が映る。

鍵《かぎ》がゆっくりと開いた。中から顔を覗《のぞ》かせたのは、一人の痩《や》せこけた中年女性だった。

傷みきった長い髪。疲れ果てた顔。全身から生気《せいき》を感じられない。瞳《ひとみ》は死んでいるかのようだった。

「何か用？」

気怠《けだる》い声。堺は小さく頭を下げた。

「お久しぶりです」

その瞬間、女性は表情を変えた。

「あなた……」

「堺です。憶えていてくれましたか」

「な、何ですか。帰ってください。話などありません」

堺は不敵な笑みを浮かべ、言った。

「私にはあるんですよ」

堺は、次の言葉を強調した。

「笹本真琴《まこと》さん」

高宮はずっと下を向いている。それだけではない。脱力したような、放心状態とでもいうような、でも何かを考え込んでいる。心配になった洋平は声をかけた。

「大丈夫か？」

彼女はとっさに顔を上げた。そして驚いた表情を見せたまま、固まってしまった。

「高宮？」

もう一度呼びかけると彼女はハッとして、

「……ナンちゃん」

と呟いた。

「どうしたんだ、おい。さっきからおかしいぞ」

そう言うと、高宮は慌てて笑みを作った。

「何でもない何でもない。さあ前を向いて。よそ見は危ないよ」

百八十度、ガラリと変わった。だがそれは、高宮本来の明るさではなかった。どこか無理をしているような。洋平にはそう見えた。

「ほらほら」

「あ、ああ」

交差点に差し掛かり、どちらに行こうか迷っていると、高宮は吹っ切れたように言った。

「ナンちゃん。もうお母さんのことはいい。諦《あきら》めた」

あっさりとしすぎていて、洋平は拍子抜けしてしまった。

「え？　どうして」

「どうしても」

それでは納得ができなかった。

「せっかくここまで来たのに。訳を聞かせてくれよ。どうして急に」

「いいのいいの」

彼女は頑《かたく》なに、理由を話そうとはしなかった。

「いや、でも……」

「その代わり、ねえナンちゃん」

「うん？」

「お願い、聞いてくれる？」

「お願い？」

「そう」

「俺に、できることなら」

そう答えると、高宮は深刻な表情で言った。

「お母さんと一緒に行った、いろいろな場所にもう一度行ってみたいの。順番に……」

思い出の場所……。

洋平はしばらく考え、訊き返す。

「それで、本当にいいのか？」

高宮は頷く。

「会わなくていいのか？　後悔しないか？」

「うん」

そこまで言うのなら、彼女がそう願うのなら、叶《かな》えてやるだけ。まだ、心の中のモヤモヤは消えないが。

「分かった。行こう。それで、最初はどこに？」

高宮は迷い、答えた。

「四歳の頃に連れていってもらった、よこはま動物園」

「横浜……いいのか？」

思い出したくもない場所のはず。しかも警察の検問なども厳しいだろう。

「いいの。行って」

洋平は了解した。

「じゃあ行こう」

右手でハンドルを握り、左手でシフトをチェンジした。高宮を一瞥する。彼女と視線がぶつかり、お互い逸《そ》らした。洋平はアクセルを踏む。

それにしてもどうして急に思い出の場所へ行きたいなどと言いだしたのだろう。そしてなぜ、母親を捜すのを諦めたのか。正直、高宮の考えがよく分からなかった。彼女は母親のことで、何か隠し事をしている気がする。

3

高宮の生まれ故郷から離れ約三時間。二人は神奈川県に戻ってきた。高速道路を降りた洋平は、よこはま動物園を目指した。

この三時間、高宮はずっと思い悩んでいる様子だった。洋平はあえて話しかけはしなかったが、これ以上、思い詰めた彼女を見てはいられなかった。どうにか雰囲気を明るくさせようと、何でもいいから喋《しゃべ》った。

「お前たちの前では言えなかったけどな、小さい頃は、俺もよく横浜に連れてきてもらったな」

その瞬間高宮は顔を上げ、こちらを向いた。が、一切口は開かない。

「ど、どうした？」

高宮は無理して微笑《ほほえ》む。

「ううん。何でもない」

信号が赤に変わり、洋平はブレーキを踏む。俯く彼女に言った。

「俺じゃ頼りにならないだろうけど、何かあったんなら、話してくれ。いつでもいいからさ」

高宮は口を小さく動かした。

「ありがとう」

洋平は彼女の肩を軽く叩き、笑顔を見せた。そしてナビを示した。

「さあもう少しで着くぞ」

「うん！」

高宮の声に元気が戻った。

洋平は再び車を発進させる。目的地であるよこはま動物園は、もう目の前だった。

入口をくぐり、園内の駐車場に車を進ませた洋平は、適当な場所で停まった。車の台数を見る限り、あまり客はいなそうだ。

高宮は外観を見つめていた。

「さあ行こうか」
「うん」
二人は車から降り、入場口に向かう。いつしか洋平は、辺りを警戒しなくなってい
た。不思議と、恐怖心がなくなっていたのだ。
財布を取り出し、販売機で券を二枚買う。残りの金が二万円を切ってしまった。が、
不安も消え去っていた。
洋平は係員に券を渡す。
「どうぞ」
二人は中へと向かった。広い園内の通路は枝分かれしており、様々な動物たちが窺
える。どこから見たらいいのか迷ってしまう。まず声を上げたのは、洋平のほうだっ
た。
「うわぁ、動物だらけだ。って当たり前か。実は俺、動物園来るの初めてなんだよ
な」
高宮はあまり懐かしそうではなかった。
「おいどうしたんだよ。嬉《うれ》しくないのか？」
彼女は首を振り、
「そんなことないよ。さあ行こう」

と言って、歩調を速めた。

「お、おい待ってくれよ」

洋平は高宮を追いかけ、後ろについた。

まず高宮が足を止めたのは猿のケージだった。周りを見ると、子供が嬉しそうに笑っている。十頭以上はいるだろうか、キーキーと鳴く猿、遊ぶ猿、客に近寄る猿、人間のように一頭一頭性格が違う。洋平は無意識のうちに見とれてしまっていた。

「お母さんと来た時も、初めに足を止めたのがここだったな。私はお母さんの手を離して、一生懸命猿に話しかけてた」

「連れてきてもらったのが、よほど嬉しかったんだろうな」

「そうだね」

高宮は次に二頭のキリンがいる所で立ち止まった。どちらものんびり歩いている。

二人は首を上げ、じっと見つめた。

「テレビでも見たことがなかったから、キリンを初めて見たのがここだった。私は小さかったから、キリンを怖がっちゃって、お母さんに抱きついたのを今でも憶えてる」

「そっか」

「でも、もっと大きかった気がする。私が大きくなったから、そう感じるだけかな」

高宮が次に足を止めたのはパンダの前だった。二頭のパンダは笹で遊んでいる。

「可愛《かわい》いな」

と洋平は声を出す。高宮は頷いて言った。

「お母さんが一番好きだった動物が、パンダだった。パンフレットを見ながら、名前を教えてくれた。凄く嬉しそうにしてたな」

「そうなんだ」

高宮は長い時間、その場に立っていた。彼女が動き出すまで、洋平は声を掛けはしなかった。

「次行こっか」

それから二人は、園内にいる全ての動物を見て回った。立ち止まるたび、高宮は母との思い出を語った。そして最後、ライオンを見終わった時には、空に夕日が傾いていた。時計を確認すると、四時を回っていたのだ。

「もうこんな時間か」

どうする、と訊く前に、高宮は自分の考えを伝えてきた。

「次は……映画館に行きたい。一度だけ、連れていってもらったの」

「そこも、横浜？」

「うん。はっきりとした場所は憶えてないんだけど、すぐ目の前に、もの凄く大きなビルがあった」

それを聞いて洋平の頭に浮かんだのは、ランドマークタワーだった。

「分かるかもしれない。行ってみよう」

動物園を出た二人は、駐車場へと向かったのだった。

車を走らせるとすぐ、ランドマークは顔を覗かせた。

「あれのことか？」

指を差すと、高宮は目を細め、ハッとした。

「そう。あれだったと思う」

「やっぱりそうか」

高宮は途切れ途切れに言った。

「よく……分かったね。昔、ナンちゃんも行ったとか？」

「いや、大きいビルで思い浮かんだのが、あれだったんだ」

「そう……」

「ランドマークに行けば、大体分かるんだろ？」

「うん。デパートの中だったから、そこに行ければ」

「分かった」

洋平はランドマークを目印に進んでいった。

横浜市の桜木町《さくらぎちょう》駅周辺で、洋平はいったん車を停めた。すぐ近くのはずだ。その他、様々なレジャー施設が建っており、多くの若者が行き交っている。皆、心の底から楽しそうにしている。洋平はランドマークを見ながら大げさに声を上げた。

「本当に大きいな～」

高宮は顔を上げながら言った。

「確かにここだった。お母さんと、通った」

「じゃあ、すぐ近くなんだな」

「うん」

「この辺りを回ってみるか」

洋平はアクセルを踏み、ランドマークの裏側に出た。すると、高宮が思い出したような声を出したのだ。

「あれか?」

彼女の目の先には、デパートではなく、ショッピングモールが建っていた。

「うん。あそこ」

「よし。行こう!」

洋平は係員の指示に従い、地下駐車場に入った。

中の案内地図を見ると、映画館は四階にあることが分かった。二人はエレベーターに乗り、「4」を押した。あっという間に扉は開いた。

受付フロアは薄暗く、天井には大型スクリーンが設置されていた。スピーカーから次回上映予告のアナウンスが聞こえてくる。券を売っているその横では、ポップコーンやジュースなどを販売している。それなりに人はいたが、混雑はしていなかった。

洋平は照れながら言う。

「実は、映画館に来るのも初めてなんだよな。こうなってるんだな。どうだ？　昔のままか？」

高宮は首を振る。

「全然変わっちゃってる。違う所みたい」

洋平は時の流れを感じた。

「そっか。お母さんと来た時は、何を観たんだ？」

「アニメだった」

子供らしいと、洋平は微笑む。

「お母さんが好きな映画は『テルマ&ルイーズ』だって、その時言ってた。ずいぶん昔流行《はや》ったたって」

「知らないな」

「そう……」

「で、何を観る？」

窓口の液晶掲示板に、いろんな作品名が書かれている。

「私は、何でもいい。決めていいよ」

その答えに、洋平の声のトーンが下がる。

「そうか……それなら、あれにしようか」

洋平が選んだのは恋愛映画だった。

「うん。いいよ」

「じゃあ、券買ってくる」

洋平は列の最後尾に並び、券を二枚買った。

「行こうか」

二人は係員に券を見せ、六番ゲートに進んだ。中に入ると、すでに客が何人か座っていた。二人も席に着く。まだ多少ざわついているので、洋平も声を出した。

「何か緊張するな」

高宮の耳には届いていないようだった。また、何か深く考え込んでいる。

やがて、全体が真っ暗になった。そして、他の作品の告知の後、ようやく映画が始まった。しかし洋平は、スクリーンに集中できなかった。高宮の顔を、横目で繰り返し窺っていた。

約二時間後、天井の照明がついた。気が付くと物語は全て終わっており、ちらほらと客が立ち始めていた。洋平は内容が一切頭に入っていなかった。考えることが多すぎて……。

だが高宮には暗い顔は見せたくなかった。

「どうだった？　面白かったな」

ボーッとしていた彼女は我に返った。

「う、うん。そうだね」

「とりあえず行こうか」

席から立ち上がった二人はエレベーターで地下に戻り、車に乗り込んだ。洋平が沈黙を破る。

「まだ、行きたい場所あるのか？」

高宮は頷く。

「そうか。でも今日はもう遅い。明日にしようか」

時計の針はちょうど七時半。外は完全に真っ暗だろう。

「うん」

洋平は、話題を変えた。

「そういえば、お腹空《す》いたな。朝から何も食べてなかったもんな」

「そうだね」

とは言うが、食事を摂《と》る気分ではなさそうだった。

「コンビニで何か買って、車の中で食べよう」

「うん」

ライトを点けた洋平は、ハンドルを握りしめた。二人は夜の街に出た。

コンビニで夕食と明日の朝食を買った二人は、山下公園にいた。車を停めやすく、人目につかない場所を探した結果が、山下公園だった。夜は、ここで明かすことになりそうだ。

辺りはひっそりとしていた。風の音がはっきりと聞こえてくる。洋平はコンビニの袋から熱いお茶とおにぎりを取り出し、高宮に渡した。

「ありがとう」

受け取った彼女は、説明を読みながらおにぎりのビニールを外し、一口食べた。それを見て安心した洋平も、おにぎりを手にした。

二人は無言で食事を摂る。夕食分はあっという間になくなった。食べた量は少なかったが、お腹は満たされた。

「なあ高宮」

落ち着いたところで、洋平は話しかけた。

「うん?」

「まだ行きたい場所があるって、さっき言ってたけど、どこへ?」

まず一つ目に高宮は、

「横浜遊園地」

と言って、こちらの顔色を窺った。

「どうした?」

と尋ねると、彼女はすぐに俯いた。

「特に、観覧車に乗りたい。その時の記憶が、強いから」

「そうか。後は?」

「最後に……八景島水族館かな」

「水族館か……」

その時、母との記憶が蘇《よみがえ》った。四歳の頃だった。休日に水族館に行く約束をしていたのだが、自分が熱を出してしまい、行けなくなってしまったのだ。

「どうしたの?」

洋平は現実に引き戻される。

「いや、何でもない。ちょっとな」

「もしかして、行ったことある？」

「いや、水族館自体、行ったことがないよ」

「そっか……」

そこで会話が途切れた。高宮が突然、車のドアを開けた。

「ちょっと、外出てくる」

「あ、ああ。あまり遠くに行くなよ」

「大丈夫。そこまでだから」

高宮はそう言って、歩いていった。彼女の後ろ姿をしばらく見守り、洋平はシートを倒した。大きく息をつき、目を閉じる。

この日も長い一日だった。静岡に行き、高宮が生まれ育った場所を訪れ、園長に会った。

彼女の様子が変わったのは、そこからだった。未《いま》だに何も喋ってくれない。

とにかく今は、彼女の納得するように行動するだけだ。

あと何日、この生活を続けられるか分からないが……。

洋平の疲労はピークに達していた。目を閉じると、いつの間にか深い眠りについていた。

4

一月四日。

目が覚めると辺りは明るかった。隣には高宮。こちらを見つめていた。熟睡《じゅくすい》していたので、彼女が車に戻ってきたことに気が付かなかった。

洋平は腕をまくる。時計の針は九時を指していた。

「もうこんな時間か」

「気持ち良く眠ってたよ」

「高宮は眠れたのか？」

「うん。少しね」

「昨日は動きっぱなしだった。疲れてるんじゃないのか？」

彼女は首を振る。

「ううん。大丈夫」

「それなら、いいんだけど」

洋平は後部座席からコンビニの袋を取った。ここを離れる前に、車内で朝食を摂ることにした。

「ところで、遊園地からでいいんだよな？」

確認すると、高宮は頷く。

「じゃあ、食べたら早速行くか」

「……うん」

先に食べ終えた洋平は、高宮に視線を移す。喉《のど》を通らないのか、朝食をほとんど残してしまっていた。

「どうした？　もういいのか？」

「うん。お腹一杯」

そんなふうには見えなかった。高宮は話をはぐらかした。

「ねえ、もう行こう」

「え？」

洋平は、彼女の手にある朝食から視線を外した。

「あ、ああ」

ゴミを片づけた洋平は、鍵を捻《ひね》りエンジンをかけた。高宮の表情は相変わらずだった。

訪れる場所はあと二ヶ所。二人は再び動き出したのだった。

彼女にどう接したらいいのだろうか。車内はずっとぎくしゃくしていた。山下公園から走ること約三十分。洋平の視界に、大きな観覧車が広がった。

「あそこだな」

と言ってナビを見る。間違いなかった。なのに高宮の顔に変化はない。

駐車場に入り、係員の誘導に従う。朝からすでに車を置く場所がほとんどなくなっていた。どうやら園内は混雑している模様だった。

「もう少し空いていてくれれば良かったのにな」

何とか車を停めた二人は入口に向かった。周りは子供連れの家族やカップルが溢《あふ》れていた。

入場チケットを二枚購入した洋平は、高宮とともに園内に入る。すぐに待ち受けていたのが、風船を配るピエロだった。小さな子に笑顔で渡している。その光景が、何とも温かかった。自分たちの今の状況とは正反対であった。

ジェットコースターやメリーゴーラウンドや海賊船。その他にもまだまだある。豊富なアトラクションだ。園内は歓喜で包まれていた。

「どれから乗る?」

遊びに来ているわけではないことは分かっている。ただその言葉しか見つからなかった。

洋平が訊くと高宮は小さく答えた。

「やっぱり観覧車かな」

「よし。じゃあ並ぼうか」

二人は観覧車の前まで進み、列の最後尾についた。微かに揺れながら次々と通り過ぎていくゴンドラ。順番は意外とすぐに回ってきた。

係員がゴンドラの扉を開け、どうぞと案内してくれた。

「さあ高宮」

二人は一緒に乗り、向かい合って座った。

妙に緊張する。

「観覧車に乗るの久しぶりだな。四歳の時以来だから。こんなに狭《せま》かったかな」

もっと広く感じたのだが。

「どこの遊園地へ行ったの？」

「よこはまマリンランドだよ。母親と一緒に」

高宮は納得したように頷く。二人の乗ったゴンドラは、徐々に上っていく。歩いている人々がだんだん小さくなっていく。頂上に到達した時、高宮が空を見ながら口を開いた。

「お母さんは高い所がもの凄く嫌いで、あの時ずっと目を瞑《つぶ》ってた。私は怖がるお母さんを冷やかして遊んでた。もう一周しようとか言って」

洋平は相槌《あいづち》を打つ。

「遊園地に来て、最初に乗ったのがこれだった。その後私は迷子になっちゃって……泣きながらお母さんを探した。アナウンスがかかって、すぐに会えたんだけどね」

「そりゃ大変だったな」

「今は、いい思い出」

そう言ったきり、高宮は何も喋らなかった。ただ、ゴンドラから見える景色を眺めていた。洋平も遠くの風景に視線を向けていた。

少しずつ、降り口に近づいていく。観覧車に乗ってから約十五分後、二人のゴンドラは一周した。ドアが開かれ、外に出る。洋平は明るく振る舞った。

「何かあっという間だったな」

「そうだね」

「さて！　次は何に乗ろうか！」

洋平の目に初めに映ったのは、コーヒーカップだった。

「あれなんかどうだ？」

高宮は穏やかに小さく笑った。

「うん。いいよ」

「よし。じゃあそうしよう」

洋平は高宮の背中を押しながら、コーヒーカップの列に向かっていった。

「お二人でよろしいですか？」

係員に尋ねられ、洋平は元気よく答えた。

「はい！」

二人は大きなカップの中に入り、椅子《いす》に腰掛けた。ハンドルを握ったのは洋平だった。機械の準備が整うと、カップは大きく動き出した。

その後洋平と高宮は、ゴーカート、海賊船、お化け屋敷など、様々なアトラクションに足を運んだ。がやはり、高宮の表情は浮かなかった。洋平の言葉に反応し、時折微笑むものの、気はこちらに向いていない。かといって悲しそうにしているわけでもない。彼女の本心が分からなかった。

それから時間が流れるのは早く、気が付くと二時前になっていた。ちょうど近くに売店があったので、二人は昼食を摂ることにした。といっても、口を動かしているのは洋平だけであったが。

突然、高宮が話しかけてきた。

「もう、二時だよね？」

「ああ。そうだけど」

「そろそろ、水族館へ行こうか」

「え？　もういいのか？」

「うん。観覧車にも乗れたしね」

「そうか……じゃあ、これ食べたら行こうか」

もう少しいたくはないのだろうか。それ以上は何も言えなかったが。

ただ昨日から、ずっと考えていた。高宮は心の底から、懐かしんでいるわけではない。自分から行きたいと言っているのにもかかわらず。それがなぜかは、分からない。

何となく、違和感を覚える。

数分後、二人は出口へ向かった。

動物園、映画館、遊園地。一つ、また一つ、思い出の場所を後にしていく。

洋平はふと思った。

そう。次が最後なんだと……。

5

遊園地を離れ、約一時間。二人を乗せた車は横浜市金沢区《かなざわく》に入った。ナビによれば、あと三キロほど走れば八景島水族館に到着するとのことだった。

洋平の心境は複雑だった。次の場所が、最後だから。

彼女の、今の心の内を知りたい。水族館を訪れた後のことを、どう考えているのか。ただ、それは訊けなかった。訊くのが怖かった。

急に太陽が雲に隠れた。明るかった空が暗くなる。洋平の今の気持ちを表しているようだった。

この時からだった。洋平はあることを考えていた。そして迷っていた。

「次、右だよ」

ボーッとしていた洋平は、高宮の声で我に返る。ナビの画面を見ると、そう指示しているのだ。

洋平は慌ててウィンカーを倒す。そして道なりに走っていく。遠方右側に、水色の建物が見えてきた。やはり、高宮の反応はなかった。洋平も黙って車を進ませた。無意識のうちに再び考え事に没頭している。

どうするべきか。

すぐには、結論は出せなかった。

車は水族館の敷地に入った。

八景島水族館。車から降りた二人は、自動ドアをくぐり中に入った。客のほとんどが子供連れの家族で、意外にもカップルは少なかった。ロビーにはアシカやラッコのぬいぐるみキャラクターが置かれており、その他にも海の資料やグッズが売られていた。洋平は窓口で料金を払い、場内の地図を見ている高宮を呼んだ。

「さあ行こうか」

「うん」

二人は奥へと進んでいった。

大きな扉を開き中へ入った途端、洋平は感動の声を上げた。

通路全体が青い照明で染まっており、左右には大きな大きな水槽を自由に泳ぐ魚たち。幻想的な世界が広がっていた。洋平は何もかも忘れて見とれてしまっていた。高宮も魚を目で追っている。

「綺麗だな」

「泳いでいる魚を見るのはあの日以来」

と彼女が呟く。

二人はしばらく水槽の前に立ちつくしていた。

「本当に凄いな。ずっと見ていても飽きないな」

「そうだね」

洋平と高宮は通路を進んでいく。次に二人の前に現れたのはサメだった。解説にはホオジロザメと書かれてある。先ほどの魚たちとは違い、ゆっくりと泳いでいる。

「サメなんて初めて見たよ。凄い迫力だな」

「あの時は怖くてずっと見てられなかった」

「女の子はそうかもな」

それから二人は再び歩き始めたが、すぐに足を止めた。扇子みたいな形をした平べったい生き物が一匹、優雅に泳いでいるのだ。

「何だ……これ」

解説には『エイ』とあった。

「変な魚だな」

不気味に感じていた洋平は、すぐに移動した。

次の水槽にはラッコが数頭、遊ぶように水の中を動き回っていた。そして時折、水面に出る。その動作が何とも可愛らしかった。洋平の顔から自然と笑みがこぼれる。エイの時とは違い、長い間眺めていた。

ふと気づくと、高宮の視線を感じた。振り向くと、彼女は目を逸らす。そして、こう言った。

「お母さんとこの水族館に来たのは、五歳の時。あんなに明るかったお母さんが、変わりだした頃だった。私が心臓の手術をしてから、お母さんは毎日のように部屋で泣いていた。それを私は、陰から見ていた」

洋平の表情が沈む。

「なぜ暗くなってしまったのか分からなかった私は、お母さんを元気にさせようと、水族館へ行こうと言ったの。初めは行きたくないみたいだったけど、連れてってくれた。私のことで辛いはずなのに、笑ってくれた。それが、凄く嬉しかった……」

どんな言葉をかけてやればいいのだろう。洋平は水槽に身体を向けた。結局何も言ってやれなかった。

「私にとって楽しかった思い出の場所は、ここが最後だった……」

その時は思いもよらなかったろう。母が悲しむ原因が、自分にあるということは。

高宮は話を切り替えた。

「次行こう」

洋平は力なく返した。

「ああ……」

それから二人は、アオウミガメ、キイロハギ、フェアリーペンギンと見ていき、アザラシが泳いでいる屋外プールにも足を運んだ。ただ、洋平と高宮に会話は一つもなく、生き物を観賞する雰囲気ではなかった。気づけば、館内全てを回っていた感じだった。

とうとう、最後の場所である水族館からも去る時が来てしまった。出口の傍で、洋平が足を止めた。もう、訊くしかなかった。

「これから、どうしよう」

すると高宮は首を振った。

「分からない……」

目的を全て果たし、二人には先がなくなってしまった。

「とりあえず、車に戻ろうか」

彼女は頷く。二人は出口に向かった。すっかり夕日は落ち、辺りは暗くなり始めていた。

この一日が終われば、また新しい一日が始まる。正直、洋平にはもう逃げ続ける自信がなくなっていた。限界なのではないかと思った。

「この先のことは、これから考えよう」

高宮にそう言って、洋平は運転席に座ったのだった。


どこだ。どこにいる。

館内を捜し回っていたが、見つけられなかった。

横浜で聞き込みをしている際、本部から連絡が入った。八景島水族館に、脱走犯に似た二人がいるとのことだった。それを聞き、すぐさま車を走らせた。

「駐車場か！」

急いで外に向かうと、それらしき二人組を発見することができた。南洋平、高宮真沙美の二人が今車に乗り込んだ。

その様子を見ていた二人の刑事の一人が慌てて携帯電話を取り出した。もう一人は、車の鍵を持って走り出す。

「私です！　通報どおり、二人を発見しました！　車で移動する模様。私たちもすぐに追跡します」

刑事は強く返事した。

「はい。それまで慎重に行動します」

刑事は車に乗り込み、部下に言った。

「よし、追え！　見失うな」

しかし、異変に気づいたのはその直後だった。部下が鍵を回しても、エンジンがかからないのだ。何度試みても、チッチッチと音が鳴るだけ。

「何やってんだ！」

刑事は怒声を放つ。部下は慌ててエンジンをかけようとするが、結果は同じだった。

「ダメです！　かかりません」

南洋平と高宮真沙美が乗った車は、完全に消えてしまっていた。

「本部へ連絡しろ！」

「は、はい！」

「くそ！　どうなってやがんだ！」

刑事は窓ガラスを思い切り殴りつけた。

遠目から二人の刑事の様子を窺っていた黒スーツの男は、携帯電話を手にし、通話ボタンを押した。

「もしもし、私です。指示どおり……」

男の次の台詞《せりふ》を、堺が奪った。

「奴らを止めたか？」

「はい」

力強く返事すると、堺は鼻で笑った。

「よし。そのまま邪魔者を見張ってろ」

男は軽く頭を下げた。

「かしこまりました」

6

完全に追いつめられた状態だった。行き先もなく、洋平はただひたすら遠くへと車を走らせた。今の洋平には、それしか浮かばなかった。どうにか高宮だけは守ってやれないか。そう考えているうちに、とうとう箱根湯本まで来てしまっていた。温泉街を抜け、曲がりくねった坂を上っていく。洋平は、山の途中にある休憩エリアに車を停めた。この時、時計は八時二十五分を指していた。

空は真っ暗であった。窓から辺りを見渡す。自然に囲まれた静かな場所だ。ただ、夜は少し不気味だった。風が吹くと木の揺れる音がはっきりと聞こえる。洋平はまず、気分を落ち着かせた。そして、長い長い沈黙を破った。

「寒く、ないか？」

高宮は大丈夫と言う。次の言葉を発するのに、しばらく時間がかかった。

「何だかこの二日間、早かったな」

「……うん」

洋平は彼女に再確認した。

「本当に、お母さんを捜さなくていいのか。会わなくていいのか」

するど高宮は迷うことなく言った。

「いいの」

そして、意味深な台詞を口にした。

「会えないよ……」

「どういう意味だよ」

彼女の反応はない。洋平は引かなかった。

「教えてくれ。昨日何があったんだ」

それでも彼女は無言を通した。しばらく待ったが、何も返ってはこなかった。洋平は諦め、話の内容を変えた。堺の条件を思い出したのだ。

「もう、俺はどうしたらいいのか分からない」

そして高宮に尋ねた。

「まだ、考えは同じか？」

彼女はふと顔を上げた。

「俺だけが捕まっても君は……」

その先は言えなかった。高宮は深く頷いた。

「そうか……」

気持ちが変わっていてくれれば、どれだけ良かったか。彼女には、その気がない……。

再び沈黙となる。洋平は、新庄、小暮、池田の三人を思い浮かべた。

お前たちが俺の立場だったら、どうする……。

自分の中で答えを探していたその時だった。高宮が口を開いた。ある結論を、出したのだ。

「この二日間、ずっと考えてた」

洋平は彼女に顔を向ける。

「本当は、行くのをよそうと思ってた。お母さんが泣いていた場所だから。私にとって、悲しい思い出だから」

「もしかして……」

高宮はこう言った。

「やっぱり、海へ行きたい。これが、本当の最後」

「……海」

「あそこへ行くまで、私は死ねない」

その言葉が、胸に強く響いた。

「もう一度だけ、あの海を見たい」

「その海、どこなんだ？」

高宮は必死に思い出す。

「愛知県。細かい場所は分からないけど……確か伊良湖《いらご》海岸だったと思う。海の近くで、お母さんは育ったって何度も言ってた」

「伊良湖海岸……」

そこが、本当に最後の場所。そこで彼女は、スイッチを押すつもりなのか。そういうことなのか。

それでも、行くべきなのか。どちらにせよ、結果は同じような気がする。

洋平は答えを出した。

「分かったよ。行こう。夜が明けたらすぐ」

彼女は小さく、返事した。

車を停めてから約一時間が経過した。辺りは異様に静かだった。洋平の呼吸が聞こえるほど。

寝ているのか、それとも起きているのか。真沙美は、目を閉じている洋平を見つめる。そして大きく息をつき、窓に映る自分と向かい合った。

本当は、母に会いたかった。一目だけでもいい。喋れなくてもいい。できることなら。

でも、会えない。

洋平に、何度も言う機会はあった。しかし、私には言えなかった。辛すぎて。

このままのほうがいいと思った。最後まで。後悔はしていない。

明日、母に捨てられる前に行った海へと向かう。あの時すでに、自分の運命は決まっていた。

二度と行くことはないと思っていたのだが……。

真沙美は施設での七年を思い返す。出会いと別れ。考えてみれば、その繰り返しだった。了も、君明君も、亮太も、みんな自分の前から去っていった。

そして今度は、私の番だ。

死ぬなら、あの海がいい。

やり残したことは……。

心のどこかでは、まだ迷っている。だが、もう一歩踏み出せなかった。

このままでいい。このままで。強引にそう言い聞かす。

真沙美は、ジャンパーのポケットの中にあるスイッチの感触を確かめる。

私にもとうとう、この時が来たんだ……。

自分でも驚くほど、静かな気持ちだった。

時は刻一刻と進んでいく。少しの狂いもなく。しかしこの日の夜は、人生で一番長く感じられた。

明日、全てを終わらせようと思う……。

7

時計の針が、一定のリズムで音を立て、進んでいく。洋平にとっては、それが耳障りで仕方なかった。身体を休ませようとしても、どうしても寝付けない。数時間後のことを考えると、落ち着かないのだ。

現在、時刻は午前五時。気づいたらそんな時間になっていた。

肝心の高宮は……目を瞑っている。深い眠りに就いているようだ。

思えば、横浜センターに配属となり、彼らの中で一番初めに声をかけてきてくれたのが彼女だった。あの時の笑顔は、今でもはっきりと憶えている。七年以上も閉じこめられているというのに、それを感じさせないくらいの明るさで接してくれた。監視員という立場を忘れる時もあったほどだ。

しかし、そんな彼女を見ていて感じたことがあった。

この子は、心の中に言いようのない闇を抱えているのではないか。

根拠などなかったが、そんな気がした。

実際そうであった。大好きだった母に捨てられた過去があった。今思えば、彼女はその悲しみを忘れるために皆に明るく接していたのかもしれない。普通の女の子のように見えて、実は普通ではなかった。あまりにも哀れな子だったのだ。父を亡くし、母に捨てられ、国の実験台となり、仲間たちにも先立たれ、独りぼっちに。彼女の人生は不幸の連続だった。だからせめて、これからは幸せな生活が待っていたっていい。しかし……。

押そうとしている。スイッチを。

海へ行くと言った時の彼女の顔は、それを物語っていた。

不意に、高宮の目がパッと開いた。

「お、起きてたのか」

そうだ。眠れるわけがないのだ。

「今、何時？」

洋平は時計を再確認する。

「五時、ちょっと過ぎ」

「そう……」

と呟き、彼女は一つ息をつく。それから数分後のことだった。決意に満ちた表情で高宮は言った。

「行こうか。海へ」

洋平は少し間を置き、頷いた。と同時に、様々な覚悟を決めた。

「よし。行こう」

そう言って、エンジンをかける。ナビで伊良湖海岸を検索する。指が微かに震えていた。

『愛知県田原《たはら》市伊良湖海岸』

ここに、間違いないだろう。

「どのくらいで着くの？」

洋平は画面を見て答えた。

「五時間くらいか」

「じゃあ、十時くらいには着くんだね」

「ああ」

洋平はライトを点け、ハンドルを握りアクセルを踏んだ。そして、まだ暗い曲がりくねった坂をゆっくりと下っていき、温泉街を通って国道に出た。

ナビの指示に忠実に従う。一般道をしばらく走ると、高速の入口が見えてきた。洋平は速度をゆるめ、ゲートを潜《くぐ》る。そして、静岡方面に進路を取った。

愛知県、伊良湖海岸まで、約三百キロ。

車内は重苦しい緊張に包まれていた。内心、目的地に到着するのが怖かった。

その頃、ベッドの脇の携帯電話が突然鳴り響いた。浅い眠りから覚めた堺は、携帯を手に取り耳に当てた。

「私だ。何かあったか」

南と高宮を追跡している部下の冷静な声が返ってきた。

「二人が動き出しました。また静岡方面に向かっています」

こんな時間に？　しかも、再び静岡へ？

何を考えている。

「そうか……」

「それよりも本部長」

部下の声が深刻な声音に変わる。

「何だ」

「警察が、奴らに迫っています。捕まるのも時間の問題かと……」

その途端、堺の表情が厳しくなる。

「何だと？」

「まだ大きな動きは見せていませんが、どういたしましょう。また何か工作でも

「……」

堺は舌打ちする。

結局は、そういう結末になってしまうのか……。

「本部長？」

堺は声を張り上げ命令した。

「お前はそのまま追え！　何かあったらすぐに連絡しろ！」

「かしこまりました」

堺は通話を切り、落ち着いて二人の行動をもう一度考えてみる。すぐにある場所を思いついた。

「……もしや」

母親の故郷へ？　その可能性は、十分あり得る。

堺はすぐに東京の本部へと連絡した。

「私だ。大至急、笹本真琴のアパートへ向かえ。それと、ヘリを用意してくれ」

堺は準備を整えるため、急いで寝室を出た。

出発してから二時間。空には朝日が昇っていた。洋平たちを乗せた車は、静岡県を走っていた。高宮が育った豊田町をもうじき過ぎようとしている。洋平はあえて何も言わなかった。彼女は窓から見える景色を眺めていた。

洋平は、いつ話を切り出そうか迷っていた。すると、高宮が突然尋ねてきた。

「そういえば、あまりよく聞いてなかったよね。ナンちゃんのお母さんのこと。どんな人なの？」

諦めたとは言っても、やはり母親のことが気になるか。

それが分かっているから、話しづらい。

彼女はその気持ちを読み取った。

「私のことはいいから、教えて」

高宮がそう言うならと、洋平は母の姿を思い浮かべ、彼女に語った。

「凄く優しい人だよ。この前も言ったように、俺が小さい時に父親と離婚したから、一人で俺を育ててくれた。学校から帰っても、母さんは仕事で家にはほとんどいなくて、食事の時も一人で、いつも寂しい思いをしてた。でも仕方なかったよな。生きていくためだったんだから」

「……うん」

「毎晩遅くまで働いていて、凄く疲れているようだった。でも、俺には辛い顔は見せなかった。休みの日は、ずっと一緒にいてくれた。お金がなくて、休日くらいゆっくりしたいはずなのに、いろいろな所に連れていってくれたよ」

高宮は心配そうにこう訊いてきた。

「毎日、大変だったんだね。でも今も、元気なんだよね？」

「ああ……」

洋平は、ポケットの中から一枚の写真を取り出し、高宮に渡した。

「そこに写っているのが母さんだよ。いつも、持たされていたんだ」

そう言って、洋平は深刻な表情を見せる。

「あのな、高宮」

そして、唾《つば》をゴクリと呑《の》み込んだ。

「どうしたの？」

訊かれても洋平は、しばらく口を閉じたままであった……。

8

洋平が全てを話し終えると、高宮の目からポロリと涙がこぼれた。静かに泣く彼女の姿を横で見ているうちに、洋平の目も涙で滲《にじ》む。

次の言葉が、見つからない。すると、高宮は小さく言った。

「でもどうして。酷《ひど》すぎるよ……」

その一言だけで、どれほど楽になったか。

「高宮。もう、泣かないでくれ」

彼女は袖《そで》で涙を拭《ぬぐ》い、顔を上げた。

「許せないよ……」

声を震わせながらそう言う高宮の表情は怒りに満ちていた。

「仕方ないんだ。仕方ないんだよ……」

「でも……」

「もう、いいんだ」

洋平がそう言うと、高宮もそれ以上は口を開かなかった。ただ、気持ちは治まらないようだった。

洋平は何も後悔はしていなかった。むしろその逆だった。

車は一直線に走っていく。車中に一切の会話はなく、お互いの心中を思いやる。

それから約一時間後、地図だけを表示していたナビから、とうとう指示が発せられた。洋平はウィンカーを左に出し、出口へと向かう。午前十時をちょうど回った頃だった。

「もう、ここまで来てしまったんだな」

洋平は料金所を通過する。

「もう少しだからな」

そう言って、高速道路から降りた洋平は、高宮の最後の思い出の場所である、伊良湖海岸を目指したのだった。

洋平たちの目の前に広がっているのは、真っ青な海だった。太陽の光を反射し、水がキラキラと光っている。地図には遠州灘《えんしゅうなだ》とある。ただ、高宮の言う海岸にはまだほど遠い。車は海沿いを走っていった。

その頃、部下の連絡を受けヘリで愛知県へと向かっていた堺は、地上を見下ろしていた。窓にうっすらと映っているのは、隣に座っている笹本真琴。先ほどからずっと俯いている。気が気ではないといった様子。いや、今頃、罪悪感を感じている？

堺は笹本に身体を向けた。

「もうじき着きますよ」

彼女から返事はない。

「やはり私の読みどおりでしたね。それにしても、あなたの故郷へ行って、どうするつもりなんでしょうね。まさか再会を期待しているのでしょうかね」

すると笹本がようやく口を開いた。

「考えられるのは、海です……」

「海……？」

訊き返しても、彼女は答えなかった。昔を思い出しているようだった。堺は冷笑を浮かべる。

「まあいい。後は部下の連絡を待つだけだ」

プロペラ音などの騒音《そうおん》に包まれる機内。笹本が一点を見つめながら尋ねてきた。

「どうして、私を……」

堺は白々しく答えた。

「罪滅ぼし……でしょうかね」

「ふざけないで」

「ふざけてなどいませんよ。あなたには申し訳ないと思っているんだ。洋平君を迎えに行った日の彼の目が忘れられなくてね」

そう言って、内心では笑っていた。

「罪滅ぼし、というのは言い過ぎでしょうかね。特別ですよ……特別。私もそれなりのポジションを得ることができましたしね」

その時、携帯が鳴り響いた。堺はすぐに電話に出る。

「私だ。どうした？」

部下の言葉を聞き、堺は納得し通話を切った。そして、笹本に言った。

「当たりです。あなたの言っていたとおりだ。海ですよ」

海沿いに出てから、どれくらいの距離を走ったろう。すでに目的地周辺に来ているので、ナビの案内は終了していた。しかしまだ、高宮の指示がない。海側の景色に変わりはなく、車内は沈黙が続いていた。

洋平は高宮を一瞥する。どうやら彼女の気持ちも落ち着いたようだ。今、何を思っているのだろう。声はかけなかった。

それからさらに走ると、前方に小さな灯台がうっすらと見えてきた。するとようやく、高宮が口を開いた。

「確か、あの灯台のすぐ近くだった」

その時、洋平は複雑な気持ちを抱いた。

「分かった」

そう返すしかなかった。

徐々に灯台に近づいていく。洋平は灯台まで行くものだと考えていた。しかし、少し手前で高宮は言った。

「ここで止めて。この辺りだった気がする……」

当然、砂浜にまで下りられる車道はなく、洋平は車をガードレールに寄せて、エンジンを切った。

「じゃあ、行こうか」

高宮は頷いた。二人はドアを開けて外に出た。そして階段を下り、一緒に砂浜を歩いた。

繰り返される波の音。強い風。大空を飛ぶ白い鳥たち。周りには誰一人おらず、冬の海は静かであった。妙に落ち着くのだ。

しかし、それからほんの数秒後のことだった。洋平が大きな衝撃を受けたのは……。

高宮が海のほうへ歩を進めている時、洋平はピタリと足を止めた。なぜなら、目に映る光景に見覚えがあったからだ。この位置から見えるあの青い灯台。そのすぐ近くにあるテトラポッド。洋平は後ろを振り返る。周りのこの景色……。

「どうしたの？」

振り返った高宮に尋ねられ、洋平は信じられないというように答えた。

「昔ここに、来ているかもしれない……」

気のせいか。似ているだけか。何歳の時かは憶えていない。かなり小さい時だった。しかし母と海へ行ったことがあるのは確かだ。その時の映像と重なるのだ。ただの偶然か。そんなことがあるはずがないか。母親への想いが強いがゆえに、似ているように見えるのか。

高宮は何も言わず身体の向きを戻し、海に向かって歩いていく。そして波打ち際に立ち、押しては引いてを繰り返す。少しすると飽きたのか、こちらにやってきた。

「座ろっか」

声をかけられ、ハッと我に返る洋平。

「あ、ああ……」

二人は砂の上に腰を下ろした。そしてしばらく、海の動きを眺めた。波で揺れるたびに、反射する太陽の光が変化し綺麗だった。

先に話し始めたのは高宮だった。

「この景色、十年前と全然変わらない。ちょうど、この辺りだったかな。お母さんと来た時も。季節も冬で、天気も今みたいに晴れていて、誰もいなくて……。私は砂で山を作ったり、海の傍まで行って遊んでた。でもお母さんは……」

自分が悲しくなるからだろうか。その先は言わなかった。

「何だか、本当にあっという間だった。この七年間。施設にいた頃は、長く感じられたのにね」

洋平はその言葉に強く反応し、彼女に顔を向ける。

「高宮……」

「ずっと皆といられると思ったけど、無理だったね。仕方ないよね」

その台詞が、洋平に重くのしかかる。

「俺の、せいだな」

高宮は慌てて首を振る。

「そうじゃない。そういう意味で言ったんじゃないよ」

今頃になってまた思う。自分は正しかったのかと。いくら考えても、答えは出ない。

「何でだろ。辛いことばっかりだったのに、あの頃が懐かしく感じる。たぶん亮太や了や君明君とずっと一緒にいたからだよね。あの三人は本当の友達だよね」

それだけは自信を持って答えられる。

「ああ」

そう言ってやると、彼女は嬉しそうに微笑んだ。心の底から。作ってない表情を見るのは何日ぶりだろう。

洋平は安心する。彼女が突然、自分の過去を語りだした。

「私には、本当の友達が一人もいなかった。学校にも、慈愛園にも。お母さんに捨てられてから、私の何かが変わった。別に人を避けてたわけじゃないんだけど、ずっと強がっていた。だから、見かけだけの友達しかいなかった」

洋平は相槌を打つ。

「施設に入れられてからもそうだった気がする。でもあの三人は違った。こんな私にも優しくしてくれた。四人になって私たちは、お互いの過去を言い合って、絶対にスイッチを押さないと誓った。あの日からかな、本当の友達ができたと思ったのは。結局最後まで私は、皆に強い自分を見せようとしていたんだけれど……」

高宮は遠くのほうを見つめながら続ける。

「私には、皆のように生きる理由がなかった。だから、いつでもスイッチを押せた。でも押さなかったのは、三人がいたから。ただ、一緒にいたかったから。ほとんどの時間を、亮太たちと過ごした。昼間は君明君の絵に付き合って、夜は亮太や了と少ない会話を交わす。それで、個室に戻る。その生活がずっと続いた。それでも皆、諦めなかった。それから七年、施設にナンちゃんがやってきた。ナンちゃんが、私たちを助けてくれた」

「俺は……」

助けたと言えるのだろうか。

洋平は高宮に言葉を遮《さえぎ》られる。

「初めは、ただの監視員だと思っていたけど、違ったよね。ナンちゃんだけは、私たちのことを一番に考えていてくれた。皆、それが少しずつ分かっていった。だから了は、幼なじみのことを話した。大人を絶対に信用しなかった了が。でも……」

高宮は言葉を切る。池田がスイッチを押したあの日のことを思い返しているようだった。

「了が死んじゃった翌日、ナンちゃんは私たちを施設から連れ出してくれた。捕まったら殺されちゃうかもしれないのに。でもそのおかげで、君明君も、亮太も、自分の夢が叶った。少しの間だったけど、私も凄い楽しかった。廃校で過ごしたあの数日間は、私にとって本当にいい思い出になったよ」

　洋平は砂を摑んだ手を開く。風が吹くと、サラサラと飛んでいく。

「もし、俺が脱走なんて考えなければ、新庄も小暮も、まだ生き続けることはできたろうな……」

「生き続けることはね。でも、同じ日々を繰り返しているだけだった。私だって。生まれた場所に行くこともできなかったし、お母さんの……過去を知ることも……でもナンちゃんのおかげで皆、後悔せずに済んだ。バラバラにはなっちゃったけど、これでよかったんだよ」

　高宮は長い間を置き、呟いた。

「本当に、ありがとう」

　そこでいったん会話が途切れた。高宮は立ち上がろうとする気配を見せなかった。洋平もじっと座っているだけだった。

　時折、大きな波が音を立てる。もう、彼女には何も言わなかった。全てを委《ゆだ》ねると決めたのだから。

ふと高宮に顔を向けた時、彼女が洩《も》らした。

「ナンちゃんも、私たちを見ていて、苦しかったんだね……」

洋平は頷く。

「ああ……」

「でも私は、ナンちゃんに会えてよかったって思ってる」

洋平は小さく口を動かした。

「……俺もだよ」

「二人になってから私、わがままばかりだったね」

洋平は優しい顔を見せる。

「そんなことないよ」

「でも嬉しかった。お母さんとの思い出の場所に行けて」

「そうか」

二人は再び、青い景色を見つめる。洋平はこれまでの自分を思い出していた。

冷たい潮風。海の香り。鳥の鳴き声。

ところが、別れは突然訪れた。

高宮が、こう言ったのだ。

「ナンちゃん……」

「うん？」

「もう少し、一緒にいたかった……」

その途端、洋平の表情が曇った。

「え？」

彼女は、首を後ろに向けていた。視線の先には数台のパトカー。通り過ぎはしなかった。自分たちの車の傍に停まった。

だが洋平は狼狽《うろた》えはしなかった。逆に実感していた。

ああ、もうじき全てが終わるのだと。

こうなれば、彼女の取る行動は一つしかなかった。

「もう、いいよね」

洋平はどちらとも答えなかった。

「いつかこうなることは、分かってたし」

ただ急すぎた。わずかな時間でもいいから、もうちょっとだけ、彼女の近くにいたかった。

最後の一台が停車する。二人はパトカーに背を向けた。

「本当はね、昨日から決めてたんだ。この海へ来たら、スイッチを押そうって」

それは感じていた。

「……ああ」

「もう逃げられないし、仕方ないよね。これまでよく頑張ったよね」

後ろから、慌ただしい足音。

洋平の心臓の動きが激しさを増す。

高宮がとうとうスイッチを取り出した。しかし、すぐに押しはしなかった。まだ何か、伝えたいことがありそうだった。

「あのね、前にお母さんがここで泣いていたって言ったでしょ？」

洋平は、その時の会話を思い出す。

「そういえば」

彼女はポツリと言った。

「もう一つの意味が……あったなんて」

「え？」

訊き返すと、高宮は躊躇《ためら》った表情を見せた。そして首を横に振り、潤んだ瞳をこちらに向けた。

「……何でもない」

「そうか」

大勢の警官は、間近にまで迫ってきていた。

洋平はすでに覚悟ができていた。

「ナンちゃん……」

二人は見つめ合う。

「もう、押すね」

洋平は、ああ、と答えた。

「ごめんね……そして本当にありがとう」

それが、高宮の最後の言葉だった。

彼女の親指が、スイッチに触れた。その途端、全ての警察官の動きが、止まった。

一月五日。

午前十時五十五分。

長く続いた実験に、終止符が打たれた。

悲しすぎる、別れとともに……。

エピローグ

砂浜に光を注いでいた太陽が、雲に隠れた。突風が吹き荒れ、砂埃《すなぼこり》が舞う。遠くから波が迫ってくる。大きな音が、周囲を包み込んだ。海水が押し寄せ、引いていく。そして再び、穏やかな海に戻る。

瞼《まぶた》を閉じると、一筋の涙がこぼれた。手の甲にポツリと落ちる。ほんの少しの温《ぬく》もりを感じた。

本当に、これで一人……。

肩にもたれかかった洋平の眠る顔を、真沙美は見つめていた。

彼の左手を、そっと握りしめる。少しずつ、少しずつ、冷たくなっていく。

「……ナンちゃん」

もう、声は返ってこない。真沙美は砂の上に、彼のスイッチを静かに置いた。

突然の告白だった。

「あのな、高宮」

この海へ向かっている最中だった。どうしたのと尋ねると、洋平は右手をダウンジャケットのポケットに入れた。するとなぜか、スイッチが出てきたのだ。その瞬間、真沙美は混乱状態に陥《おちい》った。言葉を失っていると、洋平がこう言ったのだ。

「驚いたろ。そうなんだ。俺も、実験対象者なんだ」

あまりに唐突すぎて、言っている意味がよく分からなかった。いくら考えても、頭の整理ができなかった。

信じられない。その一言だけだった。

「黙ってるつもりだったけど、やっぱり話すよ。落ち着いて聞いてほしい」

ショックが大きすぎて、何の反応もできなかった。洋平は、過去を語りだした。

「十七年前、国がプロジェクトを開始してしばらく経った頃だ。まさか自分が選ばれるなんて。いや、あの日から、俺の運命は決まっていたんだろうな……」

「あの日？」

尋ねても、洋平はまだそのことには触れなかった。

「母親から引き離された俺は、東京都にある江戸川センターに入れられた。そこでお前たちと同じように実験の説明を受け、スイッチを渡された。信じられなかったよ。

どうして自分がこんな目に遭《あ》わなければいけないんだ。ここから出してくれ。お母さん助けてって、叫び続けた。でも、無駄だった。その日から、地獄のような生活が始まったんだ」

じゃあ、どうして今ここに？　真沙美には予測がつかなかった。

「自由を奪われた俺は、いや俺たちは、何もない狭い空間で、ただ何もせず過ごした。高宮たちと同じように。

初めは二十人。皆十歳の子供だ。どうにかなると思っていたんだろう。中には無邪気な奴もいた。けれどほとんどが、恐怖と不安を感じていた。俺もその一人だった。でもまだその時は希望があった。きっとお母さんが助けてくれる。そう信じていた。だが結果は、言うまでもない。甘かったんだ」

洋平は続ける。

「施設に収容され一週間が経つと、一人目の犠牲者が出た。女の子だった。監視員から、個室で押したと聞かされた。そこからだ。次々と仲間が死んでいったのは。簡単に押す者。精神状態がおかしくなって押す者。群集心理の興奮状態の中で集団で押した奴らもいた。一年もしないうちに半分がいなくなり、その半年後には五人になった。男子三人。女子二人。皆、一日一日を頑張って生きた。でも、それぞれ限界は近づいていたんだ。耐えられず一人、また一人。誰かが押すと心が弱くなってしまうんだ。

だから自分もと……。

収容されてから二年。残ったのは俺と、福本静香《ふくもとしずか》という女の子だった。彼女にはどうしてもスイッチを押せない理由があった。施設に連れて行かれる時、一緒にいた好きな男の子に、いつもの公園で待っていると言われたそうなんだ。だから今も待ってくれていると、ずっと信じてた。でもその強い思いも、日に日に薄れていった。どうせもう公園にはいないと、諦めてしまったんだ。二人になって半年もしないうちに、彼女は死んでしまったよ。そして俺は、独りぼっちになってしまった」

椅子にポツリと座る一人の男の子。その映像が、真沙美の頭にはっきりと映った。

「これ以上生きていても仕方ないのではないか。その頃には母親のことは諦めていた。押せば楽になる。そう思った。でも、どうしても押せなかった。俺は……死ぬのが怖かったんだ。死に、怯《おび》えてたんだ。あの日の出来事が、どうしても頭から離れなかったんだ」

「あの日の出来事？」

洋平は長い間を置いて、再び口を開いた。

「父さんと母さんは離婚した、って言ったけど、嘘《うそ》なんだ。父さんは、自殺したんだ」

なぜ嘘をついたのか、真沙美には理解できなかった。

「どういうこと?」

「父さんには姉がいて、その息子が、俺たちと同じ実験の対象者だったんだ。でも姉夫婦は、自分の息子が国に奪われるのがどうしても納得できず、センターから息子を取り返そうとしたんだ」

「まさか……」

「二人とも処刑されたよ。でもそれで終わりじゃなかった。三人の男たちが、家にやってきたんだ。父さんに姉夫婦が処刑されたと知らせるために……」

そこでいったん話が途切れた。洋平は過去を振り返っているようだった。

「……殺してしまったんだ」

真沙美は、ハッと息を呑んだ。洋平はあくまで冷静だった。

「怒りを抑えきれず、国の奴らを。まだ小さかった俺は父さんを止められなかった。三人の男を包丁でめった刺しにして、その後自ら……」

怖くなった真沙美は、血で染まった残酷な映像を掻《か》き消した。

「血まみれになった死体を見たあの日から俺は、死というものが怖くなった。異常なほどに。それに、生き続けることが政府への反抗でもあった。だから辛くても、苦しくても、耐えたんだ。同じ時間に起き、朝食を摂り、昼食、L室で何もせず過ごす。夕食、そして個室へ戻る。一晩中、机の明かりを点けたり消したり。何もやることがないから、気が付けばライトをいじってばかり……」

次の言葉に、真沙美は耳を疑った。

「そんな日々を過ごしているうちに、また暖かい春が来て、暑い夏、涼しい秋、そして寒くて辛い冬がやってくる。季節は変わっても、同じような日々を俺は、十五年繰り返した」

さすがに驚きを隠せなかった。

「一人で……十三年」

そんな、まさか……。

気が遠くなるような年数だった。

「先の希望なんてなかった。ただ生きていければ良かったんだ。気が付いたら二十五だ。いい大人になってたよ。でも……」

「でも？」

「タイムリミットがあったんだ」

真沙美は首を傾《かし》げる。

「タイム、リミット？」

「そう。要するに時間切れだったんだ。施設に収容されてから十五年が経った四月一日。堺という男が、俺の所にやってきた。そしてこう言ったんだ。

実験開始から十五年。君に与えられた期間は昨日で終了した。よって、今からスイッチを押してもらう、と」

「そんな……」

「俺だってそう思った。実験開始日にそんな話はされなかったんだ。でも堺は、とにかくスイッチを押せと言うんだ」

「けど……」

洋平は頷く。

「俺はこうして生きている。諦めかけてた俺に、堺は特例だとか言って、ある条件を出してきたんだ」

「もしかして」

「そう。この場で死ぬか、監視員になるか。堺がどんなつもりでそんな条件を出してきたのかは分からない。でもあの時の俺には細かいことを考える余裕なんてなかった。生きられるならと、監視員になるのを選んだんだ。子供たちの敵である監視員に。大人たちに憤りを感じていたにもかかわらず。でもそれしかなかったんだよ」

「仕方ないよね……」

「ただし堺はこう言った。忘れてはならない。監視員になっても、君の実験は続いている。もし監視員の立場を放棄した時は、ただでは済まさないと」

「そんなことが、あったなんて」

「俺は十五年ぶりに施設の敷地から出ることができた。まず最初に頭に浮かんだのは母親だった。でも、堺からある事実を聞かされたんだ。君の母親は現在行方不明だと。確認はされていないが、死亡している可能性もあると。突然そんなことを言われても、信じられるわけがなかった。昔住んでいた場所以外、手掛かりなんてなかった。事実アパートにはもういなかった。だからそれ以上、俺には捜しようがなかった。いつの日か会えることを信じる他なかったんだ。そして俺は、八王子センターで監視員の日々を送った。遅れていた知識や言葉を勉強しながら。でもいくら自由を得ても、幸せだと思ったことなど一度もなかった。むしろその逆だった。何人もの子供の死を見なくてはならなかったんだから。一人いなくなるたび辛い思いをし、何とか助けてやれなかったのかと、できもしないくせにそう考え逃げていた。そんな日々を二年繰り返した俺は、横浜センターにやってきたんだ。初めは正直驚いたよ。七年以上も生き延びている子供が四人もいたんだから。俺はずっと、お前たちと自分を重ねていたんだ。じっとしていられなかったのは、だからかもしれない。いくら待っても、希望が訪れないことは分かっていたから」

「ナンちゃん……」

「ごめんな。ずっと黙ってて」

その直後だった。洋平が自分のスイッチを渡してきたのは。

「こんな事件を起こしてしまったんだ。もう生きられない。たとえまた生きるための条件を出されても、国の言いなりにはならない。でも、やっぱり自分では押せない。だから……もし、高宮にその時が来るのなら、一緒に、押してほしい」

真沙美は、心臓が停止した洋平の頭を優しく撫《な》でた。頬《ほお》はもう、冷たくなっていた。

あの時、絶対に泣くまいと我慢していた。しかし、どうしても堪えることができなかった。

なぜ、私たちだけが不幸にならなければならないのか。あまりに酷すぎる。

彼の痛み、苦しみを思うより、隣に座っているこの人は、自分の兄なんだ。改めてそう思った瞬間、涙がこぼれた。

まさかもう一つ隠された事実があるなんて、思ってもみなかった。

洋平が兄だと分かっただけで、十分ショックだったのに……。

園長に呼び出され、真実を聞かされた時、頭が真っ白になった。

『どうやらあなたにはお兄さんがいるようなの。あなたを慈愛園に連れてきた時、お母さんはこう言っていた。真沙美も……。その時、私にはよく意味が分からなかった。でも、あなたが施設に連れて行かれたと知った時、その言葉の意味が分かったわ』

その後、園長宛に届いた手紙を渡された。差出人の欄には堺という名が記されており、中には一通の戸籍謄本《こせきとうほん》が入っていた。

父親は違うが、南洋平が血の繋《つな》がった兄だったなんて。その瞬間、彼に対しての見方が変わった。

初めて好きという感情を抱いたのに。

私は、人を好きになることも許されないのか。そう思った。

戸籍謄本というものを見て、目の前が真っ暗になった。洋平が施設にやってきたあの日から今日までが、一気に蘇った。

すぐには状況を呑み込めなかった。

気持ちを落ち着かせ、一つひとつ整理していった。

笹本真琴。旧姓、南真琴。

洋平は、小さい頃に両親が離婚したと言っていた。が、事実は違うものだった。父親が殺人事件を起こした後、吉田《よしだ》から南に戻っている。戻さざるを得なかったのだろう。そしてお母さんは、笹本信広《のぶひろ》と結婚し、私が生まれた……。

その時は、じゃあどうして私がお母さんと暮らしている時、兄がいなかったのかと疑問を抱いたが、すぐに園長の言葉を思い出した。

息子を奪われ……。

何らかの事情があったんだと思った。でも、洋平から過去を聞かされ、全ての謎が解けた。

ずっと、あなたは私の兄だと言いたかった。

でも言えなかった。思い出の場所を回りながら、母の過去を洋平に聞かせたのは、気づいてほしかったからなのかもしれない。

自分の母に、どこか似ていると。だがそんなの無理に決まっていた。自分から伝えない限り、分かるはずがない。

本当なら、母に会えればよかった。洋平に事実を知ってもらえるから。でも、たとえ母の居所が分かったとしても、会えなかった。

息子を奪われ、娘も。

その二人が突然目の前に現れたらどうだろう。三人で一緒に暮らしている過去があるのなら、素直に喜べるだろう。だが、母は肝心なことをずっと隠していた。実の子とはいえ、私たちに会って本当に嬉しいだろうか。そう考えたらとても会おうとは思えなかった。

どちらにせよ、母に会うことはできなかったろう。行方不明か、すでに……。

真沙美は、洋平のダウンジャケットから写真を取り出した。

背の低い、髪の長い可愛らしい女性。

会うことはできなかったが、最後に顔を見ることはできた。洋平が持っていたこの写真。ずっと若い母が写っていたのだ。

写真を見ても、言えなかった。それどころか、必死に動揺を隠した。真沙美は、改めてこの海岸を見つめた。

そう、洋平の記憶は間違ってはいない。来ているのだろう。私が生まれるずっと前に、母と。

洋平に言いかけたあの台詞。

母が泣いていたもう一つの意味。

思い出していたのだろう。息子と来た時のことを。そして、息子を奪われた過去を。

今度は、この娘がと……。

もう二度とあんな辛いことは味わいたくない。

だから私を、捨てた……。

また、涙がこぼれた。

後ろから、男に声をかけられた。

「高宮真沙美だな」

真沙美は振り返ることはしなかった。

洋平の顔を見つめながら、亮太、君明、了の三人を思い浮かべる。

何も思い残すことはない。

これ以上、生きようとは思わない。

いよいよ私にも来たのだ。

スイッチを、押すときが。

躊躇《ためら》いなどなかった。隣に洋平がいる。そう思うだけで、心のどこかにあった恐れは消えた。

真沙美は、自分のスイッチを手に取った。

もう何も考えない。目を閉じ、頭の中を無にし、波の音を聞いた。そしてもう一度、洋平を見つめた。

真沙美は最期に、こう呼んだ。

「ありがとう……お兄ちゃん」

ゆっくりと、スイッチを押した……。

真沙美の身体は、洋平に被《かぶ》さるようにして倒れた。


大勢の警官が一斉に引き下がった。入れ替わるようにして、ようやく海岸に到着した堺と笹本真琴が、二人の遺体の前で足を止めた。兄妹が、寄り添って眠っている。哀れな光景だった。

「洋平……真沙美」

悲痛な表情を浮かべる真琴に、堺は言った。

「何年ぶりですか。あなたの、お子さんたちですよ。まさか生まれ故郷で再会するとはね」

張りつめていた糸が、プツリと切れた。真琴は二人の前で泣き崩れる。すぐ傍に、一枚の写真が落ちていた。洋平に渡した写真である。

「ごめんね……ごめんなさい」

真琴は、洋平と真沙美の身体を強く抱きしめる。堺はその様子をしばらく見守り、言葉をかけた。

「あなたもかわいそうな人だ。二人の子供を、国に奪われたんだから」

真琴は二人の名前を繰り返し叫ぶ。

「子供たちと同じように、あなたも不幸の連続でしたね。初めの夫は殺人を犯し自殺。一人で息子を必死に育てる。しかし、国からの通知が届く。五年後、息子と別れたあなたは二人目の旦那《だんな》と結婚し、娘を生む。だがほどなくして夫を亡くす。その時はまさか、娘も奪われるなんて思ってもいなかったでしょうね。国を、そして自分の運命を恨んだでしょう」

「私が、一体何をしたっていうんですか……どうして」

「あなたは何も悪くありませんよ。ただ、運が悪かっただけだ」

運で全てを片づけられた瞬間、真琴は完全に力尽きた。

「やっと、終わったんですね。この二人、よく頑張りましたね。でもね、あなたには申し訳ないが、私にとっては高宮真沙美は興味のない存在だったんですよ」

突然の告白に、笹本は振り返る。しかし、瞳に力はない。

「娘さんだけじゃない。横浜の施設にいた他の三人の子供たちもです。彼らはいわば、捨て駒《ごま》だったんですよ」

堺は不敵に笑い、こう言った。

「私は、どうしても南洋平に、自らの意思でスイッチを押させたかった。十三年も一人で施設にいた彼にね。上の連中も、実験などどうでも良くなっていた。ただ、彼がスイッチを押すことにだけ興味があった。このままでは埒《らち》が明かない。そこで私が上に提案したんです。監視員をやらせてみたら面白いのではないかと。今度は逆の立場で子供たちの死を見せる。苦しい日々に耐えきれず、スイッチを押すのではないかと。彼は私の条件を呑んだ」

堺は、洋平の遺体を一瞥する。

「私に縛られているとはいえ、一応は自由の身となった彼の最初の行動は考えていたとおりでしたよ。あなたに会うこと。でも私は彼に嘘をついた。行方不明だと。最悪、死んでいる可能性もあると。なぜなら、次の展開をすでに頭に入れていたからです。

八王子で監視員をやらせ、それでも押さないようなら、妹のいる横浜に異動させようと。もしあなたに会えば、妹の話をされる。いくら彼にスイッチを押させたいからって、そんな展開ではつまらなかった。何らかのきっかけで高宮真沙美が自分の妹だと知り、もしその妹が死ねば、きっと彼は押すだろう。そうなれば最高の結末だ。まさか、私の予想どおりに事が進んでいくとはね。脱走することも、あり得なくはないと考えていた。だから本当に計画どおりだった。でも……」

堺はいったん言葉を切り、息を吸い込んだ。

「最後の最後で、妹に押されるとはね……どんな気持ちだったんでしょうね。妹になら、この海でなら、本望だったんでしょうね」

彼には、十分楽しませてもらった。

「終わったんですね、全てが。長い年月、彼を見てきましたからね。少し、寂しくもあります。今年の四月から、横浜の施設には新たな子供たちが収容されます。八年ぶりにね。でももう二度と、南洋平のような子は現れないでしょうね」

堺は、自分が一つだけ間違っていることに気づいてはいなかった。

洋平は最期まで、真沙美が妹だとは知らなかった。

「死んでいるようには見えませんね。眠っているようだ。二人とも」

そう言って、真琴に声をかけた。

「もうじき、遺体は運び出されます。そろそろ行きましょうか」

真琴は立ち上がらなかった。堺に背を向けたまま呟く。

「少しだけ、三人にしてください」

堺はひと息ついて答える。

「分かりました。それでは車の中で待ってます」

そう伝え、堺は去っていった。

砂浜には、三人の家族が残された。こんな形で、二人と再会するなんて……。

穏やかな風を受けながら、真琴は改めて洋平と真沙美を眺めた。

「こんなに、大きくなって……」

子供の頃の顔と今を重ねる。ずいぶんと、変わってしまった……。

「二人とも、辛かったね……。私は、何もしてあげられなかった」

逃げているばかりだった。母親の資格などない。二人は私を恨んでいるだろう。でもこうして最期に会えて良かった。せめて一言だけでも喋りたかったが、それは叶わなかった。

二人がかわいそうでならない。

洋平は十五年。真沙美は七年施設に閉じこめられ、死ぬまで、国のオモチャにされていたんだから……。

そう思うと涙が止まらなかった。

『お母さん』

真琴はハッとする。

突然、二人の声が重なって聞こえてきたのだ。その瞬間、洋平、そして真沙美とここへ来た時の記憶が蘇った。ちょうどこの場所で、同じ海を見たのだ。

あの頃に戻ったようだった。

しかしすぐに、現実に引き戻された。

瞳に映るのは、死んでしまった二人。いくら思い出しても、動き出してはくれない。

二人を失ってから私は、まるで生きてはいなかった。アパートで一人、何となく死なずにいる。そんな感じだった。

それではいけなかった。生きることを許されなかった二人の分まで、これからは生きていかなければならない。

ずっと、こうして一緒にいたい。でも、別れなければならない。

真琴は二人の手を繋がせた。その上に自分の手を置き、目を閉じた。

さよなら。

そう囁《ささや》き、立ち上がった。そして、ボロボロに傷つき、微かな思い出だけを頼りにこの海まで辿《たど》り着いた二人の身体に背を向けた。

ゆっくりと歩き出す。徐々に、二人から離れていく。我慢できず、振り返る。

真琴は見ていた。

幼かった頃の二人が、楽しそうに砂浜で遊んでいるのを……。

「洋平……真沙美」

真琴が呼びかけると、二人はこちらに顔を向け、幸せそうに笑った。

魔子

今から書く話は、一九八六年に岡山県里見村《さとみ》という、街から遠く離れた集落で起きた出来事を元にしている。

あえて初めに言っておくが、八月十六日に惨劇《さんげき》が起き、惨劇を引き起こした一人の子供が世間から悪魔の子、『魔子《まご》』と言われるようになるのである。

惨劇が起こる何日前まで遡《さかのぼ》って書き出すべきか迷ったが、やはりその約一ヶ月前に起きた出来事から記すのが適当だろう。

その日は七月の第二日曜日で、『村井家《むらい》』のリビングには孝志《たかし》、京子《きょうこ》、そして十一歳の息子・信吾《しんご》が、ソファに座ってビデオ鑑賞をしていた。

父、孝志は村の役場に勤め、母、京子は専業主婦、小学五年生の信吾は野球が大好きで野球教室に通っているが、この日は休みなのでこうして三人でビデオ鑑賞しているのだった。

村井宅は敷地面積三十坪、築四十年の二階建てである。

三人がいる一階とは対照的に二階は静かで、昼間にもかかわらず窓とカーテンは閉めきられ、薄暗い。

もし仮に一階に三人がいなければ、誰もがこの家に人がいるとは思わないだろう。

二階には孝志と京子の寝室、そして、『シンゴの部屋』とプレートがかかった部屋があるが、『シンゴの部屋』の中に、今年八歳になる次男・聖也《せいや》が、じっと体育座りしているのだった。

一人寂しそうにしているが、誰も聖也を呼びに来ることはない。聖也もまた、一階に下りようとはしない。まるで閉じこめられているようであった。

血色が悪く、痩《や》せ細り、饐《す》えた臭いを放っている。

微動だにせず体育座りしている聖也は、じっと目を閉じている。

今だけではない。聖也は一日中目を閉じているのだった。

生まれてから、ずっと……。

まるで、瞼《まぶた》が開かぬよう糸で縫《ぬ》われているようであった。

聖也が閉じているのは目だけではない。口も開かないのである。

家族は聖也の声をたった一度しか聞いたことがない。

生まれた直後の泣き声だ。それ以来、一切声を聞いていない。

目と口を開かない聖也は、ほとんどの時間をこの部屋で過ごす。朝の六時には起床しているが学校には行かず、寝るまでずっと、まるで置き物のように部屋の中心に座ったままだ。

食事の時間になると京子が部屋までやってきて、まるで動物に餌《えさ》を与えるように無言で聖也の前に食事を置いていく。聖也は食べる時も目を閉じたまま。風呂は週に一度程度しか入らず、やはり目を閉じたままである。

孝志と京子は、これまでに多くの医者に聖也を診《み》せてきたが、どの医者も、決して光を失っているわけではない、難聴《なんちょう》でもなさそうだと言う。目を開かず、声を発さないのは、過去に大きなショックを受けたからか普段の生活にストレスを感じているからではないかと。

しかし、孝志と京子には心当たりがまったくなかった。

聖也に何らかの障害があるとしか考えられない孝志と京子は聖也を不憫《ふびん》に思い、それ以上に、自分たちを責めてきた。

しかし今は、昔の愛情が嘘《うそ》のように冷然《れいぜん》としており、『顔』を見ることすらしない。

それはただただ愛情がなくなったからではない。

我が子を恐れているからであった。

孝志、京子、信吾だけではない。里見村に暮らす村民、約二百五十人全員が、八歳の聖也に対し恐れを抱いているのであった。

それは、聖也が目を開かず、声を発さない不気味な少年だから、ではない。その理由は追い追い明かしていこう。

いや、皆に恐れられている聖也を心配し、不憫に思い、そして、心の底から『友達』だと思っている子が、一人だけいる。

室田《むろた》花子《はなこ》という九歳の少女だ。彼女は神呪寺《かんのうじ》の一人娘で、小柄でおっとりした性格である。

その花子がこの日、村井家にやってきた。

休みの日は必ずと言っていいほど遊びにやってくるのだ。

玄関扉を開けたのは京子だった。

京子は、花子がやってくるたびに複雑な思いを抱く。花子のことは可愛《かわい》いと思っているが、正直、聖也と関わってほしくないのだ。

本当ならそっとしておいてほしいが追い返すことはせず、どうぞ、と花子を中に入れたのだった。

花子はいつものように髪の毛を二つに結わえ、赤いワンピース姿で、靴《くつ》を脱ぐと二階へと上がっていった。

花子は、『シンゴの部屋』とプレートがかかっている部屋の前に立つと、

「聖也君」

と声をかけた。中から反応はないが、花子は部屋の扉を開けた。

聖也は、背を向けた状態で座っていた。

花子が中に入っても目を開かず、やはり口も開かない。

近づくと饐えた臭いがするが、花子は嫌な顔一つせず、

「こんにちは聖也君」

と優しく声をかけた。

しかし聖也は無反応のままである。

いつものことなので花子は構わず目の前に座ると、しばらくの間聖也の顔を見つめた。

花子は恥ずかしがり屋であるが、聖也は目を瞑《つぶ》ったままだから平気である。

花子はその後、家や学校での出来事を、身振り手振りで面白おかしく話した。

花子も当然聖也が声を発さないことを知っているから質問は一切せず、あくまで自分が話すだけである。

聖也は相変わらず相槌《あいづち》すらうたない。

過去、聖也に話しかけたことのある村の子供たちは、何も話さない聖也に対し最初は不満を抱き、目を開けてみろとか、喋《しゃべ》ってみろとか意地悪をするが、だんだん薄気味悪さを感じ、去っていったのだった。

こうしてとても楽しそうに接するのは、花子だけであった。

しかし時折、花子の顔からも笑みが消える。

もしかしたら聖也の耳には障害があって、何も聞こえていないのかもしれないという思いが浮かぶからだ。

それともう一つ、聖也は村人から恐れられている。

花子はそれがとてもかわいそうで、右手で聖也の頭を優しく撫《な》でてやった。

その花子の右手の甲には、タバコの火を押し当てられた痕《あと》が、いくつも残っているのだった……。

右手の甲を見つめながら、不憫そうに聖也の頭を撫でる花子であったが、すぐに現実に引き戻された。

ずっと、微動だにしなかった聖也が、いきなり立ち上がったからである。

「聖也君」

花子は嬉しそうな声で呼ぶが、聖也は振り向くことはせず、黙ったまま部屋を出ていった。そして目を閉じたまま、階段を下りていく。その足取りは、目を閉じているとは思えぬほどスムーズであった。

花子は、どこへ行くのだろうと首を傾《かし》げながら聖也についていく。

聖也は一階に下りると、玄関に向かうのではなく、リビングに向かったのだった。

孝志、京子、信吾の三人は、聖也が一階に下りてきたことに気づいておらず、ソファに座ってビデオ鑑賞していた。

聖也が扉を開いた瞬間、三人の顔から笑みが消え、まるで一時停止ボタンを押されたかのように、動作が止まった。

息子がリビングにやってきたというだけなのに、孝志の口調はどこか怯《おび》えていた。

「聖也、どうしたんだ」

「……」

「聖也」

もう一度孝志が声をかけた、その時であった。

突然、聖也の目がパッと開いたのである。

聖也は怒っているのか、苦しんでいるのか、感情は定かではないが、目をギョロリと剝《む》き、孝志をじっと見据え、口を動かしている。しかし声を発していないので孝志たちには何を言っているのか不明であった。

聖也に見つめられている孝志は顔面蒼白《そうはく》となり、ソファから立ち上がろうとするが、腰を抜かしてしまった。

京子と信吾も震え上がり、聖也を見ぬよう顔を伏せながら立ち上がると、孝志の手を握りしめた。何とか孝志を立ち上がらせ、三人は扉の前に立つ聖也を力強く押しのけると、家を飛び出していったのだった。

聖也の後ろに立っていた花子は倒れた聖也を起きあがらせてやると、すぐに三人を追いかけた。しかし花子の足では追いつけず、やがて、孝志たちを見失ってしまったのであった。


七月の第二日曜日のことは、あえてここまでにしておく。

ここまで読んであなたは、聖也が目を開いた瞬間、なぜ孝志たちがこれほどまでに戦慄《せんりつ》したのか分からないだろう。

その翌日、孝志が死んだことを知った私は信じられない思いであった。

午前十一時、職場で突然倒れ、すぐに病院に運ばれたが四時間後に死亡したのである。

死因は、クモ膜下出血であった。

その知らせを聞いた村人たちは驚倒《きょうとう》し、そして恐怖に震え上がった。

実は前日、家を飛び出した孝志たちは村長たちのもとに向かい、聖也が目を開き、見つめられてしまった、と告げて回ったのである。

孝志は震えながらこうも言った。

私は明日、死ぬかもしれない、と……。

なぜなら、過去に二度同じようなことが起こっているからであった。

初めて聖也が目を開いたのは、一年前の七月。

村の診療所に勤務していた、榊原《さかきばら》トシ子という当時四十三歳の女性が、仕事を終え、家に帰る途中、いつもは信吾の部屋にいるはずの聖也が突然現れて、目を見開き、トシ子を見たのである。

トシ子は最初驚いたが、聖也君が目を開けてくれたと喜び、村長たちにそれを告げて回ったのである。

ところがその翌日のことであった。

トシ子はその日から三連休で、隣町の友人と旅行に出かけたのだが、旅先で乗ったタクシーがトラックと正面衝突し、トシ子だけが死亡したのである。

聖也が二度目に目を開いたのは、つい三ヶ月前のことである。

聖也が目を開いて見た人物とは、孝志の父、孝信《たかのぶ》であった。

一緒に住んでいた孝信は、信吾と聖也を平等に可愛がっており、いつものように、自慢の『孫』たちだ、と村人たちに話していた。しかし聖也に見つめられた翌日、突然心臓発作を起こし、その日のうちに死亡したのであった……。

孝志が死んだこの日、村人たちは口を揃《そろ》えてこう言った。

やはり偶然ではなかったのだ、間違いない、孝志さんは、聖也に呪われて死んだのだ、聖也に見つめられたら、死ぬ、と……。


二日後、神呪寺で孝志の葬儀《そうぎ》が行われたのだが、そこに聖也の姿はなかった。聖也は一人、信吾の部屋にいた。通夜《つや》の時もそうであった。

それは村人たちが京子に、聖也を参列させないでほしいと頼んだからである。もっとも、京子は言われなくとも参列させるつもりはなかったが。

その日の夜のことであった。

京子は村長から、村の寄合所に呼び出された。

寄合所には、神呪寺の住職である室田正蔵《むろたしようぞう》や、教師、医師、派出所の巡査など、村の主だった人たちが全員集まっていた。

京子は皆に一礼した後、村長に視線を向けた。

今年八十七歳になる村長は一見弱々しそうであるが、

「突然のことで大変だったねえ、京子さん」

しっかりとした口調でそう言った。普段は穏やかな顔つきであるが、この日はとても厳しい。

窶《やつ》れきった京子は目を伏せ、

「いえ」

小さく首を振った。

「まあ、座りなさい」

村長たちの向かい側に一席椅子《いす》が用意されており、京子はそこに腰掛けた。全員の視線が痛く、針の蓆《むしろ》に座る思いであった。

「京子さん、こんな時に呼び出して申し訳ないんだが……」

「はい」

村長は、杖《つえ》を握りしめながらこう言った。

「他でもない、聖也君のことなんだがね」

村長が聖也のことを切り出した途端《とたん》、冷静そうに見えていた京子が突然ガタガタと震えだし、蒼白《あおじろ》い顔を村長たちに向けると、

「聖也が、聖也が、あの人を呪い殺したんです。あの子に見られた人間は、次の日必ず死ぬんです！」

怯えた様子で叫んだ。

「きっと次は私です。あの子は、私たち家族を恨んでいるんだわ！　私、あの子が恐ろしくて」

「落ち着きなさい、京子さん」

村長の言葉で京子は静かになったが、まるで過呼吸に陥《おちい》っているかのように激しく呼吸を繰り返している。

「京子さん、次があなたとは限らないのだよ」

俯《うつむ》きながら激しく肩を上下させていた京子が、村長を見た。

「事実、村井家以外の人間も死んでいるのだから。それゆえ、ここにいる皆もあなたと同じようにあの子を恐れておる。次は、自分なんじゃないかと」

京子は村人たちの顔を見た。さっきまでは、恐ろしい力を持つ聖也を生んだ京子を皆鋭い目で睨《にら》みつけていたが、今は京子と同様血の気を失い、怯えている。

「そこで、私たちから提案があるんだが」

京子は一拍置いて返事した。

「はい」

「あの子はまだ八歳だ、本当ならこんなことをしたくないのだが、皆を守るためだ、仕方あるまい」

村長は京子の目を真っ直ぐに見て言った。

「あの子を、皆と接触できぬ場所で『生活』させてはどうだろうか」

『生活』と言えば聞こえはいいが、村長たちは聖也を実質『幽閉《ゆうへい》』するつもりだった。

「私たちと、接触できない場所……」

村長は頷《うなず》くと、京子にその『場所』を告げた。

迷うどころか、これで疫病神《やくびょうがみ》がいなくなると安堵《あんど》した京子は、お願いします、と村長に深く頭を下げたのだった。

京子は自宅に戻ってくるなり、台所のタオル掛けから白いタオルを取ると、大きな足音を立てて二階に上がった。そして信吾の部屋の扉を開け、一人体育座りしている聖也の後ろに立ち、両目をタオルで隠すと、後ろできつく縛ったのだった。

これで聖也に見られることはなくなったと、ひとまず安堵した京子は、聖也の右腕を摑《つか》み、強引に立たせると、

「さあおいで」

と言って、引きずるようにして部屋を出た。

聖也は何をされても無言のままで、抵抗することもなかった。

廊下《ろうか》から部屋の中を覗《のぞ》いていた信吾は、

「どこへ行くの、お母さん」

と不思議そうに聞いてきたが、京子は何も答えず、聖也と一緒に外に出たのだった。時刻は夜十時を過ぎているが、京子は一刻も早く、この恐ろしい子どもを厄介払《やっかいばら》いしたかったのだった。

京子が向かった先は、村長が住んでいる屋敷であった。敷地面積二百坪、建物面積七十坪の豪邸であるが、二年前妻を亡くし、二人の子供は東京にいるため、今は一人で暮らしているのだった。

この時間になると、いつもは中庭にある明かりは消えているが、今日はまだ灯《とも》っている。京子は、外壁が漆喰《しっくい》で塗り固められた『蔵』を注視《ちゅうし》した。

聖也の手を引っ張りながら敷地内に入り、奥に進んでいく。七月の夜は暑く、全身汗だくであった。

蔵の扉が開いているのが分かる。数人の男たちが蔵と屋敷を行き来していた。

彼らは蔵の中にある荷物を取り出し、布団や食料や水などを運んでいるのだった。

豆電球が灯っているとはいえ、大きな蔵なので薄気味悪い。

京子は村長に深々と頭を下げた。村長は聖也を一瞥《いちべつ》すると、無言のまま頷いた。

手伝いに来た男たちは、聖也に一瞥もくれない。タオルで目を隠しているのにである。

京子は聖也を見下ろしながら言った。

「聖也、あんたは今日からここで生活するんだ。いいね」

手を離すと、聖也の背中を強く押し、豆電球の灯った蔵の中に入れた。聖也は背中を向けたまま、振り返ることすらしない。

男たちは気まずそうに下を向いている。

村長が、聖也の背中に声をかけた。

「本当にすまない、許してくれ、皆のためなんだ、分かってくれ」

「……」

京子は、見ているのも不吉だというように、蔵の扉を強く閉めた。

村長に視線を向けると、彼は一つ頷き、もう一度、

「すまない」

と言って、蔵に鍵《かぎ》をかけたのであった……。

恐ろしい力を持っているからと、村人たちから忌《い》み嫌われ、蔵に幽閉されてしまった聖也少年は、一体どのような思いで蔵の中にいたのであろうか。

聖也は声を発するどころかタオルを解《ほど》くことすらせず、ただじっと薄暗い蔵の中で体育座りしていたので、私には、聖也が大人たちに対してどんな思いを抱いたのか分からない。

一方、聖也を蔵に閉じこめた村人たちは、これで聖也に見られることはないと安堵し、何事もなかったかのように日々の生活を送っていた。

村人たちの中では、聖也は、遠い街に住む京子の姉と暮らしている、ということになっている。

実際には京子に姉などいないが、特に子供たちは誰も疑わなかった。

唯一悲しんだのは神呪寺の一人娘、室田花子であった。

聖也が別の街で暮らしていると聞いた花子は、その日以来すっかり元気がなくなり、誰とも口をきかなくなったのである。

花子を可愛がっている村人たちは、酷《ひど》く落ち込む花子を心配したが、花子を元気にするためだけに、聖也を蔵の中から出すわけにはいかなかった。

しかし、聖也を蔵に閉じこめてから三週間あまりが経った八月九日。一緒に遊ぶ子供たちの間で、とある噂《うわさ》が流れていた。

『昨日村長が、蔵にご飯を運んでいるのを見たぜ。何か中に喋りかけてたぞ』

『え、本当に？』

『何で蔵の中にご飯なんて運ぶんだろうね』

『中に誰がいるんだろう、犬かな、猫かな』

『なあなあ、もしかしたらさ、蔵の中にいるのって、聖也じゃねえ？』

この時、すぐ隣には花子の姿があった。

翌日、村長は朝早くから寄合所に出かけた。

日曜日のこの日、寄合所で将棋大会が行われるからである。

村長が自宅から出た姿を、遠くの物陰から花子が見つめていた。

花子は村長が一人で住んでいることを知っている。誰にも気づかれぬよう注意して、敷地内に入り込んだ。

花子は大きな蔵の前に立ち、

「聖也君いるんでしょ？　いるならお願い、返事して」

と声をかけた。しかし中から返事はない。扉に耳を当てても、息遣いすら聞こえない。しかし花子には感じられる。聖也の気配が——。

聖也が声を発さなくても分かる。大事な『友達』だから。

花子は施錠《せじょう》された扉を一瞥すると、

「聖也君、すぐに助けてあげるからね」

そう声をかけ、屋敷に走った。

花子は、玄関扉や窓が開いていないか確かめたが、全て鍵がかけられていた。

花子は庭に戻ると、足元に落ちている石を拾い、

「ごめんなさい、村長さん」

と言って、石で窓ガラスを割り、屋敷の中に入った。

もしかしたら今の音で誰かがやってくるかもしれない。早く見つけなければ、と花子は焦る。

とはいえ村長の家はとても広い。すぐに見つけるのは難しいかもしれない、と花子は思った。

もしかしたら村長は蔵の鍵を持ち歩いているかもしれない。

花子は、家の中に鍵があることを祈りながら探した。

探し始めてから十五分が経とうとした頃であった。玄関の棚に小さな箱があるのを見つけた。その中を確かめると、鍵が入っていたのである。

花子は、これが蔵の鍵であることを祈り蔵まで走った。そして、鍵穴に鍵を差し込み、右に捻《ひね》った。

内部のシリンダーが動き、南京錠《なんきんじょう》が外れると、花子は急いで扉を開けた。

中には豆電球が吊《つ》るされているが、明かりが消えていて真っ暗であった。

蔵の中は非常に蒸し暑く、何日も閉じこめられたら死んでしまいそうであったが、奥のほうに、目隠しされた聖也が体育座りしていたのである。

花子は慌てて聖也に駆け寄り、きつく巻かれているタオルを解《と》いてやると、聖也の顔を胸に押し当て、力強く抱きしめた。

「何てことを……酷すぎるわ」

三週間以上蔵に閉じこめられていたというのに聖也は平然《へいぜん》としている。ただ、かなり弱っていた。蒸し風呂のような暑い場所にずっといたのだ。当然だろう。

花子は今にも胸が張り裂けそうな思いであった。

「こんな所に何日も、かわいそうに、かわいそうに……。聖也君、すぐに気付いてあげられなくてごめんね。もう大丈夫だから」

聖也は、まるで電池の切れたロボットのように、動かず、喋らず、目を閉じたままじっとしている。

花子は聖也を見ていると涙が溢《あふ》れた。

村人たちに忌み嫌われ、虐待《ぎゃくたい》を受けている聖也を不憫に思うと同時に、花子は、昔の自分を見ているような錯覚《さっかく》に陥るのだった。

花子は神呪寺の住職、室田正蔵の実の娘ではない。

三歳の時、実の母親によって神呪寺に捨てられたのだ。

最初に発見した室田正蔵は早くに妻を亡くし、子供がいなかった。

花子の前の名前は『友子』だったが、室田がいくら名前を聞いても首を振るばかりで、それなら仕方ないと、室田が『花子』と名付け、実の娘のように育ててきたのだった。

花子は、物心がつく前から母親から虐待を受けていた。右手にある、いくつものタバコの火の痕は母親からつけられたものだったのだ。

当時住んでいたアパートに父親はいなかったが、母親には若い男がおり、母親は花子が邪魔で、毎日虐待を繰り返していた。

神呪寺に捨てることを提案したのは母親と交際していた男である。母親は何の迷いもなく花子を神呪寺に捨てたのだが、逆にそのほうが花子にとっては良かったのかもしれない。一緒に暮らしていたら、花子は虐待され死んでいたかもしれないから。

花子は、室田や村人たちに過去のことを話したことはないが、花子の右手を見れば、虐待に遭《あ》っていたことくらいは容易に分かる。

花子をかわいそうに思う村人たちは、そのぶん花子をとても可愛がっている。

しかしどんなに大切にされても、花子は暗い過去を忘れることができない。

こうして、村で唯一聖也を『友達』だと思い、村中から恐れられている聖也を心底不憫に思うのは、花子自身が聖也と同じように忌み嫌われ、酷い虐待を受けたからであった……。

花子は聖也の両手を握りしめながら言った。

「大人たちに見つかったら、またどこかに閉じこめられてしまうわ。その前に私と一緒にどこか遠い所へ逃げましょう」

一時の感情ではなく、花子は本気だった。

「聖也君はこの村にいてはいけないの。この村にいたら、昔の私みたいに辛い思いばかりするわ」

聖也は花子のほうを向いているが、やはり表情すら変えず黙っている。

「ねえ、お願いだから何か言ってよ」

初めて聖也に対して詰め寄った。この時だけは、一言でもいいから喋ってほしかった。

「ねえ聖也君、私と一緒に行こう。心配しなくてもいいわ、きっと誰かが、優しくしてくれる。どこか遠い街で、一緒に暮らすのよ」

「……」

「ねえ聖也君！」

聖也の両手をさらに力強く握った、その時だった。

突然、聖也が花子の両手を振り払ったのだ。

花子は一瞬聖也に恐怖心を抱いたが、聖也は花子に激昂《げっこう》したのではなかった。

花子は思わず、あっ、と声を上げた。

聖也が、何かを感じ取ったように走り出したからである。

胸騒ぎを覚えた花子はすぐさま聖也を追いかけ、後ろから手を取った。

「待って聖也君、行っちゃダメ！」

しかしすぐに振りほどかれてしまった。八歳とは思えぬ力であった。

その後も花子は必死に聖也を止めたが、花子の力では止めることができず、聖也は、この日の朝から将棋大会が行われている寄合所の中に入っていったのだ。

直後、外にいた花子の耳に大人たちの悲鳴が聞こえてきた。

寄合所の中に入ると、村長たちが青い顔をして固まっていた。

「花子、お前！」

父親である室田正蔵が、花子を見た。

花子が聖也を蔵の中から出したことは明らかであった。

「な、何てことをしたんだ花子！」

花子が下を向いた、その時だった。

寄合所内が再び大騒ぎとなった。

聖也が、ゆっくりと目を開いたからである。

村人たちは、聖也に見られる前に顔を伏せ、部屋から逃げ出した。室田正蔵も、花子を抱いて逃げていった。

聖也が見たのは、とっさに逃げることができなかった村長であった。

死の恐怖に怯える村長は地面に膝《ひざ》をつき、八歳の聖也に、助けておくれ、許しておくれと、命乞《ご》いしたのであった。


それからしばらくして、村民から連絡を受けた京子が寄合所に駆けつけた。

そこに村長の姿はなく、荒らされたような部屋に、聖也が一人立ちつくしている。

目を閉じたまま下を向いていたのだった。

京子は聖也の手を摑み、自宅に戻るやいなや、聖也を納戸《なんど》に閉じこめ、出られないように扉に板を打ち付けた。

しかし、もう遅かった。

翌日、村長が死亡したのだ。

聖也に見られてしまった村長はこの日、非常時に備え、自宅に三人の村民を呼び、家でじっとしていたのである。

しかし、トイレに立った時に急に眩暈《めまい》を起こし、倒れた際に便器で頭を強く打った。すぐ病院に運ばれ、パッと見はたいした怪我もなかったのだが、打ち所が悪く、外傷性クモ膜下出血を起こしており、間もなく死亡したのである……。

翌々日、神呪寺で村長の葬儀が行われ、その夜、孝志が死んだ時と同様、子供を除く村人たちが寄合所に集まった。

皆、京子に冷たい視線を向けている。京子はじっと下を向いたままであった。

「村長まで死んだ、これで四人目だ、なあ京子さん」

誰からともなく声が上がる。まるで、京子のせいだと言わんばかりの言い方であった。

聞こえてはいるが、京子は何も答えなかった。瞬《まばた》き一つせず一点を見つめている。

聖也に、憎悪の念を抱いていた。

「こんなことになったのは、花子ちゃんのせいでもあるんですよ、和尚様《おしよう》」

室田正蔵は皆に頭を下げ、

「申し訳ありません、もう二度とこのようなことは……」

「もう遅いですよ、死んでしまったのだから。それより京子さん」

京子はようやく顔を上げた。

「はい」

「これから、どうするね」

含みのある言い方であった。

「これから、というと」

「聖也君のことだよ！」

京子は、か細い声で言った。

「朝も申しましたとおり、納戸に閉じこめ、二度と出られないよう板を打ち付けてあります」

「しかしねえ、ずっとってわけにはいかんだろう。食事だって与えにゃあならんのだから」

京子は何も答えなかった。すると集まった村人の中から提案が上がった。

「本当はこんなこと言いたくないんだがね、村から出ていってもらえんかねえ」

言いたくないという割には遠慮のない言い方であった。

京子はハッと顔を上げ、皆に縋《すが》るような目を向ける。

「そんな、どうか私を見捨てないでください、お願いします、お願いします」

必死の形相で懇願《こんがん》した。

村人たちは顔を見合わせ、

「しかし、そうしてもらう他ないだろう。あの子は私たちを恨んでおるのだ。あの子は私たち全員を殺すつもりなんだ。皆の命を守るためだと思って、そうしてもらえんかねえ、京子さん」

その後も京子は村人たちから聖也のことを言われ続けた。

京子はずっと黙って耐えていたが、突然激しく震えだし、

「あんな子、生まれてこなければ良かったんだわ！」

京子の叫び声に皆驚き、シンと静まり返った。

「あの子がいなければ、あの子がいなければ！」

一人の村人が京子を落ち着かせようとしたその時、京子がこう言ったのだ。

「あんな子死ねばいいのよ、死ねば。私たちが死ぬことはないのよ！」

京子のその言葉に、皆背筋が凍り付いた。


翌八月十四日、木曜日。

この日の朝、京子は野球教室に行った信吾の帰宅を、静かに待った。

納戸からは、相変わらず何も聞こえてはこない。むろん京子は聖也を閉じこめて以来、食事はおろか、水すら与えていない。

午後三時、信吾が帰ってくると京子は納戸に向かい、扉に打ち付けた板を外した。

四日ぶりに扉を開けると、饐えた臭いが鼻をついた。

京子は、中で目を閉じながら体育座りしている聖也を見下ろした。

聖也は四日間何も口にしていないが、平然としている。

京子は聖也を乱暴に立たせると納戸から引きずり出し、隣で見ていた信吾に目で合図した。

信吾の顔は蒼白く、かなり緊張しているが、迷いはない様子だった。

京子は二人と手を繋《つな》ぎながら家を出た。本当は聖也の両目をタオルで隠したいが、これから向かう隣の町では怪しまれる。隣町では、仲のいい家族を装《よそお》わなければならなかった。

京子たちはバスに乗り、三十分後、隣町のバス停で降りた。

京子はそこから少し歩き、交差点を右に折れるとすぐに立ち止まった。

京子たちが今いる道とは対照的に、大通りは車の交通量が多い。

京子は、大通りの様子を映すミラーをじっと見据える。

信吾とは手を繋いでいるが、すでに聖也の手は離していた。

京子たちが今いる場所は、大通りを走る車からするととても見通しの悪い場所である。

京子は表情一つ変えず、聖也の背後に立った。周囲には誰もいない。京子の喉《のど》が、唾《つば》で鳴った……。

この時、聖也は一体何を考えていたであろうか。

村人たちは聖也を恐れているが、聖也に人を殺す力などない。この子はただ、人の死を予知し、それを伝えていただけだったのだ。

納戸に置いてある箪笥《たんす》には小さな鏡がついている。聖也は昨夜、鏡の前に立つと、『自分自身』を見つめていたのである。

聖也は運命に逆らうことはしなかった。ただその時を、じっと待っていたのだ。

間もなく、京子が見据えるミラーに大型トラックが映った。

京子はもう一度人が見ていないか確かめると、全身に力を込め、躊躇《ためら》うことなく聖也の背中を強く押したのだった。

その瞬間、周囲に凄《すさ》まじいブレーキ音が鳴り響き、聖也の鮮血が、道路に飛び散った……。

トラックに撥《は》ね飛ばされた聖也はうつ伏せに倒れたまま動かず、道路には夥《おびただ》しい血が流れていた。

聖也を殺した京子は一つ間を置き悲痛な表情を作ると、悲鳴を上げ、聖也のもとまで駆け寄り、聖也、聖也と叫んだ。

通行人がすぐさま公衆電話で救急車を呼ぶ。救急車はわずか五分で到着し、聖也は近くの総合病院に運ばれた。

しかし出血が酷く、病院に着く直前に聖也は息を引き取ったのである。

聖也は霊安室《れいあんしつ》に運ばれ、京子と信吾は聖也が眠る横で、警察から事情聴取《ちょうしゅ》を受けた。

里見村の村民の中で最初に霊安室にやってきたのは室田正蔵と花子であった。

聖也の姿を見ても、彼の死が信じられない花子であったが、聖也の冷たい手を握った瞬間死を受け入れた。最愛の『友達』だった聖也を優しく抱きしめると、さめざめと泣いた。

花子は涙が枯《か》れるほど泣いた。少し落ち着いた頃室田が肩にそっと手を置いたが、振り返ることすらなく、声をかけても無反応で帰ろうともしない。結局この日、花子は夜中まで聖也の遺体の傍から離れなかった。

人の死を予知できるだけで村中から恐れられ、最後は母親から殺されてしまった聖也であるが、一体どんな気持ちだったろうか。

きっと想像を絶する哀しみだったに違いない。

私はその後に考えた。生前、聖也は京子のことをどう思っていたのだろうか。

どんなに虐待を受けても一言も喋らず、また一切表情を変えない子だったため、私は聖也が京子のことを、それでも愛していたのか、それとも憎んでいたのか、分からない。

京子が法で裁かれることを望んでいただろうか。

本来なら京子は逮捕され法で裁かれなければならないが、岡山県警は『事件』を『事故』として処理したのである。

事情聴取の際、京子と信吾は警察に対してこう言った。

信吾と聖也が追いかけっこをしており、逃げる側だった聖也が大通りに飛び出して、トラックに轢《ひ》かれてしまったのだと。

京子と信吾は嘘をついているとは思えぬほど冷静であり、供述《きょうじゅつ》も自然であった。

岡山県警は、実の母親が聖也を殺したことに気づくことはなく、悲しみにくれる母子の言葉を信じたのだった。

もしこの結果をあの世で聞いたら、聖也はどのような感情を抱いたであろうか。

結局聖也の本当の気持ちは分からぬまま、そして、真実が隠されたまま、八月十六日、聖也の葬儀が神呪寺で行われたのだ。

この日、葬儀には里見村の村民全員が参列し、神呪寺の前には、ちらほらと報道陣が集まった。

皆、マスコミの前では悲しむ仕草を見せていたが、本堂の中では淡々《たんたん》とした態度であった。

間もなく、住職である室田正蔵のお経が始まった。

遺影《いえい》には、京子と手を繋いでいる写真が使われた。しかし村人たちは、痛々しい遺体に最後の別れをするどころか、遺影にすら視線を向けなかった。

葬儀の際大人たちは、喪主《もしゅ》である京子をチラチラと見ていたのだった。

彼らは皆、京子が聖也を殺したと確信している。

聖也が死んで安堵はしているが、皆心の中では実の子を殺した京子に対し、恐ろしい女、という感情を抱いていた。

一方京子のほうは、後ろから皆に見られていることなど気にはせず、何も考えることなく、ただボーッと一点を見つめているだけであった。

聖也の死を悲しんでいたのは、花子一人だけである。

葬儀が始まっても聖也の遺体の傍から離れず、静かに涙を流していた。

葬儀が終わったのは午前十時三十分を少し回った頃であった。あと三十分ほどで葬儀業者がやってきて、火葬場に行く流れとなっている。

法話を終えた室田正蔵が花子のもとに歩み寄り、耳元で言った。

「花子、皆さんにお茶をお出しして」

花子は涙を拭《ぬぐ》うと頷き、台所へと向かった。

しばらくして、花子がお盆を持って戻ってきた。

いつも室田の手伝いをしている花子は、悲しみを抑え込み、手際良く全員にお茶を出すと、再び聖也の遺体の傍に座った。

京子たちはお茶を飲みながら葬儀業者の到着を待つ。誰も、京子には話しかけに行かなかった。

お茶を飲み終えた室田が、花子に視線を向けた。花子に声をかけようとしたのだが、どう言葉をかけて良いのか分からず、ただ見つめるだけとなった。

すると、突然花子が立ち上がった。

「どこへ行くんだ、花子」

室田が声をかけると、

「トイレ」

背中を向けたまま答えた。

その、わずか一分後のことである。

一人の女性が突然激しく震えだした。

女性は遺影を指差し、叫んだ。

「目が、目が、目が開いている！」

全員が一斉に遺影を見た。

幻覚ではない。聖也の目が開いている。確かに聖也の目は閉じていたはずなのに！

次いで、聖也の口が動き出した。

何を言っているのか定かではないが、確かに口を動かしている。

京子は死の恐怖に震えた。聖也が見ているのは、自分だと思ったのだ。

「殺される、殺される、殺される！」

京子はハッと顔を伏せ、隣に座っている信吾の手を取ると立ち上がった。そしてこの場から逃げようと走り出した。

その刹那《せつな》、突然京子が呻《うめ》き出した。

「ど、どうしたんだ京子さん！」

村民が声をかけると、今度は自身の首を摑みながらもがき出し、泡を吹くと、その場にバタリと倒れたのである。

一瞬本堂は静寂《せいじゃく》となり、村人たちは足を震わせながら後ずさりする。

その直後であった。京子と同じように他の村民たちも突然苦しみ出し、次々と倒れたのである。

お母さんお母さんと呼びかけていた信吾も、同じようにもがき苦しみ、倒れると、やがて動かなくなった。

「逃げろ、呪い殺されるぞ！」

そう叫んだ村民も、本堂から出る直前、泡を吹いて倒れたのであった。

一方その頃、花子はまだトイレにいた。

村民たちの苦しむ声はもちろんトイレにまで聞こえているが、花子はトイレから出ず、静かな表情で扉をじっと見据えていた。

花子は便器に座ってはいるが、下着は下ろしていない。最初から、ただこうして座っていただけである。

やがて、村民たちの呻き声が消えた。

外ではマスコミが、救急車、救急車と叫んでいる。

もうじき救急隊員と警察が来ると知った花子は、スカートのポケットからビニール袋を取り出した。

その中には、白い粉が大量に入っている。

それは、寺に出るネズミを駆除《くじょ》するために、ずいぶんと前から倉庫に保管されていた亜ヒ酸だった。

花子は便器に座ったまま、袋ごと薬を流した。

花子は水の音を聞きながら、聖也の姿を思い浮かべた。

聖也は『事故』で死んだのではなく、村人たちが結託《けったく》して殺したのだと、花子は思い込んでいる。

聖也が死んだ日、花子は最愛の『友達』である聖也に誓ったのだ。

絶対に、仇《かたき》を取ってあげるからね、と……。

花子は、亜ヒ酸が想像以上に殺傷能力が高かったことに満足するが、マスコミたちに不満を抱いた。

救急車なんて、呼ばなくていいよ。

心の中でそう言った花子は、まあいいわ、と呟《つぶや》いた。

ここで助かっても、いつかまた必ず復讐《ふくしゅう》してやるから。

「皆、死ねばいい」

花子は立ち上がると、何食わぬ顔をしてマスコミの前に姿を現したのだった。

あとがき

『スイッチを押すとき』は二〇〇五年夏、『リアル鬼ごっこ』のデビューから十二作目に発表した書き下ろし小説です。書いていたのは二〇〇五年の年明けからで、もう十年前のことですが、当時のことははっきりと覚えています。

前の作品の執筆がひと段落して、次の新作はどういう物にしようか、自宅のリビングでテレビを見ながらなんとなく考えていた時でした。ニュース番組で、前年一年間の自殺者数が、過去最高だった二〇〇三年よりは低下したものの、依然三万人を超えたと伝えていたんです。

詳しいことはあまり知りませんでしたが、そのニュースを聞き「これだ」と思いました。

痛ましいニュースではありましたけど、「自殺」を題材にした小説を書きたいと考え、少しずつ情報収集を始めたんです。

人に限らず動物は「生きたい」と思うのが本能です。にもかかわらず毎年およそ三万人もの人が自ら命を絶つのは何故なのか。病気や経済的理由による将来への不安、男女の問題、職場や学校でのイジメなど、年齢や性別によっても理由はまちまちでしょうが、当時まだ二十代半ばだった私にとっては、自分より若い自殺者が二千人ほどいることも衝撃でした。

これはその後知ったことですが、人間には「ネガティブ遺伝子」というものがあって、日本人はこの遺伝子を持っている人が世界で一番多いのだそうです。

この遺伝子を持っていると、セロトニンという、精神を安定させる物質が不足して、何事にも慎重で心配性、その名のとおり何かとネガティブに考えることが多くなるのだそうです。

「自殺」という究極の選択に至るまでには、様々な理由が重なり、決断するまでに多くの葛藤《かっとう》があるとは思いますが、もし遺伝子が何かしら影響しているのだとしたら、運命の恐ろしさを考えずにはいられませんでした。

そんな情報をもとにして、政府が「自殺の理由」「心情の変化」を実験によって調べる物語にしようと作っていったのが本作です。

ストーリーの大筋を考える段階では、主人公たちの「夢」や「葛藤」をたくさん書こうと意識しました。

これまでは、冒頭で提示した設定で主人公がゲームをする、という物をたくさん書いてきたので、今回は少し違う物にしたいと思ったんです。当時はそこまで意識してませんでしたが、今回文庫化するために改めて読み直してみると、『スイッチを押すとき』以前と以後では、ずいぶん書き方が変わっているなと、自分自身驚きました。いろいろな意味でこの作品は転機になったように思います。

今回の文庫化にあたり、ここ数年で気になっていたところはすべて直すことができました。重いテーマではありますがあくまでも娯楽作品です。楽しんでいただいたうえで、読者の皆さんそれぞれが、何かを考えるきっかけになれば嬉しいです。

山田悠介

解説

柴田一成

　山田悠介氏とは二〇〇五年に『リアル鬼ごっこ』映画化の打ち合わせで対面して以来、もう十年以上になる。当時から若くしてベストセラー作家となったにもかかわらず驕《おご》ることもなく落ち着いていて驚かされたが、先日お会いした際も以前とまったく変わらないスタンスでとてもいい時間を過ごさせてもらった。

　この安心感と安定感は人柄だけでなく、その作品にも通じている。

　彼の作品は「萌え」が中心のライトノベルでもなく、高尚《こうしょう》な文学といった形でもない独特のポジションだ。そして当時も今も中高生が好む作家ナンバー1の座をキープしている。これはなかなかできることではなく、普通なら時代とともに読者の年齢層も上がっていくところだが常に新たな若年層にシフトしているのも山田悠介ブランドの特徴と言っていいだろう。

　その作風は、発想一発、タイトルインパクト一発にスタートして一気に読ませてしまうスピード感にある。『リアル鬼ごっこ』然《しか》り『ライヴ』や『ブレーキ』然り。まずタイトルで面白そうと思わせ、中身も捕まったら殺されてしまうゲームや誘拐された者を救うデスレースだったり、時速百キロでノーブレーキ走行させられる物語だったりと、思わず読まずにはいられないものばかりだ。

また、文章も子供たちが読みやすく登場人物の心情が伝わる平易なものだ。これを揶揄《やゆ》したり、小説としてどうかという人々も多くいるが、読者の圧倒的な支持があることは事実で、決して素人《しろうと》がマネできることではない。これだけ多作でかつ多くのベストセラーを生み出していることがそれを証明している。

僕はこれを「日本昔ばなし」と同じと捉《とら》えている。「こぶとり爺さん」とか「耳なし芳一」「さるかに合戦」「鶴の恩返し」といったタイトルは改めて見ると非常に興味をそそる秀逸《しゅういつ》な題名だ。そしてその語り口は小さい子供にもよく分かる言葉で、細かい説明は抜きに誰にでも想像できる人の気持ちや物語の流れだけを追っている。話のオチとしても教訓めいたものもあれば単なる笑い話だったり悲劇だったりと、必ずしも話し手が「作品の中で訴えたいこと」といった大げさなものがあるわけではない。子供たちはこれらを代々親から聞かされたり、絵本で読んだり、アニメ「まんが日本昔ばなし」で観たりして親しんできた。

山田作品もまさに同じ。タイトルで惹きつけ、中身が単純で面白く、長すぎず一気に読ませ、決して説教臭くはなく、読後はそれなりに考えさせられるものとなっている。だからこそ若い読者に支持されてきているのだと思う。

表現の仕方にしても非常に紋切型《もんきりがた》だったりよくあるセリフ回しだったりするが、これも子供たちからするととても分かりやすく、ある意味安心感がある。「とめどなく涙が流れた」とか「ぐっと悲しみをこらえた」といった描写や、悪者が高笑いをしたり、主人公が「覚えてろよ！」などと言ったりするのも「日本昔ばなし」同様、必要な構成要素なのだ。

加えて言うと生まれた時から様々な映画やドラマ、アニメに接してきた近年の作家は表現がとても実写的だったりマンガチックだったりする。すなわち、セリフはもとより、悲しい時には涙を流し、絶望したら膝からガクリと崩れ落ち、悔しい時には壁を何度も殴りつけるのだ。そうした描写は同じように映像を浴びるようにして育った読者にはダイレクトに伝わる。「グロい」と言われる残酷《ざんこく》描写にしても、リアルに陰《いん》惨《さん》なものというよりは現実離れしたハリウッド映画調であるし、意図的に性的な描写は控えられていることも山田悠介が多分に若年層を意識していることの表れと思う。

さらに、彼は巧みにその時々の流行や社会現象を取り入れている。イジメが騒がれていれば『あそこの席』や『×ゲーム』、ニートが問題になっていればそれを題材にした『特別法第001条　DUST』といった具合に、世間が関心を持つ話題をうまく使っている。

ただし、ここでも彼はそれらを問題提起として扱ってはいない。あくまで話の「つかみ」として利用しているだけというところが山田悠介らしいし、時代に合っているとも思う。一九八一年生まれの彼は、青春期にはバブルは崩壊しており作家デビューした二〇〇一年はロスジェネと称される就職氷河期にあった。後にゆとり世代と呼ばれる子供たちが育っていた時代である。そうした背景からか、彼の世代やそれ以降の子供たちは世間や物事に対しとても冷めた視点を持っている。事件や社会問題に関しても、いかにもそれを教訓としたり反省を促すような訴え方をされることに抵抗がある。お仕着せを嫌う。だから彼の作品もそれが説教じみていたり大上段《だいじょうだん》に構えていたら、ここまでの支持は得られていないかも知れない。あくまでモチーフとして選び、テーマとはしない。モチーフにすることで問題を考えさせはするが、基本はお話を楽しんでもらい、あとは読者に委ねるところが世代とマッチしているのだと思う。

そしてほぼすべての作品について自らが設定したルールに従って自由な作劇を行っているのも特徴だ。こういう国がありました、こういうゲームがありました、という状況を前提に持ってきた上で、現実社会の仕組みやルールといった邪魔な制限を排除して描きたいことだけに集中することにより、読者にシンプルに物語を伝えようとしている。余計なことは考えなくていい、というのも若者に受け入れられるポイントだろう。

こうした考察を踏まえて本作『スイッチを押すとき』を読むと、また別の視点で楽しめると思う。まず、自殺者の増加が問題になっていることを導入として扱ってはいるが、これもモチーフとして使っているだけで、決してそれに警鐘《けいしょう》を鳴らすようなものではなく自殺を止めようと訴えているわけでもない。それについて考えるきっかけは作っているかも知れないが、題材にしているだけ。ヒント、つかみである。自殺増加により「青少年自殺抑制プロジェクト」なる政策が立ち上がり、強制的に自殺に駆り立てられる子供たちとそれを見守る主人公の交流が本筋だ。

子供たちを脱出させ、逃走劇を繰り広げる主人公は皆の願いを叶えていくのだが、前述のように細かい設定や理屈よりは人物描写と物語の流れを優先している。普通なら政府から逃亡するというのは大変なことで、相当な専門知識や技術、資金が必要となるはずだし、いかにその包囲網をかいくぐるかということに文章を費やさねばならない。だが本作ではそうしたスパイや犯罪もの的な視点に重きを置いていない。逃亡のサスペンスはそこそこに、あくまで子供たちの夢を叶える主人公の行動と心情に特化しているからだ。ハリウッド映画「テルマ&ルイーズ」がさりげなく出てくるが、この映画が逃走劇というよりは主人公たちの心の絆を描いていることからも、そうした主張が見て取れる。

一人ひとりの背景や心情描写は非常に分かりやすく、感情に訴えてくる。いつもながらの独自の世界を構築して物語を進行させ、表現や台詞《せりふ》はとてもマンガ的だ。そして最後に意外なオチをきちんと用意して読者を楽しませることも忘れない。まさに山田ワールドが存分に展開されていると言っていい。つまり「日本昔ばなし」的だ。

特筆すべきことがまだある。これまでの作品ももちろん登場人物たちの心情は描かれてきたが、どちらかというと設定の面白さが先行されてきたものが多かったのに対し、本作はより人間ドラマに力が注がれている点だ。『リアル鬼ごっこ』のような一連のデスゲーム系で突っ走ってきて、人間の悲しみを描いた異色のホラー『レンタル・チルドレン』を経て、その後の『その時までサヨナラ』や『名のないシシャ』『君がいる時はいつも雨』といった、いわゆる「クロ山田」と反対の「シロ山田」と呼ばれる感動系作品への移行を伺わせる片鱗《へんりん》があることも見逃せない。

このように次々に進化を遂げながらも中高生の支持率トップを維持する山田悠介氏には最新作『配信せずにはいられない』じゃないが、期待せずにはいられないのだ。

（映画監督）

本書収録の物語はフィクションです。
実在する事件・個人・組織等とは一切関係ありません。

初出
「スイッチを押すとき」
単行本（書き下ろし）　二〇〇五年八月、文芸社
文庫　二〇〇八年十月、角川文庫
＊河出文庫収録にあたり角川文庫版をもとに大幅改稿
「魔子」
『山田悠介コンプリートガイド』山田悠介／「コンプリートガイド」編集部
二〇一一年二月、文芸社

スイッチを押《お》すとき 他一篇《ほかいっぺん》

二〇一六年 二 月一〇日 初版印刷
二〇一六年 二 月二〇日 初版発行

著 者 山田《やまだ》悠介《ゆうすけ》

発行者 小野寺優
発行所 株式会社河出書房新社
〒一五一-〇〇五一
東京都渋谷区千駄ヶ谷二-三二-二
電話〇三-三四〇四-八六一一（編集）
〇三-三四〇四-一二〇一（営業）
http://www.kawade.co.jp/

ロゴ・表紙デザイン 粟津潔
本文フォーマット 佐々木暁
本文組版 KAWADE DTP WORKS
印刷・製本 中央精版印刷株式会社

Printed in Japan ISBN978-4-309-41434-8

青春デンデケデケデケ

芦原すなお　40352-6

一九六五年の夏休み、ラジオから流れるベンチャーズのギターがぼくを変えた。“やーっぱりロックでなけらいかん”——誰もが通過する青春の輝かしい季節を描いた痛快小説。文藝賞・直木賞受賞。映画化原作。

ひとり日和

青山七恵　41006-7

二十歳の知寿が居候することになったのは、七十一歳の吟子さんの家。奇妙な同居生活の中、知寿はキオスクで働き、恋をし、吟子さんの恋にあてられ、成長していく。選考委員絶賛の第百三十六回芥川賞受賞作！

窓の灯

青山七恵　40866-8

喫茶店で働く私の日課は、向かいの部屋の窓の中を覗くこと。そんな私はやがて夜の街を徘徊するようになり……。『ひとり日和』で芥川賞を受賞した著者のデビュー作／第四十二回文藝賞受賞作。書き下ろし短篇収録！

キャラクターズ

東浩紀／桜坂洋　41161-3

「文学は魔法も使えないの。不便ねえ」批評家・東浩紀とライトノベル作家・桜坂洋は、東浩紀を主人公に小説の共作を始めるが、主人公・東は分裂し、暴走し……衝撃の問題作、待望の文庫化。解説：中森明夫

ドライブイン蒲生

伊藤たかみ　41067-8

客も来ないさびれたドライブインを経営する父。姉は父を嫌い、ヤンキーになる。だが父の死後、姉弟は自分たちの中にも蒲生家の血が流れていることに気づき……ハンパ者一家を描く、芥川賞作家の最高傑作！

ノーライフキング

いとうせいこう　40918-4

小学生の間でブームとなっているゲームソフト「ライフキング」。ある日、そのソフトを巡る不思議な噂が子供たちの情報網を流れ始めた。八八年に発表され、社会現象にもなったあの名作が、新装版で今甦る！

冥土めぐり

鹿島田真希　41338-9

裕福だった過去に執着する傲慢な母と弟。彼らから逃れ結婚した奈津子だが、夫が不治の病になってしまう。だがそれは、奇跡のような幸運だった。車椅子の夫とたどる失われた過去への旅を描く芥川賞受賞作。

福袋

角田光代　41056-2

私たちはだれも、中身のわからない福袋を持たされて、この世に生まれてくるのかもしれない……人は日常生活のどんな瞬間に、思わず自分の心や人生のブラックボックスを開けてしまうのか？　八つの連作小説集。

そこのみにて光輝く

佐藤泰志　41073-9

にがさと痛みの彼方に生の輝きをみつめつづけながら生き急いだ作家・佐藤泰志がのこした唯一の長篇小説にして代表作。青春の夢と残酷を結晶させた伝説的名作が二十年をへて甦る。

引き出しの中のラブレター

新堂冬樹　41089-0

ラジオパーソナリティの真生のもとへ届いた、一通の手紙。それは絶縁し、仲直りをする前に他界した父が彼女に宛てて書いた手紙だった。大ベストセラー『忘れ雪』の著者が贈る、最高の感動作！

空に唄う

白岩玄　41157-6

通夜の最中、新米の坊主の前に現れた、死んだはずの女子大生。自分の目にしか見えない彼女を放っておけない彼は、寺での同居を提案する。だがやがて、彼女に心惹かれて……若き僧侶の成長を描く感動作。

野ブタ。をプロデュース

白岩玄　40927-6

舞台は教室。プロデューサーは俺。イジメられっ子は、人気者になれるのか?!　テレビドラマでも話題になった、あの学校青春小説を文庫化。六十八万部の大ベストセラーの第四十一回文藝賞受賞作。

「悪」と戦う

高橋源一郎　41224-5

少年は、旅立った。サヨウナラ、「世界」――「悪」の手先・ミアちゃんに連れ去られた弟のキイちゃんを救うため、ランちゃんの戦いが、いま、始まる！　単行本未収録小説「魔法学園のリリコ」併録。

琉璃玉の耳輪

津原泰水　尾崎翠〔原案〕　41229-0

３人の娘を探して下さい。手掛かりは、琉璃玉の耳輪を嵌めています――女探偵・岡田明子のもとへ迷い込んだ、奇妙な依頼。原案・尾崎翠、小説・津原泰水。幻の探偵小説がついに刊行！

11　eleven

津原泰水　41284-9

単行本刊行時、各メディアで話題沸騰＆ジャンルを超えた絶賛の声が相次いだ、津原泰水の最高傑作が遂に待望の文庫化！　第２回Twitter文学賞受賞作！

祝福

長嶋有　41269-6

女ごころを書いたら、女子以上！　ダメ男を書いたら、日本一‼　長嶋有が贈る、女主人公５人VS男主人公５人の夢の紅白短篇競演。あの代表作のスピンオフやあの名作短篇など、十篇を収録した充実の一冊。

泣かない女はいない

長嶋有　40865-1

ごめんねといってはいけないと思った。「ごめんね」でも、いってしまった。――恋人・四郎と暮らす睦美に訪れた不意の心変わりとは？　恋をめぐる心のふしぎを描く話題作、待望の文庫化。「センスなし」併録。

リレキショ

中村航　40759-3

"姉さん"に拾われて"半沢良"になった僕。ある日届いた一通の招待状をきっかけに、いつもと少しだけ違う世界がひっそりと動き出す。第三十九回文藝賞受賞作。

夏休み

中村航　40801-9

吉田くんの家出がきっかけで訪れた二組のカップルの危機。僕らのひと夏の旅が辿り着いた場所は——キュートで爽やか、じんわり心にしみる物語。『100 回泣くこと』の著者による超人気作。

銃

中村文則　41166-8

昨日、私は拳銃を拾った。これ程美しいものを、他に知らない——いま最も注目されている作家・中村文則のデビュー作が装いも新たについに河出文庫で登場！　単行本未収録小説「火」も併録。

掏摸《スリ》

中村文則　41210-8

天才スリ師に課せられた、あまりに不条理な仕事……失敗すれば、お前を殺す。逃げれば、お前が親しくしている女と子供を殺す。綾野剛氏絶賛！大江賞を受賞し各国で翻訳されたベストセラーが文庫化。

黒冷水

羽田圭介　40765-4

兄の部屋を偏執的にアサる弟と、執拗に監視・報復する兄。出口を失い暴走する憎悪の「黒冷水」。兄弟間の果てしない確執に終わりはあるのか？当時史上最年少十七歳・第四十回文藝賞受賞作！

走ル

羽田圭介　41047-0

授業をさぼってなんとなく自転車で北へ走りはじめ、福島、山形、秋田、青森へ……友人や学校、つきあい始めた彼女にも伝えそびれたまま旅は続く。二十一世紀日本版『オン・ザ・ロード』と激賞された話題作！

最後のトリック

深水黎一郎　41318-1

ラストに驚愕！　犯人はこの本の《読者全員》！　アイディア料は２億円。スランプ中の作家に、謎の男が「命と引き換えにしても惜しくない」と切実に訴えた、ミステリー界究極のトリックとは⁉

ハル、ハル、ハル

古川日出男　41030-2

「この物語は全ての物語の続篇だ」――暴走する世界、疾走する少年と少女。三人のハルよ、世界を乗っ取れ！　乱暴で純粋な人間たちの圧倒的な“いま”を描き、話題沸騰となった著者代表作。成海璃子推薦！

人のセックスを笑うな

山崎ナオコーラ　40814-9

十九歳のオレと三十九歳のユリ。恋とも愛ともつかぬいとしさが、オレを駆り立てた――「思わず嫉妬したくなる程の才能」と選考委員に絶賛された、せつなさ百パーセントの恋愛小説。第四十一回文藝賞受賞作。映画化。

カツラ美容室別室

山崎ナオコーラ　41044-9

こんな感じは、恋の始まりに似ている。しかし、きっと、実際は違う――カツラをかぶった店長・桂孝蔵の美容院で出会った、淳之介とエリの恋と友情、そして様々な人々の交流を描く、各紙誌絶賛の話題作。

美女と野球

リリー・フランキー　40762-3

小説、イラスト、写真、マンガ、俳優と、ジャンルを超えて活躍する著者の最高傑作と名高い、コク深くて笑いに満ちた、愛と哀しみのエッセイ集。「とっても思い入れのある本です」――リリー・フランキー

インストール

綿矢りさ　40758-6

女子高生と小学生が風俗チャットでひともうけ。押入れのコンピューターから覗いたオトナの世界とは?!　史上最年少芥川賞受賞作家のデビュー作、第三十八回文藝賞受賞作。書き下ろし短篇「You can keep it.」併録。

夢を与える

綿矢りさ　41178-1

その時、私の人生が崩れていく爆音が聞こえた――チャイルドモデルだった美しい少女・夕子。彼女は、母の念願通り大手事務所に入り、ついにブレイクするのだが。夕子の栄光と失墜の果てを描く初の長編。